Lov

Gelato

Vacanță la Florența

Jenna Evans Welch

Love & Gelato

Vacanță la Florența

Traducere din limba engleză și note de
DANA POPESCU

EPICA

Editor: ANCA EFTIME
Tehnoredactare computerizată: EPICA DTP

Love & Gelato, Jenna Evans Welch

ISBN: 978-606-8754-15-4

București, 2016

La prețul de vânzare se adaugă 2%,
reprezentând valoarea timbrului literar ce se virează
Uniunii Scriitorilor din România
cont nr. RO44 RNCB 5101 0000 0171 0001,
BCR Unirea, București

Descrierea CIP a Bibliotecii Naționale a României

WELCH, JENNA EVANS

Love & Gelato : vacanță la Florența / Jenna Evans Welch; trad.: Dana Popescu — București : Epica, 2016

ISBN 978-606-8754-15-4

I. Popescu, Dana (trad.)

821.111-31=135.1

Pentru Daniel,
povestea mea de dragoste

Prolog

AȚI AVUT ȘI VOI ZILE PROASTE, AȘA-I? ȘTIȚI LA CE mă refer, ca atunci când nu-ți sună ceasul deșteptător, când aproape că-ți ia foc pâinea prăjită și când îți amintești mult, mult prea târziu că fiecare articol vestimentar pe care îl ai zace ud leoarcă pe fundul storcătorului de rufe. Și atunci o iei la goană spre școală, cu cinșpe minute mai târziu și te rogi la Dumnezeu să nu bage nimeni de seamă faptul că-ți stă părul de parcă ai fi mireasa lui Frankenstein, iar fix când te strecori în bancă, auzi răsunând vocea profei: „Azi am cam întârziat, nu, donșoara Emerson?" și atunci te observă toți.

Sunt sigură că ați avut și voi zile din astea. Cu toții avem. Dar ce spuneți despre zile cu adevărat proaste? Din-acelea într-adevăr foarte stresante și oribile, mai ales când cei din preajmă pur și simplu distrug totul în jurul tău, fiindcă așa au chef, ca mai apoi să-ți arunce în față vrute și nevrute.

Ziua în care mama mi-a vorbit despre Howard intra cu siguranță în categoria de *foarte proaste*. Dar la momentul respectiv el era cea mai mică grijă pe care o aveam.

S-a întâmplat prin a doua săptămână de liceu, într-a zecea, și eram cu mama în mașină, veneam de la programarea pe care o avusese la doctor. Era aproape liniște, căci nu se auzea nimic altceva în afara unei reclame de la radio cu doi tipi care se dădeau drept Arnold Schwarzenegger, și, în ciuda faptului că era caniculă, simțeam cum mi se făcea pielea de găină pe picioare. Exact în dimineața aia mă clasasem a doua la crosul regional și nu-mi venea să cred că asta nu mai conta deja deloc pentru mine.

Mama a oprit radioul.

— Lina, ce simți? m-a întrebat ea cu o voce calmă.

Am privit-o și m-au podidit din nou lacrimile. Era atât de palidă și de mică. Cum de nu văzusem până atunci cât de mult slăbise?

— Nu sunt sigură, i-am răspuns, încercând să-mi păstrez tonul vocii. Mă simt de parcă aș fi în stare de șoc.

A încuviințat și s-a oprit în dreptul unui semafor. Soarele făcea tot ce-i stătea în putință să ne orbească, iar eu m-am holbat la el, simțind cum îmi ard ochii. *Asta e ziua din care se schimbă totul*, mi-am spus în sinea mea. *De acum înainte nu va mai exista decât* înainte *și* după *ziua de azi.*

Mama și-a dres vocea, am privit-o și am văzut-o că-și îndreaptă spatele ca și cum ar fi avut ceva important de spus:

— Lina, ți-am povestit vreodată cum am fost provocată să sar într-o fântână?

Am sărit ca arsă.

— Poftim?

— Mai ții minte când ți-am spus despre anul pe care l-am petrecut la studii în Florența? Eram cu colegii pe afară, fotografiam de zor și era o zi atât de călduroasă că simțeam că mă topesc. Aveam un prieten, Howard, iar el mi-a spus că n-am curaj să sar în fântână.

Țineți minte, noi tocmai aflaserăm cele mai proaste vești din viața noastră. *Cele mai.*

— Am speriat un grup de turiști nemți. Încercau să-și găsească poziția perfectă pentru pozat și când mi-am făcut apariția din apă una dintre fete aproape că și-a pierdut echilibrul și-a fost cât pe ce să cadă alături de mine. S-au înfuriat la culme, așa că Howard a început să țipe că mă înec și a sărit după mine în apă.

Nu am scăpat-o pe mama din priviri, iar ea s-a întors către mine și mi-a zâmbit scurt.

— Am vrut doar să-ți povestesc ceva despre Howard. Era un tip foarte distractiv, a adăugat, după care s-a schimbat culoarea semaforului și mama a apăsat pe pedala de accelerație.

Poftim? am gândit. *Poftim, poftim, poftim?*

La început am crezut că istoria cu fântâna era un mecanism de apărare, ca și cum, uite, mama credea că o poveste despre un vechi amic de-al ei ar putea să ne distragă atenția de la cele două blocuri de granit atârnate deasupra capetelor noastre. *Inoperabil. Incurabil.* Curând însă a revenit cu o altă poveste. Și încă una. Ajunsese în punctul în care începea să vorbească și după numai trei cuvinte știam că avea să-l aducă pe Howard în discuție. Iar atunci când într-un final mi-a destăinuit motivul pentru care îmi împărtășise toate istorisirile despre Howard, ei bine... e de ajuns să vă spun că fericiți sunt cei săraci cu duhul.

— Lina, vreau să mergi în Italia.

Era jumătatea lui noiembrie, iar eu stăteam alături de patul ei de spital, cu un teanc de reviste *Cosmo* antice și de demult, pe care le șterpelisem din sala de așteptare. Îmi petrecusem ultimele zece minute făcând un test numit „Pe o scală de la 1 la 10: Cât de sexy ești?" (7 din 10).

— În Italia? am repetat cu un aer distrat.

Persoana care făcuse testul înaintea mea obținuse un punctaj de 10 din 10 și încercam să-mi dau seama cum reușise chestia asta.

— Vreau să spun că vreau să mergi să locuiești în Italia. După.

Abia atunci mi-a atras cu adevărat atenția. În primul rând, eu nu credeam în *după*. Da, cancerul ei avansa exact așa cum spuseseră și doctorii că se va întâmpla, dar nici doctorii nu le știau pe toate pe lumea asta. Chiar în dimineața aia salvasem o poveste de pe internet despre o femeie care învinsese în lupta cu cancerul, după care escaladase Muntele Kilimanjaro. Și-n al doilea rând, *Italia*?

— Și de ce-aș face una ca asta? am întrebat-o în glumă.

Era important să-i mențin buna dispoziție. Evitarea stresului era considerată o parte importantă a procesului de recuperare.

— Vreau să mergi să locuiești cu Howard. Anul pe care l-am petrecut în Italia a însemnat foarte mult pentru mine și aș vrea să ai și tu parte de aceeași experiență.

Mi-am ațintit privirile asupra butonului de urgență, pentru chemarea asistentei. *Să locuiesc în Italia, cu Howard*? Îi dăduseră oare o doză prea mare de morfină?

— Lina, uită-te la mine, mi s-a adresat ea pe tonul de Eu Sunt Mama Ta.

— Cu Howard? Adică cu tipul ăla despre care-mi tot povestești în ultimul timp?

— Da. E cel mai bun om pe care-l cunosc. O să te păzească de orice rele.

— De ce fel de rele? am întrebat-o și am privit-o drept în ochi.

Și brusc răsuflarea mi-a devenit întretăiată. Vorbea serios. Oare în camerele astea de spital aveau pungi de hârtie în care să-mi bag capul?

A clătinat din cap, cu ochi lucioși:

— Lucrurile vor fi din ce în ce... mai dificile. Nu trebuie să vorbim acum despre asta, dar am vrut să fiu sigură că auzi de la mine hotărârea asta. Vei avea nevoie de cineva. După. Și cred că el e cea mai bună persoană.

— Mamă, dar nu are nicio noimă. De ce să plec să trăiesc în aceeași casă cu un străin?

Am sărit din scaun și-am început să răscolesc prin sertarele din comoda de lângă pat. Trebuia să fie pe acolo *pe undeva* o pungă de hârtie.

— Lina, stai jos.

— Dar, mamă...

— Stai jos. O să-ți fie bine. Ai să reușești. Viața ta o să meargă mai departe și va fi minunată.

— Ba nu, i-am zis. Tu ai să reușești. Uneori oamenii își revin.

— Lina, Howard e un prieten minunat. Ai să-l îndrăgești și tu.

— Mă îndoiesc. Și dacă tot îți este un prieten așa de bun, cum se face că nu l-am întâlnit niciodată până acum?

M-am dat bătută cu găsirea pungii, așa că m-am prăbușit pe scaun și mi-am băgat capul între genunchi.

Mama s-a străduit să se ridice în șezut, după care a întins mâna să mă mângâie pe spate.

— Lucrurile între noi doi au fost puțin mai complicate, dar ar vrea să te cunoască și el. Și mi-a spus că i-ar face mare plăcere să stai la el. Promite-mi că ai să încerci. Măcar pentru câteva luni.

S-a auzit un ciocănit în ușă și ne-am întors amândouă cu fața la o asistentă îmbrăcată într-o uniformă de un bleu ca de bebeluși.

— Doar vă verificam, intonă ea, ignorând sau nebăgând de seamă expresia de pe fața mea.

Pe o scală de la 1 la Extra-tensionat, în cameră era un aer de 100 la 10.

— 'Neața. Tocmai îi povesteam fiică-mii că trebuie să meargă în Italia.

— În Italia, rosti asistenta împreunându-și mâinile în dreptul pieptului. Am fost acolo în luna de miere. Gelato, Turnul din Pisa, gondolele din Veneția... O să-ți placă la nebunie.

Mama mi-a zâmbit cu un aer triumfător.

— Mama, nu. Nu mă duc în Italia nici în ruptul capului.

— Vai, drăguță, dar trebuie să mergi, se băgă asistenta, este o experiență unică.

În cele din urmă, asistenta avea să aibă dreptate asupra unui singur lucru: trebuia să merg. Numai că nimeni nu îmi dăduse nici cel mai mic indiciu despre ce aveam să găsesc acolo.

Capitolul 1

CASA STRĂLUCITOARE IEȘEA ÎN EVIDENȚĂ DE LA depărtare, de parcă ar fi fost un far într-o mare de pietre funerare. Și totuși, nu avea cum să fie *asta* casa *lui*, nu? Probabil că ne conformam doar unei tradiții ciudate italienești. *Nou-veniții trebuie mai întâi plimbați printr-un cimitir. În felul ăsta vor putea simți cultura locală.* Mda, probabil că despre asta era vorba.

Mi-am încleștat degetele în poală și-am simțit cum mi se lasă un ghem în stomac, pe măsură ce vedeam casa apropiindu-se din ce în ce mai mult. Era ca și cum l-aș fi văzut pe rechinul din „Fălci" făcându-și apariția din adâncurile oceanului. Ta-daam! Numai că nu eram în niciun film. Era adevărat. Și nu mă mai despărțea de ea decât o curbă. *Nu te panica. N-are cum să fie asta. Mama nu te-ar fi trimis să locuiești într-un cimitir. Te-ar fi avertizat dinainte. Ar fi...*

Bărbatul dădu semnal dreapta și am simți brusc cum tot aerul îmi dă buzna afară din plămâni. *Pur și simplu, nu mi-a spus.*

— E totul în regulă?

Howard — bănuiesc că ar trebui să-i spun tata — mă privea cu o expresie de îngrijorare întipărită pe chip. Probabil fiindcă tocmai scosesem un șuierat.

— Asta este...?

Cuvintele mi-au pierit de pe buze, așa că am fost nevoită să arăt cu degetul.

— Păi, mda, mi-a răspuns.

A ezitat o clipă, apoi a gesticulat cu mâna scoasă pe geam:

— Lina, tu nu ai știut? Nimic despre toate astea?

„Toate astea" nu se apropiau nicidecum de descrierea imensului cimitir scăldat în lumina lunii.

— Bunica mi-a spus că am să stau pe un teritoriu deținut de americani. Mi-a spus despre tine că ești curatorul unui memorial ridicat în cinstea celui de-al Doilea Război Mondial. N-am bănuit că...

Panica mi se scurgea prin vene precum un sirop fierbinte. Și totodată păream să nu fiu capabilă să-mi termin nici măcar o propoziție. *Respiră, Lina. Ai trecut deja cu succes prin ce a fost mai greu. Ai să supraviețuiești și acum.*

Bărbatul mi-a indicat ceva, undeva departe, spre cel mai îndepărtat capăt al proprietății:

— Memorialul e clădirea aia de acolo. Dar restul pământului este destinat mormintelor soldaților americani care au fost uciși în Italia, în timpul războiului.

— Dar nu asta e casa ta, nu? Aici doar muncești.

Nu mi-a răspuns. A intrat pe alee și am simțit cum îmi dispare și ultima speranță, odată cu lumina farurilor tocmai stinse. Nu era o simplă casă, era chiar *acasă*. De o parte și de alta a drumului erau mușcate roșii, iar pe verandă se afla un leagăn care se balansa înainte și înapoi de parcă atunci s-ar fi dat cineva jos din el. Dacă ai fi dat la o parte crucile care împânzeau câmpurile din jur, ai fi zis că era o casă normală dintr-un cartier de locuit. Numai că aici nu era niciun cartier normal.

Iar crucile alea nu arătau ca și cum ar fi avut de gând să dispară în curând. Sau vreodată.

— Au vrut să aibă pe cineva prezent în permanență aici, așa că prin anii șaizeci au construit și o casă de locuit, spuse Howard scoțând cheile din contact și bătând nervos cu degetele pe volan. Îmi pare rău, Lina. Am crezut că știi. Nici nu-mi pot imagina ce îți trece acum prin cap.

— E un cimitir, am spus, cu vocea leșinată ca un ceai slab.

S-a întors și s-a uitat la mine fără să îmi întâlnească privirea.

— Știu. Și ultimul lucru de care ai nevoie e ceva care să-ți amintească de lucrurile prin care ai trecut anul ăsta. Sper să descoperi și tu că locul ăsta este ușor de îndrăgit. E foarte liniștit și are o istorie interesantă. Mamei tale îi plăcea la nebunie. Iar eu, după ce am stat aici șaptesprezece ani, nu-mi imaginez că aș putea locui în altă parte.

Deși îi auzeam glasul încărcat de speranță, m-am prăbușit înapoi în scaunul mașinii, cu o mulțime de întrebări în cap. *Dacă îi plăcea atât de mult locul ăsta, de ce nu mi-a povestit niciodată de el? De ce nu a vorbit despre asta până când nu s-a îmbolnăvit? Și pentru numele a ce-i mai sfânt în lumea asta, ce a făcut-o să omită detaliul ăsta mic-micuț cum că tu îmi ești* tată?

Pentru câteva momente, Howard se arătă pătruns de tăcerea mea, după care deschise portiera:

— Hai înăuntru! Îți iau eu valiza.

Cu cei doi metri impunători în înălțime, Howard s-a dus în spatele mașinii, iar eu m-am aplecat să-l văd mai bine în oglinda laterală. Bunica mea fusese cea care-mi umpluse golurile cu informații. *E tatăl tău, de asta a vrut să mergi să locuiești cu el.* Ar fi trebuit să-mi dau seama. Doar că ar fi fost normal ca mama să-mi fi *menționat* măcar în treacăt identitatea adevărată a bunului și vechiului amic Howard.

Howard a închis portbagajul, iar eu m-am îndreptat și-am început să scotocesc prin rucsac, încercând să mai trag de timp câteva secunde. Lina, *pune-ți mintea la contribuție! Ești singură într-o țară străină, un uriaș nebun se dă drept taică-tău, iar noul tău cămin ar putea fi folosit ca locație pentru următorul film despre o apocalipsă cu zombie. Fă ceva, nu mai sta!*

Dar ce? M-aș fi putut lupta cu Howard să-i iau cheile de la mașină, altă idee nu-mi venea cum să fac să nu intru în casa aia. Într-un târziu, mi-am desfăcut centura și l-am urmat spre ușa de la intrare.

Înăuntru casa arăta agresiv de normal — ca și cum ar fi vrut să compenseze faptul că era amplasată acolo unde era. Howard îmi lăsă valiza în holul de la intrare și am pășit împreună într-un living în care tronau două fotolii capitonate și o canapea de piele. Pe pereți erau etalate câteva postere retro de călătorie și mirosea de parcă totul ar fi fost îmbibat în ceapă și usturoi. Într-un sens bun, însă. Desigur.

— Bine ai venit acasă, a rostit Howard aprinzând lumina.

Un atac nou de panică mă cuprinse, iar el se cutremură când îmi văzu expresia:

— Vreau să zic, bine ai venit în Italia. Mă bucur foarte mult că ești aici.

— Howard?

— Bună, Sonia!

O tipă înaltă, cu un trup de gazelă, a pășit în cameră. Părea să fie cu doar câțiva ani mai în vârstă decât el și avea pielea de culoarea cafelei și șiruri de brățări de aur pe ambele brațe. Superbă. Și surprinzătoare.

— Lina, zise ea, pronunțându-mi numele cu mare atenție. Ai reușit. Cum au fost zborurile?

M-am mișcat de pe un picior pe altul. Avea cineva de gând să ne facă și nouă cunoștință?

— Bine. Ultimul însă a fost cam lung.

— Ne bucurăm așa de mult că ești aici, zise cu fața luminată de un zâmbet.

Urmă o clipă de tăcere. Într-un târziu, am făcut un prim pas în față:

— Și deci... tu ești soția lui Howard?

Howard și Sonia s-au privit scurt, după care s-au pus pe niște hohote, că aproape țipau.

Lina Emerson. Comediant de primă clasă.

Într-un final, Howard și-a recăpătat controlul:

— Lina, ea e Sonia. Este asistenta supraveghetorului de cimitir. Lucrează aici de dinaintea mea.

— Doar cu câteva luni înainte, a adăugat Sonia ștergându-și ochii de lacrimi. Howard întotdeauna mă prezintă de parcă aș fi un dinozaur. Am și eu casa tot aici, pe proprietatea asta, puțin mai aproape de memorial.

— Câți oameni locuiesc aici?

— Numai noi doi. Acum suntem trei, mi-a răspuns el.

— Și vreo patru mii de soldați, a adăugat Sonia rânjind.

A aruncat o privire spre Howard, iar eu mi-am întors capul și l-am surprins chiar în clipa în care-i făcea semn cu degetul la gâtlej, să înceteze. Comunicare non-verbală. Super!

Zâmbetul Soniei a dispărut subit:

— Lina, ți-e foame. Am pregătit lasagna.

De aici venea mirosul ăla!

— Mi-e destul de foame, am recunoscut.

Puțin spus, însă.

— Perfect. Am pregătit specialitatea mea. Lasagna cu pâine cu extra usturoi.

— Da, zise Howard dând din braț precum o casnică de la emisiunea *Prețul Corect.* Te-ai decis să ne răsfeți.

— E o noapte specială, așa că m-am gândit să dau tot ce-i mai bun. Lina, probabil că vrei să te speli pe mâini mai întâi. Eu mă duc să aranjez masa, ne vedem în bucătărie.

Howard indică undeva de cealaltă parte a sufrageriei:

— Baia e acolo.

Am dat din cap, mi-am așezat rucsacul pe cel mai apropiat scaun și practic am zburat din cameră. Baia era o chestie minusculă, de-abia încăpeau în ea un vas de toaletă și o chiuvetă. Am dat drumul la apa caldă și am lăsat-o să ajungă cât de fiartă puteam suporta, după care am început să-mi scot aeroportul de pe mâini cu o bucată de săpun de pe marginea chiuvetei.

Cât îmi frecam mâinile m-am surprins în oglindă și am lăsat să-mi scape un geamăt. Arătam ca și cum fusesem târâtă prin trei fusuri orare. Ceea ce, să fiu sinceră, se și petrecuse. În mod normal aveam un ten bronzat, dar acum eram palidă-gălbuie, cu cercuri întunecate sub ochi. Iar *părul*... Găsise în sfârșit o modalitate prin care să sfideze legile fizicii. Mi-am udat ambele mâini și am încercat să-mi netezesc buclele, dar gestul a părut să le încurajeze și mai mult. Într-un târziu, m-am resemnat. Și ce dacă arătam ca un arici care descoperise Red Bull-ul? Tații ar trebui să te accepte așa cum ești, corect?

De cealaltă parte a băii se făcură auzite acorduri muzicale, iar nervozitatea mea, ținută la stadiul de flamă, a ajuns un foc de artificii. Oare chiar aveam nevoie să mănânc cina asta? Mai bine m-aș fi ascuns prin vreo cameră cât timp încercam să pricep toată nebunia asta cu cimitirul. Sau cât nu pricepeam. Dar chiar atunci îmi chiorăi stomacul în semn de protest și, *of*, chiar trebuia să mănânc.

— Uite-o că a apărut, zise Howard ridicându-se în picioare când mă văzu intrând.

Aranjaseră o față de masă în carouri roșii și aproape că am recunoscut cântecul rock care venea de undeva de la un iPod din holul de la intrare. M-am prelins pe scaunul din fața lor și apoi s-a așezat și Howard.

— Sper că-ți este foame. Sonia e o bucătăreasă desăvârșită, cred că și-a ratat cariera.

Acum, că nu mai eram doar noi doi, avea un aer mult mai relaxat.

Sonia strălucea de bucurie:

— Nici vorbă. Am fost menită să am o slujbă la memorial.

— Dar chiar arată bine.

Și prin „bine" am vrut să spun nemaipomenit. O tavă aburindă de lasagna stătea cuminte lângă un coș îndesat cu felii groase de pâine cu usturoi și alături se vedea un bol plin ochi cu un amestec de salată verde și roșii. A fost nevoie de toată voința din lume să mă abțin să nu mănânc direct din ele.

Sonia mi-a tăiat din lasagna și mi-a pus în mijlocul farfuriei o bucată mare, pătrată și lipicioasă.

— Servește-te singură cu pâine și salată. *Buon appetito*![1]

— *Buon appetito*, se auzi și Howard, ca un ecou.

— *Buon appe*... ceva, am mormăit și eu.

De cum și-a primit fiecare porția, mi-am apucat furculița și am atacat lasagna. Bănuiam că arăt ca un mastodont sălbatic, dar, după o zi de mâncat numai hrana de prin avioane, nu mă mai puteam abține. Porțiile alea erau de-a dreptul miniaturale. Când am ieșit la suprafață să iau aer, i-am văzut pe Sonia și Howard fixându-mă; el, cu un aer aproape îngrozit.

---

[1] Poftă bună!

— Și, Lina, ce fel de lucruri îți place să faci? mă întrebă Sonia.

Mi-am apucat șervețelul:

— În afară de speriatul oamenilor cu manierele mele la masă?

Howard a chicotit:

— Bunica ta mi-a spus că îți place să alergi. Mi-a povestit că faci în general vreo șaizeci și ceva de mile pe săptămână și că speri să alergi și la colegiu.

— Păi, așa se explică apetitul, spuse Sonia apucând o porție nouă, iar eu i-am întins recunoscătoare farfuria. Alergi și la școală?

— Alergam. Am intrat în echipa națională de cros, dar am anulat totul după ce am descoperit...

M-au privit amândoi deodată.

— Când am descoperit cancerul. Antrenamentele îmi luau o grămadă de timp și nu am vrut să mai plec de acasă pentru alte întâlniri și chestii din astea.

Howard a încuviințat.

— Cred că cimitirul e un loc excelent pentru alergat. Spațiu cât vezi cu ochii și drumuri netede, numai bune. Și eu alergam aici pe vremuri. Până m-am îngrășat și m-am puturoșit de tot.

Sonia și-a dat ochii peste cap:

— Ei, hai, nu mai spune. N-ai fi în stare să te îngrași nici dacă ai încerca, continuă ea împingând coșul de pâine spre mine. Știai că am fost prietenă cu mama ta? Era minunată. Atât de talentată și plină de viață...

Mnu, nici asta nu-mi spusese. Era oare posibil să fi fost victima unei răpiri elaborate? Oare răpitorii îți dădeau să mănânci două bucăți din cea mai bună lasagna din viața ta? Și oare, sub presiune, ar fi divulgat secretul rețetei?

Howard și-a dres vocea, readucându-mă în miezul discuției:

— Îmi cer scuze. Hm, nu. Nu te-a menționat niciodată.

Sonia a încuviințat, cu o expresie impenetrabilă pe chip, iar Howard a privit-o mai întâi pe ea, apoi pe mine.

— Bănuiesc că te simți destul de obosită. Vrei să vorbești cu cineva? I-am trimis un mesaj bunicii tale când a aterizat avionul, dar dacă vrei, poți să o suni. Am niște minute internaționale pe telefonul mobil pe care poți să le folosești.

— Pot să o sun pe Addie?

— Ea este prietena la care ai locuit?

— Da. Dar am laptopul la mine. Pot să folosesc Face Time în loc.

— E posibil să nu meargă în noaptea asta. Italia nu e renumită pentru tehnologie și semnalul de internet a fost cam toată ziua slab. Vine mâine cineva să arunce o privire, dar între timp te poți folosi de telefonul meu.

— Mersi.

Se ridică de la masă:

— Cine vrea vin?

— Eu, te rog, rosti Sonia.

— Lina?

— Hm… sunt… nu prea am vârsta necesară.

El zâmbi:

— În Italia nu există o vârstă potrivită ca să bei, așa că bănuiesc că e diferit aici. Dar nu vreau să te oblig în niciun fel.

— De data asta, nu.

— Mă întorc imediat, a spus mergând spre bucătărie.

Preț de zece secunde camera s-a cufundat în liniște, după care Sonia a lăsat furculița jos:

— Mă bucur foarte mult că ești aici, Lina. Și vreau să știi că dacă ai nevoie de ceva, de orice, sunt la distanță de o lespede. Literalmente.

— Mersi, am spus și mi-am dresat privirea să se oprească asupra unui loc de deasupra umărului ei stâng.

Adulții se străduiau mult prea mult în preajma mea. Credeau că dacă se purtau îndeajuns de frumos, chestia asta avea cum să mă facă să trec peste faptul că îmi pierdusem mama. Era o chestie dulce și oribilă totodată.

Sonia a privit mai întâi spre bucătărie, după care mi-a spus pe un ton jos:

— Voiam să te întreb dacă te-ar deranja să treci mâine pe la mine. Am ceva ce vreau să-ți dau.

— Ce anume?

— Putem vorbi mâine despre asta. În noaptea asta încearcă mai întâi să te obișnuiești cu locurile.

Am dat din cap. Aveam de gând să mă obișnuiesc cât mai puțin. Nici măcar nu aveam să despachetez.

De cum s-a terminat cina, Howard a insistat să-mi ducă valiza sus.

— Sper să-ți placă în camera asta. Am zugrăvit-o și am redecorat-o acum câteva săptămâni și părerea mea e că a ieșit destul de bine. Eu stau cu ferestrele deschise vara — e mult mai rece așa — dar nu ai decât să ți-o închizi pe a ta, dacă preferi.

Vorbea repede, ca și cum ar fi fost un discurs de bun venit învățat pe de rost. Mi-a lăsat geanta jos în fața primei uși.

— Baia e chiar în capătul holului și tocmai am pus niște săpun și un șampon nou. Să-mi spui de ce altceva mai ai nevoie și cumpăr mâine, bine?

— Bine.

— Și așa cum ți-am zis deja, semnalul de internet e destul de sporadic, dar dacă te decizi să încerci totuși, rețeaua se numește „Cimitirul American".

Normal, cum altfel?

— Și care e parola de wi-fi?

— ZidulDispăruților. Într-un cuvânt.

— ZidulDispăruților, am repetat. Ce înseamnă asta?

— E o parte din memorial. Sunt niște tăblițe cu numele tuturor soldaților dispăruți și ale căror trupuri nu au mai fost niciodată găsite. Pot să-ți arăt mâine dacă vrei...

— Nu, nu, mulțumesc. Păi, sunt cam obosită, așa că... am spus trăgându-mă spre ușă.

S-a prins imediat și mi-a înmânat un telefon și o foaie de hârtie:

— Am notat instrucțiunile pentru apelurile spre Statele Unite. Trebuie să treci și codul țării, și codul statului. Anunță-mă dacă ai probleme.

Am pus hârtia în buzunar.

— Noapte bună, Lina!

— Noapte bună!

S-a întors și a pornit înapoi pe coridor, timp în care eu am deschis ușa și mi-am târât geamantanul în cameră, simțind cum mi se lasă umerii în jos, ușurați la gândul că mă aflam în sfârșit singură. *Ei bine, chiar ești aici*, mi-am zis, *tu și noii tăi prieteni, toți patru mii.* Ușa avea încuietoare, așa că am învârtit mânerul până am auzit un clinchet care m-a umplut de satisfacție. M-am întors încet, pregătită să văd la ce anume se referise Howard când spusese că ieșise „destul de bine". Și am simțit cum mi se oprește inima în piept. Era de **WOW**!

Pur și simplu perfectă. O veioză absolut adorabilă așezată pe noptieră învăluia camera într-o lumină caldă, plăcută, iar patul cu aer antichizat era acoperit cu vreo mie de pernuțe de decor. Biroul și comoda pictate erau așezate de o parte și de alta a camerei, iar oglinda ovală atârna pe perete, lângă ușă.

Așezase chiar și niște rame goale pe noptieră și pe comodă, ca și cum m-ar fi așteptat pe mine să le umplu cu poze.

Mă reprezenta *pe mine* întru totul. Cum era posibil ca cineva care nu mă văzuse niciodată în viață să-mi facă un dormitor perfect? Poate că lucrurile nu aveau să fie chiar atât de rele, la urma urmei.

O pală de vânt ajunse în cameră, atrăgându-mi atenția asupra ferestrei larg deschise. Îmi ignorasem propria mea regulă: *„Dacă ceva pare prea frumos să fie adevărat, atunci poate chiar este.”* Am mers la geam și am scos capul afară. Pietrele funerare luceau la lumina lunii asemenea unor dinți și totul era cufundat într-un întuneric și-o liniște stranie. Nu exista o cantitate necesară de frumos care să contrabalanseze o asemenea priveliște.

Mi-am tras capul înapoi și-am scos hârtia din buzunar. Venise momentul să-mi pun la cale evadarea.

Capitolul 2

ERA FOARTE POSIBIL CA SADIE DANES SĂ FIE UNA din cele mai rele persoane de pe planetă, dar va avea întotdeauna un loc special în inima mea. La urma urmei, ei i-o datoram pe cea mai bună prietenă a mea.

Eram pe la începutul clasei a șaptea. Addie tocmai se mutase din Los Angeles în Seattle, și într-o bună zi, după ora de gimnastică, a auzit-o pe Sadie comentând cum că unele din colegele noastre nu ar avea de fapt nevoie de sutiene. Chestie care, să fim serioase — eram în clasa a șaptea; numai unul la sută din noi aveau nevoie. Ideea era că eu eram una din cele mai puțin dotate și toată lumea de față știa că la mine se referea. Am ignorat-o (adică, mi-am băgat capul de doisprezece ani în dulap și-am clipit des să-mi ascund lacrimile), dar Addie și-a pus în cap s-o pună pe Sadie la pământ, când ieșea din vestiar. În ziua aia îmi luase apărarea și de atunci nu se mai oprise.

— Du-te de aici, poate că e Lina, i-am auzit vocea, de la oarecare distanță, ca și cum cineva ar fi ținut telefonul departe de ea. Alo? A zis ea în receptor.

— Addie, eu sunt.

— Lina! WYATT, PLEACĂ DE LÂNGĂ MINE ÎN CLIPA ASTA!

Au urmat niște țipete înăbușite, urmate de ceva ce aducea a luptă între cuțitari mexicani, doar că era vorba de ea și de frate-său. Addie avea trei frați mai mari și în loc să se poarte cu ea ca și cu mezina familiei o tratau de parcă era una de-a lor. Chestie care explica multe aspecte ale personalității ei.

— Scuze, a zis când a revenit la telefon. Wyatt e un idiot și jumătate. I-a bușit cineva telefonul și-ai mei au spus că trebuie să-l împart pe al meu cu el. Iar mie nu-mi pasă deloc de ce s-a întâmplat, nu am de gând să-mi dau numărul de telefon să-l aibă toți prietenii lui neanderthalieni.

— Ei, haide, că nu-s atât de răi.

— Încetează. Știi bine că sunt. Aseară am dat peste unul care ne mânca cerealele. Își turnase o cutie întreagă într-un vas de mixer și le mânca cu polonicul de *supă*. Și nu cred că Wyatt ajunsese măcar acasă.

Am zâmbit și-am închis o clipă ochii. Dacă Addie ar fi fost vreun super-erou, atunci puterea ei ar fi fost Capacitatea de a-și Face Prietena să se Simtă Normală. În primele săptămâni de după înmormântare, cele mai îngrozitoare, ea fusese cea care mă scosese din casă sub tot soiul de pretexte și insistase să mănânc și să fac duș. Era genul acela de prieten pe care știai că nu-l meriți nici într-o mie de ani.

— Ia stai. De ce mai pierdem timpul vorbind despre prietenii lui Wyatt? Presupun că ai făcut deja cunoștință cu Howard.

Am deschis ochii:

— Vrei să spui cu tata?

— Refuz să-l numesc așa. Nici măcar nu am știut că e tatăl tău până acum două luni.

— Mai puțin chiar, am adăugat.

— Lina, mă omori, pe bune. Spune, cum e tipul?

Am tras cu ochiul la ușa dormitorului. De jos încă se mai auzea muzica, dar mi-am coborât tonul ca măsură de precauție.

— Hai să spunem doar că trebuie să plec de aici. Imediat.

— Ce vrei să spui? E vreun ciudat?

— Nu, e chiar un tip OK. E înalt cât un jucător de baschet din NBA[1], ceea ce e foarte surprinzător. Dar nu asta e chestia aiurea, am spus trăgând adânc aer în piept.

Trebuia să îi ofer un efect dramatic complet:

— Este îngrijitorul unui cimitir. Ceea ce înseamnă că trebuie să trăiesc într-un cimitir.

— POFTIM???

Eram pregătită pentru reacția ei și țineam deja telefonul la mai bine de 5 centimetri distanță de ureche.

— Trebuie să trăiești într-un *cimitir*? E vreun soi de *gropnicer*? a zis ea șoptind ultimul cuvânt.

— Nu cred că mai îngroapă pe cineva aici. Toate mormintele sunt din cel de-al Doilea Război Mondial.

— De parcă așa ar fi mai bine! Lina, trebuie neapărat să te scoatem de acolo. Nu e cinstit. Mai întâi îți pierzi mama, și pe urmă trebuie să te muți în cealaltă parte a lumii să stai cu un tip care susține dintr-odată că e taică-tău? Iar el trăiește într-un cimitir? Haide, e deja mult prea mult.

M-am așezat la birou și mi-am rotit scaunul până când am ajuns cu spatele la geam:

— Crede-mă, dacă aș fi avut idee în ce mă băgam, m-aș fi împotrivit și mai mult. Locul ăsta e ciudat rău. Peste tot prin preajmă nu-s decât pietre funerare, și pare foarte departe de orice urmă de civilizație. Am mai văzut câteva case când am

[1] Asociația Americană de Baschet, abreviere de la National Basketball Association.

venit aici, dar în afară de asta arată ca și cum nu ar fi nimic altceva decât pădure în jurul cimitirului.

— Taci din gură. Vin să te iau. Cât costă un bilet de avion? Mai mult de 300 de dolari? Fiindcă nu am mai mult după mica noastră întâlnire cu hidrantul.

— Nici măcar nu l-ai lovit așa de tare.

— Spune-i asta mecanicului. Se pare că a fost nevoie să înlocuiască toată aparatura. Iar eu susțin că tu ești singura vinovată. Dacă nu te-ai fi dat în spectacol, nu aș fi fost nevoită să intervin.

Am rânjit și mi-am tras picioarele sub mine:

— Ba nu e deloc vina mea că tu nu te poți controla când apare la radio demodata de Britney Spears. Ai nevoie de ajutor să-l plătești? Bunicii mei se ocupă cu finanțele mele, dar primesc indemnizație în fiecare lună.

— Nu, normal că nu. Tu o să ai nevoie de bani să ajungi acasă, din Italia. Și sunt convinsă că ai mei vor fi de acord să locuiești din nou aici. Mama zice că ai o influență foarte bună asupra mea. I-a luat cam o lună să treacă peste faptul că tu-ți pui singură vasele în mașina de spălat.

— Ei bine, chiar sunt o tipă remarcabilă.

— Mie-mi spui? Bine, am să vorbesc zilele astea cu ei. Trebuie doar să aștept să se calmeze mama. Se ocupă cu un meci de fotbal caritabil de-al lui Wyatt, de parcă ai zice că organizează un bal. Pe bune, se stresează inutil. Aseară, de exemplu, a luat-o complet razna că nu am mâncat niciunii tăițeii.

— Mie-mi plac tăițeii ei. Cei cu ton, nu?

— Bleah, nu se poate să-ți placă așa ceva. Oi fi fost moartă de foame după ce alergaseși vreo mie cinci sute de kilometri. Și pe urmă, tu mănânci orice.

— Așa e, am admis așezându-mi picioarele la loc, pe podea. Dar, Addie, ține minte, bunica e cea care trebuie convinsă. Ea e sigură că aici trebuie să trăiesc de acum înainte.

— Ceea ce nu are nicio noimă. De ce te-ar trimite în cealaltă jumătate a lumii să stai cu un străin? Nici măcar nu îl cunoaște.

— Nu cred că a știut ce altceva să facă. Mi-a spus în drum spre aeroport că se gândește să se mute cu bunicul într-un centru de bătrâni, cu îngrijire specială. Deja îi este mult prea greu să se ocupe singură de el.

— Motiv pentru care tu ar trebui să locuiești cu noi, spuse ea expirând zgomotos. Nu-ți bate capul, las-o pe bunica Rachelle în grija mea. Am s-o iau într-o zi cu mine să-i cumpăr niște caramele cu lichior, din alea după care se dau în vânt toți bătrânii, și-o să vorbim despre motivele pentru care reședința familiei Bennet reprezintă cea mai bună opțiune pentru tine.

— Mersi, Addie.

Ne-am oprit amândouă din vorbit și dintr-odată liniștea a fost umplută de bâzâitul insectelor de afară și de muzica lui Howard. Am simțit brusc dorința de a mă strecura în telefon, să ajung înapoi în Seattle. Cum aș putea să supraviețuiesc fără Addie?

— De ce ești așa de tăcută? Și-a făcut apariția groparul?

— Sunt la mine în cameră, dar am senzația că sunetul circulă foarte bine prin casa asta. Nu știu dacă poate să mă audă sau nu.

— Super, deci nici măcar nu poți vorbi liniștită. Ar trebui să ne găsim un cod prin care să mă anunți că ești în regulă. De pildă, să zici „mierlă" dacă te țin ostatică.

— „Mierlă"? Nu cumva ar trebui să fie un cuvânt care nu sună așa de ciudat?

— La naiba. M-ai încurcat de tot. Ai spus cuvântul, dar nu știu dacă a și însemnat ce trebuie să însemne. Ești bine sau ești ținută ostatică?

— Nu, Addie, nu mă ține nimeni ostatică, am oftat. Poate numai promisiunea pe care i-am făcut-o mamei.

— Mda, dar contează oare promisiunile dacă le faci sub un fals pretext? Fără supărare, dar mama ta nu a fost chiar explicită cu motivele pentru care ar trebui să mergi în Italia.

— Știu, am oftat. Sper să existe un motiv pentru asta.

— Poate, cine știe.

Am privit afară pe geam, peste umăr. Razele lunii se strecurau printre profilurile întunecoase ale copacilor. Dacă nu aș fi știut despre ce era vorba, aș fi zis că era un peisaj superb.

— E momentul să închid. Vorbesc de la telefonul lui și presupun că o să coste o avere convorbirea asta.

— Bine, atunci. Sună-mă cât de repede poți. Și, pe bune acum, nu-ți mai face griji. Te scoatem de acolo cât ai zice pește.

— Mersi, Addie. Sper să pot să te prind mâine pe Face Time.

— Aștept lângă calculator. Cum se spune „La revedere" în italiană? Ciu? Cio?

— Habar nu am.

— Mincinoasă ce ești! Tu ești aia care vorbea încontinuu despre cum o să călătorești prin toată lumea.

— Bună și la revedere se spune „*ciao*".

— Știam eu. *Ciao*, Lina.

— *Ciao*.

Odată terminată convorbirea, am așezat telefonul pe birou și am simțit cum mi se usucă gâtul.

— Lina?

Howard! Aproape că m-am răsturnat cu scaunul. Oare trăsese cu urechea în tot timpul ăsta?

M-am ridicat grăbită în picioare și am crăpat ușa câțiva centimetri. Howard era pe hol cu un teanc de prosoape albe în brațe, care arătau ca un tort de nuntă.

— Sper că nu te-am întrerupt, spuse el repede. Mi-am amintit că am vrut să-ți dau astea.

I-am studiat chipul, dar era la fel de domol ca frișca. Se pare că rudenia nu însemna mai nimic. Nu aveam nici cea mai vagă idee dacă îmi auzise sau nu conversația cu Addie.

După o secundă de ezitare, am deschis larg ușa și am luat prosoapele.

— Mulțumesc. Și poftim telefonul, am spus luându-l de pe birou și oferindu-i-l.

— Deci... ce părere ai?

M-am înroșit:

— Despre ce?

— Despre cameră.

— Ah. E super. Arată foarte bine.

Un zâmbet larg, de ușurare, i s-a așternut pe chip. Era cu siguranță cel dintâi în noaptea aceea, și Howard părea să cântărească cu vreo cincizeci de kile mai puțin. Iar zâmbetul era oarecum câș.

— Bine, atunci, a mai spus sprijinit de tocul ușii. Știu că nu am cele mai bune gusturi în materie, dar am încercat să o fac drăguță. M-a ajutat un prieten să pictez biroul și comoda, și împreună cu Sonia am găsit oglinda într-un târg.

Bleah. Acum mai aveam în cap și imaginea asta în care el cutreiera Italia căutând chestii care credea că-mi plac. De unde acest interes subit? Din câte știam eu, nu-mi trimisese nici măcar o felicitare de ziua de naștere.

— Nu trebuia să te deranjezi așa de mult, am spus.

— N-a fost niciun deranj. Sincer.

Și a zâmbit din nou, după care a urmat o pauză lungă și incomodă. Toată noaptea mă simțisem de parcă aş fi fost la o întâlnire pe NV cu cineva cu care nu aveam nimic în comun. Ba nu, mai rău de atât. Pentru că noi doi chiar *aveam* ceva în comun. Doar că nu vorbeam despre asta. *Când o să vorbim, oare?*

Speram că niciodată?

Howard a dat scurt din cap:

— Ei bine, Lina, noapte bună!

— Noapte bună!

I-am auzit pașii depărtându-se pe hol și am închis și încuiat ușa din nou. Cele nouăsprezece ore de călătorie se strânseseră toate în mijlocul frunții care părea să-mi bubuie de durere. Era momentul să încheiem această zi.

Am așezat prosoapele pe comodă, mi-am aruncat pantofii și m-am azvârlit pe pat, trimițând șuvoaie de pernuțe decorative într-o parte și-n alta. În fine. Patul era la fel de moale pe cât lăsa să se vadă, cearceafurile miroseau minunat, ca cele pe care le lăsa mama pe sfoară la uscat. M-am ghemuit sub așternuturi și-am stins veioza.

De jos au răbufnit hohote puternice de râs. Muzica era la fel de puternică, iar ei nu știu ce făceau, ori spălau vasele, ori jucau crochet, dar cui îi mai păsa la ora aia? După ce zi avusesem, eram în stare să adorm oriunde.

Abia trecusem în faza aia de amețeală, pe jumătate adormită, când m-a readus la simțuri vocea lui Howard:

— E foarte tăcută.

Am deschis ochii instantaneu.

— Nu mi se pare deloc surprinzător, dacă te gândești prin tot ce a trecut, i-a răspuns Sonia.

Nu m-am clintit. Se pare că Howard nu știa că sunetul trece prin ferestrele deschise. A continuat pe un ton mai coborât:

— Normal. Doar că a fost o surpriză. Hadley era așa de...

— Plină de viață? Chiar era. Dar și Lina s-ar putea să te surprindă. Nu m-ar mira deloc să aibă același zvâc precum mama ei.

El a râs ușor:

— Zvâc. E un fel de a spune.

— Dă-i puțin timp să se acomodeze.

— Normal. Mulțumesc din nou pentru masă, a fost delicioasă.

— Mi-a făcut plăcere. Am de gând să mă instalez mâine-dimineață la Centrul pentru Vizitatori. Tu vii la birou?

— Vin, plec. Vreau să termin mai devreme ca să o duc pe Lina în oraș.

— Sună excelent. Noapte bună, șefu, rosti Sonia și la scurt timp i s-au auzit pașii pe aleea pietruită.

O clipă mai târziu ușa de la intrare s-a deschis și s-a închis la loc.

Mi-am forțat ochii să se închidă, dar mă simțeam de parcă îmi curgea suc acidulat prin vene. La ce se așteptase Howard? Că voi da pe dinafară de bucurie la gândul că mă voi muta cu cineva pe care nu-l cunoscusem în viața mea? Că o să fiu super-încântată să locuiesc într-un cimitir? Doar nu era cine știe ce secret că nu voisem deloc să vin aici. Nu acceptasem decât atunci când bunică-mea scosese artileria grea: *I-ai promis mamei tale.*

Și de ce să mă numească „tăcută"? Nu suportam să mi se spună tăcută. Oamenii spuneau mereu chestia asta de parcă ar fi fost vreun defect major — ca și cum dacă nu m-aș fi exprimat de la prima întâlnire, aș fi fost neprietenoasă sau arogantă.

Mama mă înțelegea. *Te încălzești mai lent, dar după ce o faci, luminezi toată încăperea.*

M-au umflat lacrimile și m-am întors cu fața lipită de pernă. Acum, că trecuseră deja șase luni, mă puteam preface ore în șir că îmi era bine fără ea. Dar nu ținea niciodată. Realitatea era la fel de dură și necruțătoare precum hidrantul ăla în care intrasem cu Addie.

Și trebuia să trăiesc fără ea tot restul vieții. Chiar trebuia s-o fac.

Capitolul 3

„UITE ACOLO UN GEAM DESCHIS. TREBUIE SĂ FIE cineva înăuntru."

Vocea aproape că-mi sunase direct în ureche, așa că am sărit ca arsă. Unde eram? Ah. Da. Într-un cimitir. Doar că acum era scăldat în lumină și în dormitorul meu erau vreo 500 de grade. Plus, minus o sută.

— N-ar trebui să aibă niște semne prin care să-ți spună pe unde s-o iei?

Era o voce de femeie, cu un accent la fel de palpabil precum sosul barbecue. Un bărbat i-a răspuns:

— Gloria, locul ăsta arată a casă de locuit. Nu cred că e cazul să ne băgăm nasul.

— Iu-huu! E cineva acolo? Alo? E cineva acasă?

Am dat deoparte așternuturile și m-am ridicat din pat, împiedicându-mă de pernuțele împrăștiate primprejur. Încă eram îmbrăcată cu hainele din seara precedentă. Fusesem așa de obosită, că nici nu-mi trecuse prin cap să-mi pun pijamalele.

— Alo-oo, cântă femeia din nou. E cineva înăuntru?

Mi-am prins părul într-un coc să nu cumva să sperii lumea, apoi m-am dus la geam și-am dat ochi cu doi oameni care se potriveau *întocmai* cu vocile lor. Doamna avea părul roșcat, de culoarea mașinilor de pompieri și niște pantaloni scurți cu talie înaltă, iar domnul purta o pălărie de pescar și avea atârnat de gât un aparat foto imens. Până și rucsacurile le erau caraghioase. Mi-am înghițit un chicotit. Mă costumasem o dată cu Addie în turiști neaoși ca ei. Cei doi ne-ar fi putut fi o sursă excelentă de inspirație.

— Bu-nă, rosti tărăgănat Turista Neaoșă Adevărată, arătându-mă cu degetul. Vorbești, a... englezește?

— Și eu sunt americancă, i-am răspuns.

— Slavă cerului! Îl căutăm pe Howard Mercer, supraveghetorul? Unde l-am putea găsi?

— Nu știu să vă spun. Sunt nouă pe aici.

Între timp, priveliștea m-a captivat și mi-am ridicat ochii. Copacii din fața ferestrei erau de un verde bogat, catifelat, iar cerul era mai albastru decât îl văzusem vreodată. Și totuși mă găseam tot într-un cimitir. Repet: Tot. Într-un. Cimitir.

Turista Neaoșă și-a privit bărbatul, apoi pe mine din nou, trecându-și greutatea de pe un picior pe altul ca și cum mi-ar fi spus: *„Nu ai să scapi de mine așa de ușor"*.

— Am să verific să văd dacă nu cumva e în casă.

— Ei, asta-i altceva, zise ea. Ne găsești aici, în față.

Mi-am desfăcut valiza și m-am schimbat într-un maiou și șort de alergat, după care am pornit în jos, pe scări. Etajul principal era destul de mic și, în afară de dormitorul lui Howard, singura cameră pe care nu o văzusem încă era biroul. Pereții erau decorați cu albume înrămate de-ale lui Beatles și fotografii. M-am oprit să mă uit la o imagine în care Howard și alți câțiva oameni aruncau găleți de apă pe un elefant imens, superb. Purta pantaloni cu buzunare aplicate și o pălărie de safari și arăta ca și cum ar fi fost personajul principal dintr-o emisiune despre viața în natură. *Howard Îmbăiază Animalele*

Sălbatice. Era clar că nu-și petrecuse ultimii șaisprezece ani din viață stând degeaba și plângând după mine și mama.

„Scuze, turiști neaoși, nici urmă de Howard", mi-am spus îndreptându-mă spre ușa de la intrare, pregătită să le transmit celor doi că nu-i puteam ajuta. Abia am intrat în sufragerie și am sărit de parcă aș fi călcat pe sârmă. Femeia nu numai că mă aștepta în față, dar avea fața lipită de geam și mă urmărea ca un gândac uriaș.

— Aici, aici, a zis indicându-mi ușa de la intrare.

— Cred că glumești, am zis cu mâna la piept.

Inima îmi galopa cu un milion de bătăi pe minut. Ai fi zis că într-un cimitir mersul lucrurilor ar fi trebuit să fie mult mai... neclintit. Ta-daam! Prima mea glumă despre cimitir. Și prima dată când mi-am dat ochii peste cap la propria-mi glumă despre cimitir.

Am deschis ușa și femeia s-a rostogolit câţiva centimetri în spate.

— Iartă-mă, drăguță. Te-am speriat? Arăți de parcă ți-ar ieși ochii din cap.

Purta un ecuson din acela, cu numele scris: BUNĂ! MĂ NUMESC GLORIA.

— Nu mă așteptam să vă găsesc... cu ochii la geam, am spus dând din cap. Îmi pare rău, dar Howard nu e aici. Spunea ceva despre un birou, poate ar trebui să mergeţi să-l căutați acolo.

Gloria a încuviințat.

— Aha, aha. Păi, vezi, iubita, tocmai asta e problema. Nu avem decât trei ore la dispoziție până să se întoarcă autocarul după noi, și vrem să ne asigurăm că vedem tot ce e de văzut. Nu cred că avem timp să colindăm după Dl. Mercer.

— Ați găsit Centrul pentru Vizitatori? Acolo lucrează o doamnă care s-ar putea să știe unde îl puteți găsi.

— Ți-am spus eu că trebuia să încercăm acolo, a zis bărbatul. Asta e o *casă*.

— Și care e Centrul pentru Vizitatori? m-a întrebat Gloria. Era cumva clădirea aia de lângă intrare?

— Îmi pare rău, chiar nu știu.

Pesemne cu o noapte în urmă fusesem prea panicată să mai observ altceva în afara armatei de pietre funerare care se holbau la mine.

Femeia ridică din sprânceană:

— Ei bine, drăguță, îmi pare rău să te deranjez, dar sunt sigură că știi locul ăsta mai bine decât doi turiști veniți tocmai din Alabama.

— De fapt, nu prea.

— Poftim?

Am oftat și am mai aruncat o privire plină de speranță în casă, dar era la fel de multă liniște ca într-un mormânt. (Aha! A doua glumă cu cimitire!) După cum se vedea treaba, urma să dau buzna direct în chestia aia cu memorialul. Am ieșit pe verandă și am închis ușa în urma mea:

— Chiar nu știu nimic despre locul ăsta, dar am să încerc să vă ajut.

Gloria îmi zâmbea angelic:

— Gra-zii-iie.

Am coborât treptele cu cei doi în urma mea.

— Dar chiar că păstrează locul ăsta frumos, observă Gloria. Foarte drăguț.

Avea dreptate. Pajiștile erau de un verde așa de intens, că păreau vopsite cu spray-ul, și-n fiecare colțișor găseai steaguri italienești și americane înconjurate de pâlcuri de maci, ca-n

Vrăjitorul din Oz. Pietrele funerare de un alb strălucitor nu păreau nici pe departe la fel de înspăimântătoare la lumina zilei. Nu mă înțelegeți greșit. Tot înfricoșătoare erau.

— Hai să mergem pe aici, am propus și-am pornit-o pe drumul pe care mă adusese Howard.

Gloria mă înghionti cu cotul:

— Eu și soțul meu ne-am cunoscut într-o croazieră.

Ah, nu se putea! Avea de gând să-mi spună povestea vieții lor? I-am aruncat o privire pe furiș, iar Gloria mi-a zâmbit amabil. Sigur că da.

— Tocmai își pierduse soția, pe Anna Maria. A fost o doamnă drăguță, dar foarte atentă la modul în care păstra casa — știi și tu, una din cele care pune plastic pe tot mobilierul... În fine, soțul meu, Clint, se prăpădise cu câțiva ani în urmă, și iată-ne pe amândoi singuri în croazieră. Aveau mâncare foarte bună — munți întregi de creveți și oricâtă înghețată reușeai să mănânci. Îți mai amintești de crevetele acela, Hank?

Hank nu părea să fie atent la discuție. Am mărit pasul și la fel a făcut și Gloria.

— Erau o mulțime de boșorogi fustangii pe vas, niște urâcioși, dar din fericire pentru mine, m-au așezat la aceeași masă cu Hank. M-a cerut în căsătorie înainte să oprească vaporul, așa de sigur a fost pe el. Ne-am căsătorit după două luni. Normal că mă mutasem între timp la el, dar am grăbit puțin lucrurile fiindcă nu am vrut să, știi și tu...

Se opri uitându-se la mine cu subînțeles.

— Să ce? am întrebat-o ezitând.

Vocea îi coborî cu o octavă:

— Să trăim în păcat.

Am privit disperată de jur împrejurul cimitirului. Aveam de ales, ori îl găseam pe Howard, ori vomitam. Poate amândouă.

— Prima chestie pe ordinea de zi a fost să rupem tot plasticul de pe mobilă. Un om trebuie să stea jos fără să i să lipească fesele de nenorocita aia de canapea. Am dreptate, Hank?

Omul scoase un sunet gutural.

— Iar asta e un fel de a doua lună de miere pentru noi. Toată viața mi-am dorit să vizitez Italia și uite că am ajuns. Sunt sigură că tu ești o rățușcă norocoasă să trăiești aici.

„Mac-mac!", mi-am spus.

Drumul coti brusc și ne-am trezit în față cu o clădire de mici proporții. Era chiar lângă intrarea principală și avea o pancartă imensă pe care scria: INTRAREA VIZITATORILOR — AICI. Foarte ușor de confundat, de altminteri, cu VIZITATORI, CĂUTAȚI CEA MAI APROPIATĂ LOCUINȚĂ, APOI URLAȚI LA GEAM.

— Cred că asta este, am rostit.

— Ți-am spus eu, i se adresă Hank Gloriei rupând tăcerea.

— Ba nu mi-ai spus nimic, pufni femeia. M-ai urmat ca un câine plouat.

Am alergat spre intrare și, înainte să ajung la mâner, ușa s-a deschis și a apărut Howard. Purta un șort și o pereche de șlapi, de parcă ar fi fost pe punctul să prindă un avion spre Tahiti sau mai știu eu unde.

— Lina. Am crezut că încă dormi.

— Oamenii ăștia doi au venit acasă să te caute.

Gloria a făcut un pas înainte:

— Domnul Mercer? Suntem familia Jorgansen din Mobile, Alabama. Vă mai amintiți e-mailul de la noi? Suntem cei care au solicitat un tur *special*, privat, al cimitirului. Vedeți dumneavoastră, soțul meu are o pasiune pentru istoria celui de-al Doilea Război Mondial. Spune-le, Hank!

— O mare pasiune, o completă Hank.

Howard a încuviințat gânditor, dar i-au tresărit vizibil colțurile gurii.

— Ei bine, nu există decât un fel de tur, și sunt convins că Sonia va fi mai mult decât fericită să vă conducă. De ce nu intrați și vă va conduce ea de aici încolo.

Gloria pocni din palme:

— Domnule Mercer, după cum vă aud eu, și dumneavoastră tot de prin sud sunteți. De unde anume? Din Tennessee?

— Carolina de Sud.

— Exact asta am vrut să spun și eu. Carolina de Sud. Și cine este domnița asta încântătoare care ne-a ieșit în ajutor? Fiica dumneavoastră?

Howard s-a oprit o fracțiune de secundă. Îndeajuns cât să observ eu.

— Da. Ea e Lina.

Și abia ne-am cunoscut aseară.

Gloria a clătinat din cap:

— Glorie Domnului. Nu cred c-am mai văzut vreodată un tată și o fiică atât de diferiți. Dar așa este uneori. Eu am căpătat părul ăsta roșu de la o mătușă din partea mamei. Uneori genele mai sar peste o generație-două.

Un lucru era clar, părul roșu al Gloriei nu venise de nicăieri din altă parte decât dintr-o sticlă de vopsea, merita apreciată ardoarea cu care vorbea.

Trase cu coada ochiului la mine, apoi s-a întoars spre Howard:

— Soția dumneavoastră e italiancă?

Și pronunță aitaliancă.

— Mama Linei este americancă. Seamănă foarte bine cu ea.

L-am privit recunoscătoare. Timpul prezent face ca totul să fie mult mai puțin complicat. După care mi-am amintit de conversația lui cu Sonia, pe verandă și m-am întors băgându-mi la loc recunoștința.

Gloria deja își proptea mâinile în șolduri:

— Ei bine, Lina, te încadrezi perfect aici, nu-i așa? Uită-te la ochii ăștia întunecați și la nebunia asta de păr pe care o ai. Fac pariu că lumea crede că ești de prin părțile locului.

— Nu sunt italiancă. Mă aflu în vizită.

Hank și-a recăpătat într-un final vocea:

— Gloria, hai să dăm din picioare. Dacă mai vorbim mult aici, o să ajungem să pierdem toate punctele astea de interes din cimitir.

— Bine, *bine.* Nu e nevoie să folosești un limbaj dur. Haide, Hank, spuse și ne privi cu un aer conspirativ de parcă soțul ei ar fi fost un frățior cu care eram obligați să ne jucăm, apoi a deschis ușa. Să aveți o zi bună, amândoi. Ari-ver-der-cii!

— Ha, a spus Howard de cum se închise ușa în urma lor.

— Mda, am spus și eu, cu brațele încrucișate.

— Îmi cer scuze pentru asta. De obicei, oamenii nu ajung la casă. Și de cele mai multe ori sunt mai puțin...

Se opri căutând un cuvânt politicos prin care să-i descrie pe Jorgenseni. Într-un târziu, a clătinat doar din cap:

— Văd că ești pregătită să alergi.

Mi-am coborât privirile spre hainele cu care mă îmbrăcasem. Mă obișnuisem să mă îmbrac așa, că nici nu mă mai gândeam la asta.

— De obicei, asta fac prima dată.

— Așa cum ți-am spus, poți alerga liniștită prin cimitir, dar dacă vrei să ieși și să explorezi zona, ia-o drept înainte prin porțile alea mari. Nu e decât un singur drum, așa că nu ai pe unde să te rătăcești.

Ușa centrului de vizitare s-a redeschis și a apărut capul Gloriei:

— Domnule Mercer? Doamna de aici spune că turul durează numai treizeci de minute. Am solicitat în mod special un tur de două ore sau mai mult.

— Vin imediat, le-a răspuns privindu-mă. Alegare plăcută!

Când l-am văzut îndepărtându-se, am pășit instinctiv în față special ca să văd reflecțiile amândurora în ușa de sticlă. Gloria era o tipă ridicolă, dar nu se temuse să exprime un punct de vedere evident. Howard avea mult peste un metru nouăzeci, un păr blond căpșună și ochi albaștri. Iar eu aveam trăsături întunecate și îmi cumpăram hainele de la minione. Dar uneori genele mai sar peste o generație-două. Corect?

Am ieșit pe porțile mari ale cimitirului și am traversat parcarea destinată vizitatorilor. La dreapta sau la stânga? Nu prea conta. Nu voiam decât să scap o clipă de cimitir. *La stânga. Nu, la dreapta.*

Șoseaua care trecea pe lângă memorial nu avea decât două benzi, câte una pe sens, așa că m-am restrâns la bucata de iarbă din lateral și am mărit ritmul până când am ajuns să sprintez. De obicei, puteam să-mi alung prin alergat gândurile care mă tulburau, dar ăsta era destul de greu de descotorosit. *De ce nu semănam deloc cu Howard?*

Probabil că era o chestie din aia, mă refer la faptul că sunt o mulțime de oameni pe lume care nu seamănă deloc cu părinții lor. Addie era reprezentanta blondă a familiei ei, și-l mai cunoșteam și pe un tip cu care crescusem care era mai înalt decât părinții lui, din clasa a șasea. Și totuși? N-ar fi trebuit să am măcar ceva cât de cât în comun cu Howard?

Mi-am ținut ochii lipiți de șosea. *O să te obișnuiești repede. E chiar e un tip drăguț.* Astea fuseseră vorbele bunică-mii, care din câte știam eu nu-l cunoscuse niciodată pe Howard. Nu față în față.

Un autobuz albastru imens a trecut șuierând pe lângă mine, trimițându-mi în față o pală de aer cald. Mi-am ridicat privirile și nu mi-am putut opri un oftat. *Ce nai...*? Alergam cumva printr-o scenă din meniul de la Olive Garden[1]? Arăta atât de *idilic* totul... Copacii se aliniau de fiecare parte a drumului care se unduia ușor printre case și clădiri cu aspect rural. Dealurile peticite se întindeau în depărtări și în spatele a mai mult de jumătate din case erau plantații de viță-de-vie adevărate. Deci asta era Italia despre care vorbeau unii. Nu era de mirare că-și pierdeau cu toții mințile din cauza viilor.

Un alt vehicul a venit în trombă din spate, claxonând și trezindu-mă din micul meu moment de admirație italiană. Am sărit în afara drumului și m-am întors să văd despre ce era vorba. O mașină mică, roșie, care încerca să pară mai scumpă decât era în realitate, încetinea pe măsură ce se apropia de mine. Șoferul și pasagerul aveau amândoi părul negru și vreo douăzeci de ani. Atunci când ni s-au întâlnit privirile, șoferul a rânjit și a reînceput să claxoneze.

— Calmează-te. Nu-ți stau în drum, am bombănit în barbă.

Șoferul se propti în frâne, de parcă ar fi reușit cumva să-mi audă vorbele, oprind mașina fix în mijlocul șoselei. Un altul, probabil cu doar un an, doi mai mare decât primul, a coborît geamul din spate, cu un rânjet enorm întipărit pe față.

— *Ciao, bella! Cosa fai stasera*?[2]

---

[1] Olive Garden, renumit lanț american de restaurante, cu specific italienesc.

[2] Bună, frumoaso! Ce faci diseară? (în italiană, în original)

Am clătinat din cap și am reînceput să alerg, doar că șoferul a mai mers câţiva metri, după care a oprit mașina pe banda de lângă mine.

Super! După patru ani de alergat, știam tot ce era de știut despre tagma asta de indivizi. Nu știu cine le-o fi spus vreodată că atunci când vezi o tipă care „aleargă singură" e cod secret pentru „agață-mă, te rog". Oricum ar fi fost, învățasem că nu era de ajuns să le spui că nu ești interesată de propunerile lor. Credeau că te lași rugată, nimic altceva.

Am traversat de cealaltă parte a drumului și am luat-o spre cimitir, după ce am zăbovit o secundă, cât să mă leg la șireturi. Aveam nevoie de adidași. Am tras adânc aer în piept, auzind declanșându-se în mintea mea un pistol imaginar. *Start*!

Din mașină s-a auzit un țipăt de surprindere.

— *Dove vai*?[1]

Nici măcar nu am privit în urmă. Cu motivația potrivită, eram în stare să întrec pe oricine — chiar și pe niște italieni ieșiți la plimbare în mașini roșii de doi bani. Puteam să escaladez și ziduri, dacă era cazul.

Până am ajuns înapoi la cimitir tipii m-au mai depășit de vreo două ori, după care s-au dat bătuți. Eram convinsă că-mi transpiraseră până și pleoapele. Howard și Sonia stăteau rezemați de poartă, dar s-au întors rapid când m-au auzit. Probabil semănam cu un lup astmatic.

— Nu ai stat mult. E totul în regulă? m-a întrebat Howard.

— M-au... urmă...rit... niște... tipi.

— Cine?

— O mașină plină... plină de băieți.

— Or fi fost nebuni cu toții, a zis Sonia.

---

[1] Unde pleci? (în italiană, în original)

— Ia stai puțin. Zici că te-a urmărit o mașină plină de băieți? Cum arătau? m-a întrebat Howard încleștându-și fălcile și privind drumul ca și cum s-ar fi gândit să o ia la goană cu o bâtă de baseball în brațe.

Parcă începusem să-i iert comentariul „E foarte tăcută".

Am dat din cap, recăpătându-mi într-un final răsuflarea:

— N-a fost mare lucru. Data viitoare am să alerg înăuntrul cimitirului, atâta tot.

— Sau ai putea să alergi prin spate, mi-a propus Sonia. E o poartă prin care se poate ieși din cimitir. Cred că dealurile alea or să-ți dea o formă fizică de zile mari, plus că e și foarte frumos acolo. Așa n-o să mai fie nicio mașină să te urmărească.

Cum Howard încă mai scotea fum pe nări, am schimbat subiectul:

— Pe unde sunt Jorgansenii?

Sonia mi-a zâmbit sarcastic:

— A avut loc un fel de... conflict. Au optat pentru turul special cu auto-ghid, spuse indicându-mi un loc aflat de cealaltă parte a cimitirului, unde Gloria îl mâna din spate pe Hank printre șirurile de pietre funerare. Tatăl tău tocmai îmi spunea că vrea să te scoată diseară la cină în Florența.

Howard a încuviințat și într-un final i s-a destins și fața.

— Mă gândeam să ne plimbăm pe lângă Duomo[1] și pe urmă să luăm niște pizza.

Ar fi trebuit oare să știu despre ce vorbea? M-am mișcat de pe un picior pe altul. Dacă spuneam da, atunci acceptam o cină care se anunța absolut ciudată, împreună cu Howard.

[1] Duomo, denumire comună pentru Catedrala Santa Maria del Fiore, cea de a doua mare biserică din Italia.

Dacă spuneam nu, probabil că eu eram cea ciudată. Măcar în felul ăsta, vedeam și eu orașul. Și Duomo. Ce-o fi fost ăla.

— Bine, i-am răspuns.

— Perfect, a vorbit el cu o voce plină de entuziasm, de parcă i-aș fi spus că vreau *neapărat* să merg. O să putem vorbi. Despre diverse chestii.

Am simțit cum mi se taie genunchii. N-ar fi trebuit să beneficiez de o perioadă de grație până când să fac față explicațiilor importante pe care mi le păstrase Howard? Numai că mă aflam acolo, pentru mine era deja prea mult.

M-am întors cu spatele și mi-am șters transpirația de pe frunte, sperând ca cei doi să nu-și dea seama cât de neconfortabil mă simțeam.

— Mă duc înapoi în casă.

Tocmai mă depărtam, când am simțit că Sonia se grăbea să mă prindă:

— Te superi dacă te oprești pe la mine, în drum spre casă? Am ceva ce i-a aparținut mamei tale și aș vrea foarte mult să ți-l dau ție.

Am făcut un pas într-o parte, depărtându-mă cu alți cinșpe centimetri de ea:

— Iartă-mă, dar chiar trebuie să fac un duș. O lăsăm pe altă dată?

— Ah, a zis și spațiul dintre sprâncene i s-a încrețit. Sigur că da. Să-mi spui când ai un minut liber, da? De fapt, aș putea...

— Mersi mult. Ne vedem mai târziu.

Am luat-o la goană, simțind în spate privirea grea a Soniei. Nu intenționasem să fiu nepoliticoasă, dar nici nu voiam cu niciun chip ce avea ea să-mi dea. Oamenii îmi dădeau tot soiul de chestii pe care le avusese mama — în special poze —, iar eu habar nu aveam ce să fac cu ele. Erau ca niște suveniruri din viața mea de dinainte.

Am privit cimitirul și am oftat. Nu mai aveam nevoie de alte chestii care să-mi amintească că totul se schimbase.

Capitolul 4

DE CUM AM INTRAT, AM LUAT-O DIRECT SPRE BUCĂTĂRIE. Aveam oarecum senzația că, odată întrebat, Howard urma să-mi țină speech-ul cu *mi casa, su casa*[1] — probabil chiar cu accent italienesc — așa că nu l-am mai întrebat nimic și-am trecut tacit la cotrobăitul prin frigider.

Primele două rafturi de sus erau ticsite de măsline și muștaruri „gourmet" — chestii care fac mâncarea delicioasă, dar care nu sunt mâncare adevărată — așa că am scotocit prin sertare și-am dat de o cutie cu ceva ce semăna a iaurt de cocos și de-un codru de pâine. M-am simțit complet dezamăgită să nu mai găsesc resturi de lasagna.

După ce am devorat jumătate de pâine și am lins literalmente cutia de iaurt (pe bune, dacă n-a fost cel mai tare iaurt pe care-l mâncasem vreodată), m-am uitat prin dulapuri până când am găsit o cutie de cereale pe care scria CIOCCOLATO. Jackpot! Înțelegeam ciocolată în orice limbă a pământului.

Am mâncat un bol imens de cereale, după care am făcut curat în bucătărie, ca și cum aș fi curățat locul crimei. *Bun, și acum?* Dacă aș fi fost în Seattle, probabil că m-aș fi pregătit să

[1] Expresie italienească, însemnând „ce-i al meu e și al tău".

merg la piscină cu Addie, sau poate că mi-aș fi scos bicicleta din garaj și i-aș fi cerut să mergem să ne luăm câte un shake triplu de ciocolată, din cele care-mi plăceau la nebunie. Dar aici? Nici măcar nu aveam internet.

— Duș, am spus cu voce tare. Tot era ceva de făcut. Și-n plus, chiar aveam nevoie de el.

Am urcat în cameră și am luat teancul de prosoape, după care am intrat în baie. Era incredibil de curată, ca și cum Howard o freca în fiecare săptămână cu înălbitor. Poate că tocmai de asta nu se înțelesese cu mama. Ea era *incredibil* de dezordonată. Ca de exemplu, găsisem odată un vas Tupperware[1] plin cu paste care zăceau la ea pe birou de atâta vreme, că se albăstriseră. *Paste albastre*!

Am tras perdeaua de la duș, dar mai departe nu știam ce să mai fac. Capul de duș era mic și arăta fragil, iar sub el erau doi robineți pe care scria C și F.

— Călâi și frigid? Caniculă și frig?

Am dat drumul la F și l-am lăsat să curgă câteva secunde, dar când am pus mâna sub jet, era rece ca gheața. *Bun, atunci, să încerc la C*?

Exact aceleași rezultate, poate cu jumătate de grad mai cald. Am gemut. Oare dușurile reci gheață făceau și ele parte din categoria la care se referise Howard când spusese că Italia nu e renumită pentru tehnologie? Iar eu ce puteam să fac? Călătorisem o zi întreagă, după care făcusem unul din cele mai dure sprinturi din viața mea. *Nu aveam* duș.

---

[1] Tupperware, companie americană de top, specializată în producerea vaselor de plastic etanșe.

— *Când ești la Roma*[1]... am scrâșnit din dinți și-am sărit înăuntru. Rece! Rece! Auuu!

Am apucat o sticlă cu ceva de pe marginea căzii și mi-am frecat părul și corpul, clătindu-mă, dornică să sar cât mai repede afară de acolo. Am apucat tot teancul de prosoape și m-am înfășurat ca o mumie.

De cealaltă parte a ușii se auzi un ciocănit, drept care am înghețat. Din nou.

— Cine e?

— Eu sunt, Sonia. E totul în regulă... hm... acolo?

Am lăsat să-mi scape o grimasă:

— Hm, mda. Am niște probleme cu apa. Casa asta nu are apă caldă?

— Avem, avem, dar durează puțin. Uneori trebuie s-o lași să curgă și zece minute ca să fie bună. C înseamnă „*caldo*". Adică „fierbinte".

Am dat din cap.

— E bine de știut.

— Ascultă-mă, iartă-mă că te deranjez din nou, dar nu am vrut decât să-ți spun că ți-am lăsat jurnalul pe pat.

Am înghețat. *Jurnalul*? Stai puțin, probabil că nu auzisem bine. Poate c-a zis „șobolanul". Un șobolan ar fi fost, de altminteri, un cadou extrem de potrivit. Dacă aș fi făcut cuiva cadou un șobolan, în mod cert l-aș fi pus într-un...

— Lina, m-ai auzit? Ți-am adus un jurnal pe care...

— O clipă, am spus tare.

Bun, în mod cert spusese „jurnal". Dar nu însemna că era cine știe ce jurnal. Oamenii își dădeau unii altora jurnale tot timpul. M-am uscat repede și m-am îmbrăcat. Am deschis

---

[1] *When in Rome, do as the Romans do*, proverb de origine latina, cu sensul „Când ești la Roma, poartă-te ca romanii".

ușa și am dat de Sonia care stătea pe coridor ținând o plantă în ghiveci.

— Mi-ai adus cumva un jurnal *nou*? am întrebat-o plină de speranță.

— Păi, nu chiar, e unul mai vechi. E un caiet care i-a aparținut mamei tale.

M-am trântit cu spatele de ușă:

— Vrei să zici o chestie din aia mare îmbrăcată în piele și cu o mulțime de poze și scris?

— Da. Exact asta este, mi-a răspuns încruntându-și fruntea, în partea de sus. E ceva ce ai mai văzut deja?

I-am ignorat întrebarea.

— Credeam că vrei să-mi dai vreo poză cu ea.

— Să știi că am o mulțime de poze cu ea, dar stau atârnate pe peretele din dormitorul de oaspeți, și n-am de gând să mă despart de ele. E o variantă mai intimă a Zidului Dispăruților. Niște instantanee minunate. Ar trebui să vii într-o zi să le vezi.

Se pare că Zidul Dispăruților era o chestie importantă prin partea locului.

— De ce ai tocmai tu unul din jurnalele ei?

Vocea îmi sunase ca a unui polițist nervos, dar Sonia a dat din cap:

— L-a trimis la cimitir anul trecut în septembrie. Nu avea nicio notă însoțitoare, iar pachetul nu avea niciun destinatar, dar l-am recunoscut de cum l-am văzut. Cât a locuit la cimitir a cărat jurnalul ăsta peste tot.

A locuit la cimitir?

— În fine, m-am gândit să i-l dau tatălui tău, dar mama ta a fost mereu un subiect tabu. De câte ori aduceam vorba despre ea, el...

— Ce anume?

Sonia oftă:

— I-a fost greu după ce ea s-a mutat de aici. Foarte greu. Și chiar după atâția ani, tot mă simt incomod să-i pomenesc numele în fața lui. În fine, am tras de timp câteva zile, după care tatăl tău mi-a spus că urma să vii să locuiești aici. Atunci mi-am dat seama pentru cine trimisese jurnalul.

M-a privit ciudat și brusc mi-am dat seama că mă apropiasem de ea, ca și cum aș fi fost atrasă de un magnet. Ne mai despărțeau doar zece centimetri. Ups! Am țâșnit înapoi și-am început s-o bombardez cu întrebări.

— Mama a locuit la cimitir? Cât timp?

— Nu foarte mult. Vreo lună-două. S-a întâmplat imediat după ce tatăl tău a primit slujba. Abia se mutase în casa asta.

— Și, adică, erau... au trăit împreună? N-a fost o chestie de o noapte, o chestie între prieteni și atât?

Asta era teoria lui Addie.

Sonia s-a tras înapoi:

— Hm, nu, nu. Nu cred că a fost așa. Păreau să fie foarte îndrăgostiți unul de altul. Tatăl tău o adora.

— Și atunci de ce a plecat? Fiindcă era însărcinată? Howard nu era pregătit să fie tată?

— Nu. Howard ar fi fost un tată extraordinar... cred.

Sonia își ridică mâinile:

— Ia stai. Nu ți-au povestit nimic din ce s-a petrecut? Mama ta nu ți-a explicat nimic?

Am plecat capul:

— Nu știu nimic. Nici măcar nu am știut că Howard e tatăl meu până târziu, după ce a murit mama.

Minunat. Îmi venea să plâng. Pierderea mamei mă transformase într-un robinet uman. Din cel normal, cu cald și rece laolaltă.

— Vai, Lina. N-am știut. Îmi pare tare rău. Am crezut că au vorbit cu tine despre ce s-a întâmplat. Sinceră să fiu, nici eu nu știu ce nu a mai mers. Relația lor a părut să se termine destul de brusc, după care tatăl tău nu a mai vrut să discute nimic niciodată.

— A vorbit vreodată despre mine? Înainte?

Femeia a clătinat din cap și cerceii lungi atârnători au zornăit ușor.

— Nu. Am fost foarte surprinsă când am auzit că ai să vii să locuiești aici. Dar mai bine vorbești cu Howard despre asta. Sunt sigură că-ți va răspunde la toate întrebările. Și poate și jurnalul va face asta, spuse și-mi înmână ghiveciul cu flori. Am fost ceva mai devreme în oraș și tatăl tău m-a rugat să-ți cumpăr astea. A zis că nu ai nicio floare în dormitor și că violetele erau preferatele mamei tale.

Le-am luat. Erau de un mov închis și le-am studiat cu suspiciune. Eram în proporție de 99% sigură că mama nu avusese niciun sentiment mai special față de violete.

— Vrei să mai țin eu jurnalul o perioadă? Mi se pare că ai multe de pus cap la cap. Poate ți-ar prinde mai bine să petreci ceva timp împreună cu tatăl tău și să vorbiți unul cu altul.

Am clătinat din cap. Mai întâi încet, apoi cu frenezie.

— Ba nu, îl vreau.

Ce minciună sfruntată! Împachetasem restul jurnalelor cu câteva luni în urmă, când renunțasem la ideea c-am să mai fiu vreodată în stare să le citesc fără să mă sfâșii pe dinăuntru. Pe ăsta însă trebuia să-l citesc. Îl trimisese special pentru mine.

Am clipit de câteva ori, după care mi-am afișat, special pentru Sonia, un zâmbet perfect ce-i transmitea mesajul „sunt complet stăpână pe situație". Pe chipul femeii se întipărise o expresie de parcă ar fi fost un martor nefericit blocat pe același coridor cu un adolescent instabil emoțional. Ceea ce și eram, de fapt.

Mi-am dres glasul:

— O să fie o chestie mișto. Așa am să pot afla despre ce a făcut mama cât timp a locuit în Italia.

Expresia de pe chipul ei păru să se îmblânzească puțin:

— Da, întocmai. Sunt sigură că de asta ți l-a trimis. Vei avea aceeași perspectivă asupra Florenței ca și ea, și poate așa va exista o conexiune și mai frumoasă.

— Mda, poate.

Asta dacă reușeam să trec de prima pagină fără să mă sfâșii toată în bucăți.

— Lina, e absolut minunat că ești aici, cu noi. Te rog să vii oricând poftești să vezi fotografiile cu mama ta, adăugă ea și a mers apoi în capătul scărilor, după care și-a întors privirile spre mine. Voiam să-ți spun și uitam, violetelor le merge bine dacă le uzi jos, nu direct pe pământ. Umple o farfuriuță cu apă și lasă ghiveciul înăuntru cu totul. În felul ăsta nici n-o să le îneci. Cred că le-ar prinde bine ceva de băut chiar acum, dacă mă uit la ele.

— Mersi, Sonia. Și... hm... îmi cer scuze pentru toate întrebările alea...

— Te înțeleg perfect. Să știi că am plăcut-o foarte mult pe mama ta. A fost o persoană specială.

— Mda, așa a fost, am șoptit ezitant. Te superi dacă te rog să nu-i menționezi lui Howard discuția asta? N-aș vrea să își închipuie că sunt supărată pe el, sau mai știu eu ce...

Sau să pornească vreo discuție penibilă care nu ar fi fost absolut deloc necesară în momentele alea.

A încuviințat.

— Am buzele pecetluite. Vreau doar să-mi promiți că ai să vorbești tu singură cu el. E un tip super și sunt sigură că-ți va răspunde la orice întrebare.

— Bine, am asigurat-o și mi-am întors privirile.

Au urmat câteva secunde lungi de tăcere.

— Te las, Lina. Să ai o zi bună!

A coborât treptele și a ieșit pe ușa din față, dar eu am rămas în același loc, cu ochii nedezlipiți de ușa dormitorului. În ochii mei, camera strălucea acum ca un semnal de alarmă. Caz de urgență majoră.

Nu e nimic altceva decât un jurnal de-al ei, ca oricare altul. Poți s-o faci, poți s-o faci. Într-un târziu am pornit-o pe coridor, dar am cotit în ultima clipă spre scări, clătinând periculos violetele pe care le țineam în brațe.

Doar aveam în mâini niște violete teribil de însetate, nu? Așa spusese Sonia. Trebuia să mă ocup de ele mai întâi. Am fugit jos, pe trepte și-am scotocit dulapurile de două ori până când am descoperit o farfuriuță destul de largă pentru ghiveciul cu flori.

— Gata, măi fată, am spus și-am umplut farfuria cu un centimetru de apă rece (F), după care am așezat vasul înăuntru.

Violetele mele nu păreau în mod deosebit interesate să li se țină companie, dar eu m-am așezat totuși la masa din bucătărie și le-am privit.

Nu trăgeam de timp. Pe bune că nu.

Capitolul 5

UNA DIN ACTIVITĂȚILE PREFERATE ALE MAICĂ-MII era să țină jurnale. Mă rog, o mulțime de alte chestii erau la fel de preferate. Îi plăcea și hot yoga[1], de pildă, și camioanele cu mâncare și reality-show-urile alea îngrozitoare de televiziune. Îmi amintesc cum odată i-a intrat în cap să ne facem toate cosmeticele în casă și o lună întreagă am stat cu unt de cocos și avocado mărunțit pe față.

Chestia cu jurnalele, însă, asta fusese constantă. De câteva ori pe an își arunca banii pe câte-un caiet din acela gros, artistic făcut, de la librăria noastră preferată din centrul Seattle-ului, și în lunile următoare îl umplea cu diverse clipe din viața ei: fotografii, povestiri, liste de cumpărături, idei pentru sesiuni foto, pachete vechi de ketchup... cam tot ce ți-ar trece vreodată prin cap.

Și uite care era ciudățenia: îi lăsa pe alții să le citească. Vreți să auziți una și mai tare? Oamenilor le plăcea. Poate pentru că erau pline de creativitate și amuzante și după ce le citeai te simțeai ca și cum tocmai ți-ai fi petrecut timpul în Țara de Nicăieri.

---

[1] Hot yoga, exerciții de yoga susținute în condiții de căldură și umiditate, la 40 de grade Celsius.

Am intrat în dormitor și am rămas o clipă în picioare, la capătul patului. Sonia lăsase jurnalul fix în mijlocul pernelor, ca și cum s-ar fi gândit că nu l-aș fi observat în altă parte, iar greutatea lui apăsa patul ca o grămadă de cărămizi.

— Ești gata? m-am întrebat cu glas tare.

Nu eram deloc gata, dar m-am dus totuși și l-am luat. Avea niște coperți din piele moale, cu o floare de iris aurie în centru. Nu semăna câtuși de puțin cu jurnalele ei de acasă.

Am tras adânc aer în piept după care am desfăcut puțin coperțile, așteptându-mă ca în orice clipă să-mi explodeze în față un tun de confeti, dar în schimb n-au căzut decât niște broșuri și cotoare de tichete, iar un miros de mucegai mi-a gâdilat nările. Le-am adunat pe toate și-am început să răsfoiesc paginile, ignorând scrisul și îndreptându-mi atenția asupra fotografiilor.

Într-una din ele era mama în fața unei biserici vechi, cu aparatul de fotografiat atârnat pe umăr. În alta zâmbea cu gura până la urechi în fața unui castron de paste. Și aici... Howard. Aproape că mi-a scăpat cartea din mână. Bine, bine, normal că era și el în jurnalul ei. Știam că nu apărusem pe lumea asta din aer, dar totuși. Mintea mea se opunea cu îndârjire ideii de a-i vedea împreună.

Am studiat cu atenție poza. Da, era sigur el. Mai tânăr, cu păr lung (și chestia aia de pe braț era oare un tatuaj?), dar sigur Howard, nimeni altcineva. Stătea așezat lângă mama pe niște trepte de piatră, iar ea avea părul scurt și-un ruj roșu aprins în stilul vechi hollywoodian și arăta ca și cum se simțea complet cucerită.

M-am așezat pe pat, simțind cum inima îmi bubuia în piept. De ce nu-mi spusese direct povestea dintre ea și Howard? Cum să creadă că un jurnal avea să-și facă mai bine treaba decât ea? Fusese oare îngrijorată că nu eram pregătită să-i ascult povestea?

Am ezitat o clipă, apoi am azvârlit jurnalul în sertarul noptierei pe care l-am trântit zgomotos. Ei bine, chiar nu eram pregătită.

Nu încă.

O alarmă de mașină izbucni într-un vibrato[1] puternic pe undeva pe la mijlocul cimitirului, iar sunetul îmi răsună în creier precum o mie de deșteptătoare-turist Gloria. *Această durere de cap v-a fost oferită de Compania Diferență de Fus Orar & Stres*. Mersi, Italia.

M-am rostogolit pe cealaltă parte și m-am uitat la ceasul atârnat pe perete. Trei după-amiaza. Chestie care-mi lăsa mult prea mult timp liber la dispoziție. Era de-a dreptul ridicol.

Am coborât agale din pat și m-am dus la valiză încercând pe jumătate convinsă să-mi fac ordine în lucruri — tricourile în colțul din dreapta, pantalonii în stânga, pijamalele acolo... Nu mă pricepeam deloc la împachetat, și practic era o învălmășeală de nedescris. Într-un târziu m-am decis să așez câteva poze cu mine și mama în ramele goale din cameră, după care mi-am legat șireturile și-am luat-o spre veranda din fața casei.

Cum nu-mi făcusem niciun plan încotro s-o apuc, m-am așezat pe balansoarul de pe verandă și m-am legănat o vreme. Aveam o priveliște excelentă a memorialului. Era o clădire lungă și joasă, plină de gravuri și-aș fi putut face pariu că zona aia se numea Zidul Dispăruților. În fața lui se afla un postament înalt cu o statuie a unui înger cu brațele încărcate de

[1] Vibrato, bucata muzicală executată cu vibrații.

ramuri de măslin. Doi bărbați tocmai îi făceau poze, iar unul din ei m-a remarcat și mi-a făcut semn cu mâna.

I-am răspuns la fel, dar am sărit și-am luat-o spre gardul din spate al cimitirului. Nu mă credeam în stare să mai fac față unei alte situații de genul celei cu familia Jorgansen.

Am dat repede de poarta din spate și curând mi-am dat seama că Sonia chiar nu glumise, dealul din spatele cimitirului era abrupt, nu glumă. Pentru a doua oară în aceeași zi simțeam cum mi se prelingea transpirația pe spate, dar m-am forțat să nu mă opresc din alergat. *Am să te înving, dealule, mă auzi*! În cele din urmă am ajuns în vârf, cu picioarele și plămânii scăpărând scântei. Eram pe punctul de a mă prăbuși când m-a readus în simțiri un zgomot înfundat, ca un bocănit. Nu eram singură.

Am văzut un băiat care se juca cu o minge de fotbal. Era de o seamă cu mine, poate doar puțin mai mare, și avea o tunsoare care ar fi trebuit ajustată de peste trei luni. Era îmbrăcat cu niște pantaloni scurți și un tricou de fotbalist și jongla mingea de pe un genunchi pe altul, murmurând cine știe ce melodie italienească îi trecea prin cap. Am ezitat o clipă. Oare mă puteam strecura fără să mă observe? Mi-ar fi reușit oare o evadare de tipul „salt înainte — culcat"?

Tipul și-a ridicat ochii și privirile ni s-au întâlnit. Super! Nu aveam de ales decât să continui ceea ce făceam sau aveam să par o ciudată de zile mari. L-am salutat din cap și-am luat-o repede pe potecă, ca și cum m-aș fi grăbit să ajung la o ședință. Cu un aer cât se poate de natural, de altfel. Probabil că era o chestie comună, erau o mulțime de oameni care se grăbeau să ajungă la ședințe importante, aici, în vârful unui deal din Italia.

Băiatul și-a scos căștile din urechi și imediat s-a auzit o muzică asurzitoare:

— Hei, bună, te-ai pierdut? Pensiunea Bella Vita e un pic mai jos.

M-am oprit:

— Vorbești engleză.

— Doar puțin, spuse cu un accent italienesc voit exagerat.

— Ești american?

— Oarecum.

L-am studiat. Vorbea ca un american, dar arăta la fel de italian ca o farfurie de chiftele. De statură medie, subțire, cu pielea măslinie și cu nas specific. Ce căuta el aici? Dar, la urma urmei, ce căutam eu? După cum vedeam eu, în ținuturile rurale ale Toscanei mișunau nenumărați adolescenți americani transferați.

Și-a încrucișat brațele și m-a privit încruntat. Voia să mă intimideze. Nepoliticos.

Mi-am revizuit atitudinea:

— Cum adică ești „oarecum american"?

— Mama e americancă, dar am trăit aici cea mai mare parte din viață. Tu de unde ești?

— Din Seattle. Dar am să stau aici vara asta.

— Serios? Unde anume?

Am arătat cu degetul în direcția din care veneam.

— La cimitir?

— Mda. Howard, tatăl meu, este supraveghetor acolo. Tocmai am ajuns.

A ridicat din sprâncene:

— Cam macabru.

— Nu neapărat. E mai mult un memorial. Toate mormintele sunt din cel de-al Doilea Război Mondial, așa că nu e ca și cum ar mai îngropa pe cineva acum acolo.

De ce luam oare partea cimitirului? Asta chiar era macabru.

A dat din cap, apoi și-a pus la loc căștile. Asta era semnalul de care aveam nevoie.

— Mi-a părut bine să te cunosc misteriosule italiano-american. Cred c-o să ne mai vedem.

— Mă cheamă Lorenzo.

Am roșit. După cum se vedea, Lorenzo avea un auz ultrasonic.

— Mă bucur să te cunosc, Loren... am spus încercând să-i repet numele, dar m-am poticnit la silaba a doua.

Pronunțase un R rostogolitor pe care limba mea refuza să-l reproducă.

— Îmi cer scuze, nu-l pot pronunța corect.

— Nu-i nimic, oricum mi se spune „Ren", rosti el și zâmbi. Sau „misteriosul italiano-american", și așa merge.

Fir-ar!

— Îmi cer scuze.

— Dar pe tine cum te cheamă? Ți se spune „Carolina" sau ai și tu o poreclă?

— De unde știi cum mă cheamă? m-am burzuluit.

Nimeni altcineva în afara mamei sau a profesorilor în prima zi de școală nu-mi spuseseră vreodată pe numele meu întreg. Cine se credea tipul ăsta?

— Merg la SIAF. Tatăl tău a venit într-o zi să întrebe cum poate să te înscrie. S-a dus vorba.

— Ce e aia SIAF?

— Școala Internațională Americană din Florența.

Am răsuflat zgomotos:

— Ah, da. La liceu.

Liceul la care, în teorie, urma să merg în caz că mă decideam să rămân mai mult decât pe perioada verii. În teorie! Adică, nu în plan real.

— E, de fapt, o școală, de la grădiniță până la liceu, și avem clase foarte mici. Anul trecut nu am fost decât optsprezece, așa că poți să înțelegi de ce e o chestie așa de importantă când mai vine cineva nou. Vorbim de tine din ianuarie. Ești de-a dreptul o legendă. E-un tip, Marco, care zice că ești deja partenera lui la biologie. A făcut varză proiectul final și-a susținut sus și tare că e numai vina ta.

— Asta chiar că-i aiurea.

— Nu arăți deloc așa cum mi-am imaginat.

— De ce nu?

— Ești foarte scundă. Și semeni cu o italiancă.

— Și atunci, de unde ai știut că trebuie să vorbești cu mine în engleză?

— După haine.

Am privit în jos. Șort și un tricou galben. Nu eram deloc deghizată în Statuia Libertății.

— Ce-i așa de american la hainele mele?

— Culorile aprinse. Pantalonii scurți. Pantofii de alergat... a spus și a dat din mână. După o lună-două, ai să înțelegi perfect. O mulțime din oamenii de aici nu pleacă din casă dacă nu poartă ceva de la Gucci, de exemplu.

— Dar tu nu porți Gucci sau chestii d-astea, nu? Ai echipament de fotbal.

Clătină din cap:

— Hainele de fotbal nu se pun. Sunt cele mai italienești din lume. Plus că eu *sunt* italian. Așa că orice aș purta arată bine pe mine.

Nu-mi dădeam seama dacă glumea sau nu.

— Nu fusese vorba să te transferi la SIAF în februarie? m-a întrebat.

— M-am hotărât să termin anul școlar în Seattle.

Și-a scos telefonul din buzunarul de la spate:

— Pot să-ți fac o poză?

— Pentru ce?

— Dovada că exiști.

Am spus „Nu" fix în clipa în care mi-a făcut poza.

— Îmi pare rău, Carolina, a zis el pe un ton de *nepărut* rău. Ar trebui să înveți să vorbești mai tare.

— Nu-mi spui numele corect. Ai zice că e „Carolina", dar sună cam așa „Caroliina". Plus că mi se spune „Lina".

— Carolina Caroliina, îmi place. Sună foarte italienește.

Și-a pus căștile la loc, a azvârlit mingea în aer și s-a apucat din nou de jucat. Ren avea neapărată nevoie de niște lecții de bune maniere. M-am întors hotărâtă să o iau din loc, dar m-a mai oprit o dată.

— Auzi, n-ai vrea să vii s-o cunoști pe maică-mea? Se dă în vânt după compania americanilor.

— Nu, mulțumesc. Trebuie să mă întorc repede, fiindcă mă întâlnesc cu Howard. Mergem împreună să luăm cina în Florența.

— La ce oră?

— Habar n-am.

— Cele mai multe restaurante nu se deschid decât după ora șapte. Îți promit că n-o să întârziem până atunci.

M-am întors către cimitir, dar m-am cutremurat la gândul de a da ochii cu Howard sau cu jurnalul mamei.

— E departe?

— Nu, uite, e chiar acolo, mi-a zis, indicând vag înspre un pâlc de copaci. O să fie în regulă. Crede-mă, nu sunt un ucigaș în serie, nimic de genul ăsta.

Am făcut o grimasă:

— Nici nu mi-a trecut prin cap c-ai fi. Până acum, vreau să spun.

— Sunt prea slăbănog să fiu ucigaș în serie. Plus că nu suport să văd sânge.

— Bleah, am spus privind încă o dată spre cimitir și cântărind în minte ambele variante.

Un jurnal emoționant? Sau vizita la mama unui potențial ucigaș în serie care mai era și inapt social, pe deasupra? Ambele opțiuni mi se păreau sumbre.

— Of, bine, vin cu tine, m-am lăsat eu convinsă.

— Mă bucur, a zis și, luându-și mingea la subraț, am pornit împreună spre cealaltă parte a dealului.

Nu era decât cu un cap mai înalt decât mine și amândoi mergeam destul de repede.

— Și când zici că ai ajuns?

— Azi-noapte.

— Înseamnă că ești cam ruptă din cauza fusului orar, nu?

— Să știi că am dormit destul de bine noaptea trecută. Dar, mda. Mă simt ca și cum aș sta cu capul în apă. Plus că am cea mai groaznică durere de cap din viața mea.

— Așteaptă până diseară. Cică a doua noapte e cea mai rea. Pe la trei dimineața ai să faci ochii mari și-o să fie nevoie să te gândești la tot soiul de chestii ciudate ca să-ți ții mintea ocupată. Odată m-am cățărat într-un copac.

— De ce?

— Mi se stricase laptop-ul și singurul lucru pe care l-aș fi avut de făcut ar fi fost să joc Solitaire[1]. Și sunt praf la Solitaire.

— Eu mă pricep destul de bine.

— Iar eu mă pricep destul de bine la cățărat în copaci. Să știi că nu te cred. Nimeni nu e bun la Solitaire dacă nu trișează.

[1] Solitaire este un joc de cărți denumit și jocul răbdării.

— Ba nu, chiar sunt. Eram printr-a doua când copiii nu au mai vrut să joace cărți cu mine, așa că am învățat singură cum se joacă Solitaire. Dacă prind o zi bună reușesc să termin un joc în vreo șase minute.

— De ce n-a mai vrut nimeni să se joace cu tine dintr-a doua?

— Fiindcă eu câștig întotdeauna.

S-a oprit, cu un rânjet imens pe față:

— Vrei să zici fiindcă ai o fire competitivă, nu?

— Nu asta am spus. Am zis doar că eu înving mereu.

— Aha. Și n-ai mai jucat niciun joc de când aveai cât, vreo șapte ani?

— Doar Solitaire.

— Nici Trombon? Uno? Poker?

— Niciunul.

— Interesant. Uite, aia-i casa mea. Hai să facem întrecere, să vedem cine ajunge primul la poartă, a spus și-a rupt-o la fugă.

— Hei, am strigat și l-am urmărit cu pași mari până când l-am ajuns și l-am depășit, neslăbind însă ritmul până când am lovit poarta.

M-am întors spre el triumfătoare:

— Te-am bătut!

Rămăsese în urma mea cu câțiva metri, cu același zâmbet prostesc întipărit pe chip:

— Ai dreptate. Nu ești deloc competitivă.

M-am răstit la el:

— Ia mai taci din gură!

— Ar trebui să jucăm Trombon mai târziu.

— Nu.

— Mahjong? Bridge?

— Dar tu ce ești, vreo babă, cu gusturile astea?

A pufnit în râs:

— Fie ca tine, Carolina, Și, apropo, nu aia e casa mea, ci cea de acolo, spuse arătând spre o alee din depărtare. Dar nu am de gând să fac întrecere până acolo. Fiindcă ai perfectă dreptate: m-ai învinge și de data asta.

— Ți-am spus doar.

Ne-am continuat mersul. Doar că mă simțeam aiurea.

— Și care-i treaba cu tatăl tău? m-a întrebat Ren. Nu a fost dintotdeauna îngrijitorul cimitirului?

— Ba da, a spus că au trecut deja șaptesprezece ani. Doar că mama tocmai a murit, de-asta am venit să stau cu el!

Ah! Am spus în gând și mi-am tras o palmă imaginară peste gură. *Lina, nu mai vorbi*! Ori de câte ori o aduceam pe mama în discuție apărea în mod obligatoriu o stare de stânjeneală printre cei de-o seamă cu mine. Adulții își afișau mila. Adolescenții nu se simțeau în largul lor.

M-a privit cu părul în ochi:

— De ce a murit?

— De cancer la pancreas.

— A durat mult?

— Nu. A murit la patru luni după ce am aflat.

— Ah. Îmi pare rău.

— Mersi.

Am păstrat liniștea câteva momente, după care Ren a reluat conversația:

— E foarte ciudat cum vorbim despre așa ceva: Eu îți spun „Îmi pare rău!". Tu zici „Mersi!".

Avusesem aceeași senzație de cel puțin o sută de ori.

— Și eu cred că-i aiurea. Dar asta așteaptă toată lumea să zici.

— Și cum e?

— Ce anume?

— Să-ți pierzi mama.

M-am oprit. Nu numai că era pentru prima dată când cineva îmi punea întrebarea asta, dar tipul mă privea ca și cum chiar era interesat. O secundă mi-a trecut prin cap să-i spun că e ca și cum ai fi o insulă — că puteam să fiu într-o cameră plină de oameni și tot singură să mă simt, cu un ocean de durere care se izbea de mine din fiecare parte. Mi-am înghițit însă cuvintele cât de repede am putut. Nu cred că lumea așteaptă să-ți expui metaforele îndurerate, nici chiar dacă te întreabă explicit. Într-un târziu, am ridicat din umeri:

— Doare ca naiba.

— Sunt convins. Îmi pare rău.

— Mersi, am răspuns zâmbind. Hei, iar am făcut-o.

— Îmi pare rău.

— Mersi.

S-a oprit în fața unor porți de fier forjat cu ornamente și l-am ajutat rapid să le împingă. Porțile s-au deschis cu un scârțâit puternic.

— Nu glumeai deloc. Chiar stai aproape de cimitir, am spus.

— Știu. Mereu mi-am zis că e neobișnuit să stăm așa de aproape de un cimitir. După care, uite, mă întâlnesc cu cineva care locuiește chiar *într-un* cimitir.

— Doar nu era să mă las bătută. Am o fire competitivă, știi bine.

A râs:

— Hai, vino!

Am mers pe aleea îngustă, cu copaci de o parte și de alta și când am ajuns în capăt, Ren și-a desfăcut brațele larg:

— Ta-daaa. *Casa mia.*

M-am oprit:

— Aici locuiești tu?

A dat trist din cap:

— Din nefericire. N-ai decât să râzi dacă poftești. Nu mă supăr.

— Dar n-am de gând să râd. Cred că e mai degrabă... interesantă, am spus și mi-a scăpat un grohăit, iar Ren mi-a aruncat o privire care m-a făcut să-mi pierd stăpânirea de sine.

— Poftim, haide, dă totul afară. Să știi că cei care locuiesc în cimitire nu ar trebui să azvârle cu pietre în alții, sau cum s-o spune.

M-am oprit într-un târziu din hohotit, cât să-mi recapăt răsuflarea.

— Îmi cer scuze Nu ar fi trebuit să râd. Doar că m-ai luat cu totul prin surprindere.

Am privit împreună casa; Ren a oftat adânc, iar eu am făcut tot posibilul să nu-l mai insult încă o dată. Dimineață crezusem că eu locuiam în cel mai ciudat loc posibil din lume, dar uite că tocmai făcusem cunoștință cu cineva care locuia într-o *căsuță de turtă dulce*. Și nu mă refer la o locuință inspirată de o căsuță de turtă dulce, ci la una care arăta de parcă puteai oricând să-i rupi o șindrilă și s-o înmoi într-un pahar de lapte. Avea două etaje, era placată cu piatră și avea un acoperiș de paie dublat cu niște decorațiuni complicate de turtă dulce. Flori de culoarea bomboanelor împânzeau curtea și niște lămâi pitici plantați în ghivece de un albastru cobalt erau risipiți primprejur. Majoritatea ferestrelor de la parter erau vitralii cu modele întortocheate de culoarea mentei, iar pe ușa principală era sculptat un baston uriaș de zahăr. Cu alte cuvinte, imaginați-vă cea mai ridicolă casă și adăugați-i câteva acadele.

— Care-i povestea?

Ren a clătinat iar din cap.

— Trebuia să fie una, nu? A fost a unui tip excentric din New York care a construit-o după ce a făcut o avere de pe urma rețetei de negrese a bunică-sii. S-a autointitulat Baronul Bomboanelor.

— Așa că și-a construit o casă de turtă dulce?

— Exact. Drept cadou pentru noua lui soție. Avea cu vreo treizeci de ani mai puțin decât el, și a sfârșit îndrăgostită de unul pe care l-a cunoscut la un festival al trufelor, prin Piemont. După ce l-a părăsit, baronul a vândut casa. Ai mei tocmai căutau o locuință și normal că o casă din turtă dulce a fost îndeajuns de bizară pentru ei.

— A fost nevoie să dați afară vreo vrăjitoare care se hrănea cu carne de om?

Mi-a aruncat o privire curioasă.

— Știi... ca pe vrăjitoarea din Hansel și Gretel?

— Aaa, zise și pufni în râs. Nu, încă ne mai vizitează de sărbători. Te refereai la bunică-mea, nu?

— Să vezi ce te spun c-ai vorbit despre ea așa.

— Succes! Nu pricepe o iotă în engleză. După care de fiecare dată când e pe lângă maică-mea uită, în mod convenabil, să vorbească italienește.

— Mama ta de unde e?

— Din Texas. De obicei ne petrecem vara în State, cu familia ei, numai că tata a avut prea mult de lucru anul ăsta să mai plecăm.

— Înseamnă că de asta ai accentul ăsta american.

— Da. În fiecare vară mă prefac că-s american.

— Și funcționează?

Zâmbi:

— De cele mai multe ori. Și tu ai zis că-s american, nu-i așa?

— Doar atunci când ai deschis gura.

— Păi, asta-i tot ce contează, totuși.

— Cred că da.

M-a condus spre ușa din față și am intrat amândoi:

— Bine ai venit la Vila Caramella. „*Caramella*" înseamnă bomboană.

— Sfinte... cărți!

Era cel mai urât coșmar al unui bibliotecar. Întreaga încăpere era tapetată cu rafturi de sus până jos, pe care erau îngrămădite la nimereală câteva sute, poate chiar mii, de cărți.

— Ai mei sunt cititori împătimiți, a rostit Ren. Plus că dacă o să fie vreodată vreo revoltă a roboților, aici e cea mai potrivită ascunzătoare. O mulțime de cărți înseamnă o mulțime de fișiere stocate.

— Am să țin minte asta.

— Vino, probabil e la ea în salon.

Ne-am croit drum printre teancurile de cărți și-am deschis ușile duble care dădeau spre o terasă închisă. Camera era învăluită în perdele care cădeau până la pământ și în mijloc era o masă cu aspect vechi pe care se aflau niște tuburi de vopsea și o mulțime de plăci de ceramică.

— Mama?

Ne-a apărut în fața ochilor o versiune feminină a lui Ren așezată pe un divan, cu o pată de vopsea galbenă în păr. Arăta de vreo douăzeci de ani. Hai să zicem, treizeci.

— Mamă, a spus Ren aplecându-se și mișcându-i umărul. *Mamma*. Doarme adânc, dar ia, fii atentă la asta! zise el și se plecă aproape de ea șoptindu-i la ureche: L-am văzut pe Bono în Tavarnuzze.

Femeia a deschis ochii în aceeași secundă și-n altă jumătate s-a adunat ridicându-se în picioare. Pe Ren l-a umflat râsul.

— Lorenzo Ferrara! Să nu mai faci asta niciodată!

— Carolina, ți-o prezint pe mama mea, Odette. Fost fan înfocat a trupei U2. Pe la începutul anilor nouăzeci, i-a urmărit prin toată Europa, când aveau turnee. E clar că încă mai simte niște chestii pentru tipii ăia.

— Am să-ți arăt eu ție imediat ce simt, a zis ea întinzându-se după o pereche de ochelari pe care și-i așeză pe nas, după care m-a măsurat din cap până în picioare: Ah, Lorenzo, unde ai dat de ea?

— Ne-am întâlnit pe dealul din spatele cimitirului. Va sta acolo toată vara asta, la tatăl ei.

— Ești una de-a noastră!

— Americancă, adică? am întrebat-o.

— Expatriată.

„Ostatică" mi se potrivea mai bine. Dar nu era un lucru pe care să-l spui cuiva pe care-l întâlneai pentru prima oară.

— Ia stai puțin, a rostit și s-a aplecat spre mine: am auzit că urma să vii. Nu cumva ești fata lui Howard Mercer?

— Ba da. Lina mă cheamă.

— Numele ei complet este „Carolina", adăugă Ren.

— Puteți să-mi spuneți Lina.

— Slavă Domnului, Lina, avem nevoie de cât mai mulți americani prin locurile astea. De preferat vii, a continuat, arătând cu mâna spre cimitir. Mă bucur foarte mult să te cunosc. Ai învățat vreun pic de italiană?

— Cred c-am memorat vreo cinci expresii până acum.

— Care-s alea, se interesă Ren.

— Nu le spun în fața ta. Probabil c-o să par o toantă.

A ridicat din umeri:

— *Che peccato*.

Odette făcu o grimasă:

— Promite-mi că n-o să folosești niciuna din ele în casa asta. Vara asta vreau să mă prefac că sunt în altă parte, nu în Italia.

Ren i-a rânjit în nas:

— Și cum reușești, mă întreb... Cu soț și copii italieni?

L-a ignorat cu desăvârșire:

— Mă duc să pregătesc ceva de băut. Faceți-vă confortabili, adăugă, apoi mă strânse de umeri și ieși din cameră.

Ren mă privi:

— Ți-am spus c-o să se bucure să te vadă.

— Chiar urăște Italia?

— Nici vorbă. E enervată la culme că nu putem merge vara asta în Texas, dar și acolo e la fel. Ajungem și timp de trei luni nu face altceva decât să se plângă de cât de oribilă e mâncarea și cum toți oamenii pe care-i vede poartă pijamale în public.

— Cine poartă pijamale în public?

— O mulțime de oameni. Crede-mă. E ca un soi de epidemie.

Am ridicat mâna spre măsuță:

— Este artist?

— Mda. Pictează plăci de ceramică, mai ales imagini din Toscana. E un tip în Florența care le vinde la el în magazin, iar turiștii dau bani grămadă pe ele. Cred c-ar lua foc dacă ar afla că-s făcute de-o americancă.

A ridicat o placă de ceramică și mi-a înmânat-o. Mama lui pictase o căsuță galbenă cuibărită între două dealuri.

— E chiar drăguță.

— Ar trebui să mergi sus, să vezi. Avem un perete întreg de plăci pe care le înlocuiește, una câte una, cu cele noi, pe care tocmai le-a terminat.

Am pus placa jos:

— Ești și tu la fel de talentat?

— Eu? Nu. Nu prea.

— Nici eu. Dar și mama mea tot artist a fost. A fost fotograf.

— Tare. Chestii ca portretele de familie, nu?

— Nu, de cele mai multe ori chestii artistice. Fotografiile ei au fost expuse în galerii de artă, chestii d-astea. Preda și la colegiu.

— Ce mișto! Cum o chema?

— Hadley Emerson.

Odette și-a făcut apariția din nou, cu două cutii de Fanta de portocale și un pachet început de fursecuri:

— Poftim. Ren mănâncă aproape un pachet întreg pe zi. Or să-ți placă la nebunie.

Am luat unul. Era un fursec gen sandviș, cu vanilie pe o parte și ciocolată pe cealaltă. Un Oreo italienesc. Am mușcat din el și am auzit cântând un cor de îngeri. Oare mâncarea italienească avea cumva un praf de zâne care o făcea mult mai bună decât pe cea americană?

— Mai dă-i unul, i-a zis Ren. Arată de zici c-o să-ți mănânce mâna.

— Hei, am început eu să mă apăr, dar Odette mi-a dat restul de fursecuri, așa că am fost mult prea ocupată să mă mai apăr.

Odette mi-a zâmbit:

— Îmi plac fetele care mănâncă. Așa, deci, unde am rămas? Ah, da, nici măcar nu m-am prezentat cum se cuvine, nu? Pot să jur, locul ăsta mă transformă într-o sălbatică. Sunt Odette Ferrara. E ca „Ferrari”, dar cu *a*. Încântată de cunoștință.

Mi-a întins mâna, iar eu m-am văzut nevoită să-mi scutur firimiturile de pe a mea, ca să putem face cunoștință așa cum se cuvenea.

— Iar acum ce zici, putem să vorbim despre aere condiționate? Și restaurante cu drive-in? Astea sunt cele două chestii de care mi-e cel mai dor vara asta.

— Dar nici măcar nu ne lași să ne atingem de fast-food când suntem în State, a remarcat Ren.

— Asta nu înseamnă că *eu* nu mănânc. Și tu de partea cui ești, până la urmă? A mea sau a lui Signore?

— Mă abțin de la comentarii.

— Cine este Signore? am întrebat.

— Tata. Habar nu am cum de-au rămas împreună. Știi înregistrările alea ciudate în care un urs se împrietenește cu o rață și ajung de nedespărțit? Cam așa sunt și ei doi.

Odette s-a auzit măcănind:

— Ei, haide. Nu suntem chiar atât de diferiți! Dar m-ai făcut curioasă. În scenariul ăsta al tău, eu cine aș fi, de fapt, ursul sau rața?

— Nici nu mă gândesc să intru în detalii.

Odette s-a întors spre mine:

— Ce zici de Ren al meu?

Am înghițit și i-am dat lui Ren restul de fursecuri pe care el le privea de parcă ar fi fost „prețioasele lui"[1].

— E foarte... prietenos.

— Și chipeș, nu crezi?

— Mama!

Am simțit cum mă înroșesc puțin. Ren era simpatic, dar într-un fel în care nu observai din prima. Avea ochii de un căprui intens acoperiți de niște gene ridicol de lungi, iar atunci când zâmbea îi vedeai spațiul dintre dinții din față. Dar, iarăși, ăsta nu era un lucru pe care să-l spui cuiva întâlnit pentru prima oară.

Odette mi-a făcut semn cu mâna:

---

[1] Aluzie la o replică bine-cunoscută din filmul *Stăpânul Inelelor*.

— Ei bine, mă bucur foarte mult că ai venit la noi în oraș. Sunt convinsă că Ren a avut cea mai plicticoasă vară din viața lui, până acum. Până și azi-dimineață i-am spus că trebuie să iasă mai mult pe afară.

— Ei, mama, haide. Că doar nu stau toată ziua în casă.

— Nu spun decât că atunci când o anume *ragazza* a plecat din oraș, brusc nu ai mai avut niciun dram de interes să ieși afară.

— Ies atunci când am chef. Mimi nu are nimic de-a face cu asta.

— Cine e Mimi? am întrebat.

— Iubirea vieții lui, șopti Odette.

— Mamaaa, gemu Ren. Nu mai am nouă ani.

Telefonul a început deodată să sune și Odette s-a pornit să dea deoparte de pe masă diverse hârtii și materiale:

— Unde nai... *Pronto*[1]?

În ușă și-a făcut apariția o fetiță într-o pereche de chiloți lăsați în vine și încălțată cu pantofi negri de ocazie.

— Am făcut caca pe mine!

Odette i-a făcut semn cu ambele degete mari ridicate în sus și a intrat în casă, vorbind în receptor, într-o italiană rapidă.

Ren s-a plâns:

— Gabriella, este rușine mare. Du-te înapoi la baie. Avem musafiri.

Ignorându-l, fetița a venit la mine:

— *Tu chi sei*[2]?

— Nu vorbește italienește, i-a răspuns Ren. E americancă.

— *Anch'io*[3]! Ești iubita lui Lorenzo? m-a întrebat.

---

[1] Alo, în italiană.

[2] Tu cine ești?, în italiană.

[3] Și eu, în italiană.

— Nu, l-am întâlnit când am ieșit să mă plimb. Mă cheamă Lina.

Fetița mă studia:

— Ești ca un fel de *principessa*[1]. Poate ca Rapunzel, dacă mă uit la părurile tale zăpăcite.

— *Părul*, nu părurile, Gabriella, o corectă Ren. Și nu e deloc frumos să-i spui cuiva că are părul zăpăcit.

— Părurile mele chiar *sunt* zăpăcite, am confirmat.

— Vrei să-l vezi pe *criceto*? a spus Gabriella alergând să mă ia de mână. Vino acum, principessa. O să-ți placă de el. Are blănuri foarte moi.

— Sigur.

Ren i-a pus o mână pe umăr:

— Nu, Carolina. Și,Gabriella, nu vrea. Trebuie să plece.

— Nu mă deranjează. Îmi plac copiii.

— Nu, pe bune, crede-mă pe cuvânt. Dacă mergi la ea în cameră e ca și cum ai păși într-o gaură neagră. Până să te dezmeticești ca lumea, o să vă jucați de-a Barbie vreo cinci ore și-o să răspunzi la numele de Prințesa Sparkle[2].

— *Non e vero*[3], Lorenzo. Cât ești de rău!

Ren i-a răspuns în italiană, iar Gabriella îmi aruncă o privire ca și cum aș fi trădat-o, după care fugi din cameră trântind ușa în urma ei.

— Ce-i ăla un *criceto*?

— În engleză cred că-i zice... hamster, cred. Un animăluț din ăla mic, enervant, care aleargă pe o roată toată ziua.

— Da, hamster. E tare dulce sora ta.

— Da, uneori e dulce. Tu nu ai frați sau surori?

---

[1] Prințesă, în italiană.

[2] Prințesa Twilight Sparkle, personaj din seria „My Little Pony".

[3] Nu e adevărat, în italiană.

— Nu. Dar am fost de multe ori bonă, în fostul meu cartier. Era o familie care avea tripleți, niște băieți de cinci ani.

— Wow!

— De fiecare dată când pleca mama lor, nu-mi spunea decât atâta: „Ține-i în viață, nu-ți face griji pentru nimic altceva".

— Și ce le făceai, îi legai, sau ce?

— Nu, prima dată când am rămas cu ei, ne-am luat la luptă, și de atunci m-au iubit. Plus că, de fiecare dată veneam cu buzunarele pline de gustări cu fructe.

La înmormântarea mamei, unul dintre băieți venise să mă întrebe unde fusesem atât timp, iar fratele lui i-a spus „Mama ei o să doarmă mult timp de acum înainte. De asta nu mai poate să vină să se joace cu noi."

Am simțit cum mi se usucă gâtlejul amintindu-mi secvența aia.

— Cred c-ar cam fi timpul să plec. Probabil că Howard se întreabă deja pe unde oi umbla.

— Da, sigur.

Am luat-o pe drumul de întoarcere, prin living, iar Ren s-a oprit în dreptul ușii de la intrare:

— Auzi, ce-ai spune să mergi la o petrecere cu mine mâine?

— Hm...

Mi-am ferit privirea, după care m-am aplecat subit să-mi leg șireturile. *E doar o petrecere. Mai știi, chestiile alea la care merg toți adolescenții normali din lumea asta?* Pierderea mamei transformase evenimentele sociale în niște escalade pe muntele Everest. Pe deasupra, vorbeam alarmant de mult cu mine însămi.

— Trebuie să-i cer voie lui Howard, am spus într-un târziu îndreptându-mi spinarea.

— OK. Pot să trec să te iau cu scuterul. Să zicem, pe la opt?

— Poate. Te sun dacă pot merge, i-am spus și m-am aplecat să deschid ușa.

— Stai puțin, ai nevoie de numărul meu de telefon.

Luând un pix de pe o masă din apropiere, mi-a prins mâinile într-ale lui și a notat rapid numărul. I-am simțit respirația caldă și după ce-a terminat de scris mi-a ținut mâna o clipă mai mult decât trebuia.

Ah.

M-a privit și mi-a zâmbit:

— Ciao, Carolina! Ne vedem mâine.

— Poate.

Am ieșit din casă și am plecat fără să mă uit în urmă. Mi-a fost teamă să nu-mi vadă zâmbetul sclipitor întipărit pe chip.

Capitolul 6

TOATĂ POVESTEA ASTA CU REN-CARE-MĂ-ȚINUSE-de-mână îmi dăduse câțiva fluturi în stomac, dar care mi-au trecut după numai câteva minute petrecute în mașină cu Howard. Chestia asta era *așa de ciudată*!

Prin părul proaspăt spălat al lui Howard se vedeau niște urme nou-nouțe de pieptene și se schimbase între timp într-o pereche de pantaloni și-un tricou mai drăguț. Eu, însă, ratasem bilețelul de pe măsuța de toaletă și eram îmbrăcată la fel ca înainte, în șort și adidași.

— Gata? m-a întrebat.

— Gata.

— Atunci, hai în Florența. O să-ți placă la nebunie orașul ăsta, spuse băgând un disc în CD player.

Cine mai folosea CD-uri în zilele noastre? Mașina s-a umplut imediat de acordurile din *You Shook Me All Night Long* a lui AC/DC. Știți și voi, coloana sonoră potrivită pentru Ignorați Vă Rog Întâlnirea Stânjenitoare Dintre Tată Și Fiică.

Conform spuselor lui Howard, orașul se afla la doar vreo unșpe kilometri depărtare, dar ne-a luat cam juma' de oră să ajungem acolo. Șoseaua era ticsită de scutere și mașini în miniatură, iar clădirile pe lângă care treceam aveau toate un aer vechi. Simțeam cum devin din ce în ce mai nerăbdătoare, ca o oală sub presiune. Poate că nu erau tocmai cele mai potrivite circumstanțe, dar totuși mă aflam în Florența. Cât de tare era chestia asta, nu?

Ajunși în oraș, Howard a oprit pe o străduță îngustă, cu sens unic, făcând cea mai impresionantă parcare laterală pe care o văzusem până atunci. Ar fi fost cel mai mișto profesor de șofat, dacă n-ar fi fost vârât până peste cap în treaba cu cimitirul.

— Îmi cer scuze c-a durat atât de mult. A fost mai aglomerat în seara asta.

— Nu ești tu de vină, am spus cu nasul literalmente lipit de geam.

Străduța era pavată cu pietre cenușii care se întretăiau și avea câte un trotuar îngust de o parte și de alta. Clădirile înalte și vopsite în culori pastelate erau îngrămădite toate laolaltă, și aveau la ferestre niște obloane de un verde absolut adorabil. O bicicletă a trecut zburând pe lângă mine, practic smulgând oglinda laterală a mașinii. Howard m-a privit:

— Vrei turul complet? Să vezi un pic mai mult din oraș?

— Da, am spus desprinzându-mi centura de siguranță și sărind în stradă.

Era încă foarte cald, și mirosea ușor a gunoi, dar totul în jur era atât de interesant, încât nu mai conta nimic altceva. Howard a pornit înainte pe trotuar, iar eu l-am urmat. Era ca și cum ne-am fi plimbat printr-o scenă dintr-un film italienesc. Străduța era ticsită cu magazine de haine, cafenele și restaurante micuțe, iar oamenii se strigau unii pe alții de pe la ferestre sau din mașini. Pe undeva pe la mijlocul străzii s-a auzit un claxon politicos și toată lumea s-a tras deoparte să facă loc unei întregi familii îngrămădită pe un scuter. Am văzut chiar și o sfoară de rufe întinsă între două clădiri, cu un capot roșu înfoiat care se bălăngănea în mijloc. Așteptam dintr-o secundă în alta să-și facă apariția un regizor și să strige: „Tăiați!".

— Uite-l, mi-a spus Howard după ce am trecut de un colț, indicând o clădire înaltă, cenușie, care se întrezărea în capătul celălalt al străzii.

— Uite-l, ce?

— Acela e Duomo. Catedrala Florenței.

Duomo. Semăna cu o navă-mamă. Lumea intra ca într-un furnicar și am fost nevoiți să încetinim pe măsură ce ne apropiam de el. Într-un final, am ajuns în mijlocul unui spațiu liber imens și m-am trezit privind spre o clădire de proporții gargantuești, pe jumătate scăldată în razele soarelui aflat la asfințit.

— Wow, asta e chiar...

Cum să-i spun, oare? Mare? Frumos? Impresionant? Era în toate acele feluri, și mult mai mult. Catedrala era de mărimea câtorva blocuri puse laolaltă, iar zidurile fuseseră decorate cu sculpturi migăloase în marmură roz, verde și albă. Era de o sută de ori mai drăguță și mai impresionantă și mai *grandioasă* decât orice altă clădire pe care o văzusem până atunci. Plus că niciodată nu mai folosisem cuvântul „grandios" să descriu ceva. Nu avusesem pentru ce.

— Numele complet este Catedrala Santa Maria del Fiore, dar toată lumea îi spune Duomo.

— Fiindcă are acoperișul în formă de boltă[1]?

O parte a clădirii era acoperită de un imens acoperiș rotund de culoare roșiatică-portocalie.

— Nu, dar e bun jocul de cuvinte. „Duomo" înseamnă „catedrală", și din întâmplare sună la fel ca „domul" din limba

---

[1] Conform DEX, „dom" înseamnă și „structură geologică în formă de boltă largă, circulară sau eliptică".

noastră, așa că sunt mulți cei care fac aceeași greșeală. A fost nevoie de o sută cincizeci de ani ca să fie construit, și a fost cel mai mare dom din lume până când a apărut tehnologia lumii moderne. Când o să am prima după-amiază liberă, urcăm până în vârf.

— Ce-i cădirea aia? am întrebat arătând o clădire de dimensiuni mai mici, octogonală, de vizavi de dom.

Avea niște porți aurii înalte și sculptate, pe care le fotografiau niște turiști.

— Baptisteriul. Ușile alea se numesc Porțile Paradisului și reprezintă una dintre cele mai renumite opere de artă din întreg orașul. Le-a sculptat un artist numit Ghiberti și i-au trebuit douăzeci și șapte de ani să le construiască. O să facem o vizită și acolo.

L-am urmat pe Howard, traversând împreună spațiul acela imens gol (*piazza*, după cum mi-a spus el că se numea) și l-am urmărit ținându-mi ușa restaurantului deschisă. Un tip care purta cravata băgată pe sub șorț ne-a privit din spatele recepției și s-a îndreptat. Howard era mai înalt cu o jumătate de metru decât el.

— Și azi, câte persoane? ne întrebă el cu o voce nazală.

— *Possiamo avere una tavola per due*[1]?

Încuviințând, omul l-a chemat pe unul din chelnerii care se perinda pe acolo.

— *Buona sera*[2], ne-a spus chelnerul.

— *Buona sera. Possiamo stare seduti vicino alla cucina*[3]?

---

[1] Ne puteți da o masă pentru două persoane, vă rog? în italiană în original.

[2] Bună seara, în italiană în original.

[3] Bună seara. Am putea sta la o masă mai aproape de bucătărie, vă rog?, în italiană în original.

— *Certo*[1].

Așa deci... după cum se vedea, tatăl meu vorbea italiana. Fluent. Ba chiar graseia „r”-urile la fel ca Ren. M-am străduit să nu mă holbez la el, în drum spre masa la care ne conducea chelnerul. Realmente nu știam nimic despre omul ăsta. Era așa de straniu.

— Ia zi, ghicești de ce îmi place locul ăsta? m-a întrebat Howard după ce am luat loc.

Am privit de jur împrejur. Mesele erau acoperite cu niște fețe de masă ieftine, din hârtie, iar bucătăria era complet la vedere și avea un cuptor mare, cu foc imens de lemne, pentru pizza. În fundal se auzea *She's Got a Ticket to Ride*[2].

Mi-a indicat tavanul:

— Au numai Beatles toată ziua, în fiecare zi, ceea ce înseamnă că am două lucruri preferate deodată: pizza și Paul McCartney.

— Aha, da, am observat discurile cu Beatles înrămate din biroul tău, am spus și am înghițit în sec.

Acum avea să creadă că mi-am vârât nasul în toată casa. Ceea ce, oarecum, chiar făcusem.

Howard mi-a zâmbit:

— Soră-mea mi le-a trimis cadou acum câțiva ani. Are doi băieți, unul de zece și altul de doișpe ani. Locuiesc în Denver și de obicei vin aici cam o dată la doi ani.

Oare ei știau despre mine? Probabil că fix la asta se gândea și Howard, căci a urmat un moment de liniște, după care amândoi am părut subit interesați de meniurile din fața noastră.

---

[1] Sigur că da, în italiană în original.

[2] Renumită melodie a trupei Beatles.

— Ce-ai vrea să comanzi? Eu îmi iau de fiecare dată pizza cu prosciutto[1], dar toate sunt gustoase aici. Am putea lua câteva aperitive pentru început, sau...

— Ce-ai zice de o pizza simplă? Cu brânză.

Simplu și rapid. Voiam să ajung din nou pe străzile Florenței. Și să stau cât mai puțin posibil la cină.

— Atunci, ar trebui să comanzi o Margherita[2]. E foarte simplă. Nu are decât sos de roșii, mozzarella și busuioc.

— Sună excelent!

— O să-ți placă la nebunie mâncarea de aici. Pizza de aici intră într-o cu totul altă categorie decât chestia aia de acasă de la noi.

Am așezat meniul pe masă:

— De ce?

— Are blatul foarte subțire și primești o pizza mare doar pentru tine. Iar mozzarella proaspătă este..., lăsă să-i scape un oftat. Nu se compară nimic în lume cu gustul ei.

Chiar avea un aer visător în ochi. Oare iubirea mea nefirească față de mâncare venea de la el? Am ezitat. Cred că era o idee oarecum potrivită să încerc măcar să-l cunosc pe tipul ăsta. La urma urmei, îmi era tată.

— Și... cam pe unde este „acasă pe la noi"?

— Am copilărit într-un orășel din Carolina de Sud, numit Due West, dacă poți crede una ca asta. E la vreo două sute cincizeci de kilometri distanță de Adrienne.

— În Due West erai când ai rearanjat toate indicatoarele rutiere și-ai blocat tot traficul?

M-a privit cu surprindere totală:

---

[1] Șuncă italienească crud-uscată, ușor afumată.

[2] Pizza preferata de Regina Margherita a Italiei, cu roșii, brânză mozzarella și busuioc proaspăt, în culorile steagului italian.

— Ți-a povestit mama ta?

— Da. Mi-a spus o mulțime de povești despre tine.

Chicotind, adăugă:

— Nu erau prea multe de făcut în Due West și, din nefericire, am făcut să plătească întreg orașul. Ce alte povești ți-a mai spus?

— Mi-a spus cum ai jucat hochei și că, chiar dacă acum nu-ți pierzi cumpătul de cele mai multe ori, atunci te băteai o grămadă pe gheață.

— Uite și dovada, a zis întorcându-și capul și trecând un deget peste o cicatrice care se pierdea sub bărbie. Asta e din unul din ultimele mele jocuri. Nu am izbutit să-mi păstrez controlul. Ce altceva?

— Știu cum v-ați dus la Roma într-un restaurant și patronul de acolo te-a luat drept un baschetbalist faimos și așa ați primit o masă gratis.

— Uitasem complet de asta! Cel mai bun miel din viața mea. Și nu a trebuit să fac nimic altceva decât niște poze cu personalul de la bucătărie.

Chelnerul a revenit să ne ia comanda, apoi ne-a umplut paharele cu apă minerală. Am luat o înghițitură zdravănă și m-am cutremurat. Era oare numai părerea mea sau apa carbonatată se simte ca și cum ai bea artificii lichide?

Howard și-a încrucișat brațele la piept:

— Iartă-mă că-ți spun ceva ce știi prea bine, dar nu-mi vine să cred cât de bine semeni cu Hadley. Îți spune toată lumea asta, nu?

— Da, uneori chiar ne-au luat drept surori.

— Nu mă surprinde câtuși de puțin. Ai chiar și mâinile ei.

Stăteam cu coatele rezemate de masă, cu un braț peste celălalt, iar Howard a țâșnit subit în față câțiva centimetri ca și cum ar fi fost prins de-o undiță. Se uita neclintit la inelul de pe degetul meu. M-am mișcat ușor stânjenită.

— Hm, e totul în ordine?

— E inelul ei, a spus și se întinse aproape atingându-l, dar a rămas cu mâna suspendată în aer, la câțiva centimetri de a mea.

Era o antichitate, un inel subțire din aur, gravat cu un model ornamental complicat, ca de pergament. Mama îl purtase până când slăbise mult prea mult să-i mai stea pe deget. De atunci nu mă mai despărțeam de el.

— Ți-a spus că eu i l-am dat?

— Nu, am spus și mi-am tras mâna în poală, cu fața arzând de emoție.

Dar îmi spusese oare tot ce era de spus?

— A fost cumva un inel de logodnă sau ceva de genul ăsta?

— Nu. Doar un cadou.

A urmat un alt moment de tăcere prelungită, pe care l-am umplut cercetând cu un interes nebănuit decorurile restaurantului. Pe pereți erau atârnate niște poze ale unor tipi despre care bănuiam că erau niște celebrități italienești și din loc în loc niște șorțuri de bucătărie. Se auzeau acordurile din *We All Live in a Yellow Submarine*. Simțeam cum îmi ard obrajii, ca un sos marinara. Howard a clătinat din cap:

— Și ai cumva vreun iubit acasă, care oftează după tine?

— Nu.

— Bravo ție. Ai destul timp să sfărâmi inimi când ai să mai crești, a continuat ezitant. Știi, mă gândeam de dimineață c-ar fi bine să dau un telefon la Școala Internațională să văd dacă mai e cineva de-o seamă cu tine pe aici, în vara asta. Ar fi un mod bun să vezi dacă te-ar interesa să mergi la școală aici.

Am lăsat să-mi scape un zgomot evaziv, după care am căpătat subit un interes aparte pentru o poză a unei femei care purta o tiara și o eșarfă lată. Miss Ravioli 2015?

— Și mai voiam să-ți spun că dacă ai vreodată nevoie să vorbești cu cineva — în afară de mine și Sonia, vreau să spun — să știi că am o prietenă care locuiește în oraș. E asistent social și vorbește foarte bine engleza. Mi-a spus că i-ar face plăcere să te cunoască și să vorbească cu tine, dacă ai nevoie, știi...

Super. Încă un psiholog. Pe cea de acasă n-o auzisem spunând altceva în afară de „mmm-hmmm" la nesfârșit și întrebându-mă „Și cum te simți?". La un moment dat, am avut senzația că mi se vor topi urechile. Răspunsul meu a continuat să fie „Îngrozitor!" Mă simțeam îngrozitor fără mama. Terapeuta îmi spusese că lucrurile aveau să fie din ce în ce mai bine, dar până atunci se înșelase complet.

Am început să rup marginile feței de masă din hârtie, cu ochii departe de inel.

— Te simți confortabil aici?

Am ezitat înainte de a răspunde:

— Mda.

— Dacă ai vreodată nevoie de ceva, nu trebuie decât să-mi ceri, da?

— Mi-e bine, am răspuns pe o tonalitate mai stridentă, iar Howard a încuviințat.

În fine, după o așteptare care mi s-a părut că s-a apropiat de zece ore, a venit și chelnerul cu două pizza aburinde pe care ni le-a așezat dinainte. Fiecare de mărimea unei farfurii întinse și mirosind incredibil de bine. Am tăiat o bucată și am gustat.

Toată starea de stânjeneală s-a evaporat ca prin minune. Puterea pizzei.

— Cred că tocmai mi-a explodat gura, am spus sau am încercat să spun.

Ieșise mai mult un „Crejcătogmaegzplodagua".

— Poftim? a întrebat Howard ridicându-și privirea spre mine.

Mi-am îndesat în gură următorul dumicat:

— E. Cea. Mai. Bună.

Avusese dreptate. Pizza asta venea dintr-un univers complet diferit de cel cu care eram eu obișnuită.

— Ți-am spus, Lina. Italia este locul perfect pentru un alergător înfometat.

Mi-a zâmbit, și am continuat să ne devorăm porțiile, pe fundalul melodiei *Lucy in the Sky with Diamonds*.

Tocmai luasem o bucată enormă când l-am auzit spunându-mi:

— Probabil că te-ai întrebat pe unde am fost în tot timpul ăsta.

Am înghețat cu o bucată de pizza în mână. *Oare mă întreabă ce cred eu că vrea să zică?* Ar putea fi marele moment, deși nu prea le spui copiilor motivul pentru care nu le-ai fost alături, în timp ce te îndopi cu pizza.

Am tras cu ochiul spre el. Își pusese deoparte furculița și cuțitul și se aplecase în față, iar gura îi căpătase un aer serios. *Ah, nu.*

— Hm, nu prea. Nu prea m-am întrebat.

Minciună cu M mare. Mi-am băgat bucata în gură, dar nu i-am mai simțit gustul.

— Mama ta ți-a povestit mai multe lucruri despre relația dintre noi doi?

Am dat din cap:

— Hm, nu prea. Numai chestiile haioase.

— Înțeleg. Vezi tu, adevărul e că nu am știut de tine.

Am avut dintr-odată senzația că s-a făcut liniște în restaurant. *The girl that's driving me mad, is going awaaaayyyy...*, cântau Beatleșii. M-am străduit să înghit. Nici măcar nu-mi trecuse prin cap una ca asta.

— De ce?

— Lucrurile s-au cam complicat... între noi.

S-au complicat. Exact așa îmi spusese și mama.

— A reluat legătura cam pe când și-a început testele. Știa că e bolnavă, dar nu știa ce are și cred că a avut o premoniție. În fine, aș vrea doar să știi că aș fi fost alături de tine, dacă aș fi știut. Nu vreau decât... a spus așezându-și mâinile pe masă, cu palmele ridicate. Nu vreau decât o șansă. Nu mă aștept la miracole. Știu cât de greu îți este. Bunica ta mi-a spus că, de fapt, nu ai vrut să vii aici deloc, și înțeleg asta. Vreau doar să știi că apreciez șansa pe care o am acum, să te cunosc mai bine.

Privirea lui a întâlnit-o pe a mea și brusc nu mi-am dorit nimic altceva decât să mă pot evapora, precum aburul care încă ieșea în rotocoale din pizza mea. M-am ridicat de la masă:

— Eu... trebuie să ajung la toaletă, am spus și-am gonit spre partea din față a localului, reușind cu greu să intru în baie înainte să mă umfle plânsul.

Era înfiorător aici. Înaintea zilei ăsteia știusem cine fusese mama, și în mod cert nu era femeia asta care iubea violetele și care-i trimitea fiicei ei niște jurnale misterioase sau uita să-i spună tatălui copilului ei că, „ah, apropo, vezi că ai o fiică!" Am avut nevoie de toate cele trei minute din *Here Comes the Sun* să-mi revin, cu ajutorul respirațiilor adânci, și când am întredeschis ușa l-am zărit pe Howard așezat la masă, cu umerii lăsați. L-am urmărit o clipă simțind cum furia se așterne peste mine ca un strat subțire de parmezan.

Mama ne ținuse departe timp de șaisprezece ani. Acum de ce eram împreună?

Capitolul 7

ÎN NOAPTE AIA NU AM PUTUT ÎNCHIDE OCHII.

Dormitorul lui Howard era și el la etaj, iar podelele scârțâiau sub greutatea pașilor lui, pe hol. *„Nu am știut de tine"*. De ce?

Ceasul agățat de perete ticăia iritant: tic-tac. Cu o noapte în urmă nici nu-l băgasem de seamă, acum însă zgomotul mi se părea de nesuportat. Mi-am tras perna peste cap, dar nu mi-a fost de mare ajutor, plus că era de-a dreptul sufocant. Prin fereastră pătrundea o adiere blândă, iar violetele mele se clătinau aidoma capetelor unor Deadheads[1].

Bine, bine. Gata. Am aprins veioza și mi-am scos inelul de pe deget studiindu-l la lumină. Chiar dacă nu-l văzuse pe Howard de mai bine de șaisprezece ani, mama purtase inelul dăruit de el. În fiecare zi.

Dar de ce? Fuseseră cu adevărat îndrăgostiți, așa cum îmi spusese Sonia? Și dacă da, ce anume îi despărțise.

Înainte *să*-mi pierd stăpânirea de sine, am deschis sertarul noptierei și am căutat jurnalul.

Am deschis coperta:

---

[1] Nume dat fanilor trupei americane de rock psihedelic *Grateful Dead*.

Am făcut o alegere greșită.

Am simțit cum mă cutremură un fior pe șira spinării. Mama scrisese cu un marker gros, negru, iar literele păreau să se răsfire pe coperta interioară ca un șir de păianjeni. Era oare un mesaj adresat mie? Ca un soi de precursor a ceea ce aveam să citesc mai departe?

Mi-am adunat curajul și am dat pagina. Acum ori niciodată.

22 MAI

Întrebare. Imediat după ce ai avut întâlnirea cu juriul de admitere de la Universitatea Washington (de unde tocmai ți s-a transmis în mod oficial că nu vei începe școala de asistente în toamnă), tu:

A. Mergi acasă și le spui părinților ce ai făcut.
B. Faci un atac de panică și dai fuga înapoi în birou explicându-le că ai avut o pierdere temporară a sănătății mentale.
C. Ieși și-ți cumperi un jurnal.

Răspuns: C

Adevărat, va trebui în cele din urmă să le explici părinților. Și la fel de adevărat e faptul că ți-ai planificat în mod special programarea, astfel încât biroul să se închidă imediat cum ieși tu de acolo. Dar de cum se va așterne praful la loc, sunt sigură că-ți vei aminti toate motivele pentru care ai făcut ceea ce ai făcut. E momentul să mergi în cea mai apropiată librărie și să-ți spargi bugetul pe un jurnal nou și deosebit, fiindcă indiferent cât de înfricoșător e momentul ăsta, este în același timp și momentul în care îți începi cu adevărat viața.

Dragă jurnalule, este oficial. De fix o oră și douăzeci și șase de minute nu mai sunt viitoare studentă la medicină. În loc de asta, am să-mi fac bagajele peste trei săptămâni (a se citi, ce-am să mai apuc după ce face praf mama totul la auzul veștilor mele) și-am să mă îmbarc într-un avion cu destinația Florența, Italia (ITALIA!), să studiez ceea ce mi-am dorit dintotdeauna (FOTOGRAFIE!), la Academia de Arte Frumoase din Florența (AAFF!).

Acum nu mai trebuie decât să-mi storc creierii să văd cum să le spun părinților chestia asta. Majoritatea ideilor mele implică un telefon anonim venit de undeva de prin Antarctica.

23 MAI

Ei bine, le-am spus. Și a mers chiar mai rău decât m-am așteptat. Pentru urechea ascultătorului din preajmă, Marea Ceartă Parentală a sunat probabil cam așa:

Eu: Mama, tata, am ceva de vorbit cu voi.

Mama: Doamne sfinte, Hadley, ești gravidă?

Tata: Rachelle, nici măcar nu are un iubit.

Eu: Tati, mulțumesc că ai readus asta în discuție. Și mami, nu-s deloc sigură de ce ai sărit direct la chestia cu gravida. (Dres de voce) Vreau să vă vorbesc despre o decizie de viață pe care am luat-o de curând. (Cuvinte luate direct dintr-o carte numită „Comunică deștept: cum să vorbești astfel încât ceilalți să fie de acord cu tine".)

Mama: Doamne sfinte, Hadley, ești lesbiană?

Tata: Rachelle, nici iubită nu are.

Eu: (Abandonând orice încercare de a purta o conversație civilizată) NU. Încerc să vă spun că nu am să mai urmez niciodată medicina. Tocmai am fost acceptată la o școală de arte din Florența, în Italia, și-am să stau acolo șase luni, să studiez fotografia. Și... începe peste trei săptămâni.

Mama/Tata: (Tăcere prelungită implicând două guri larg deschise, ca de păstrăv)

Eu: Așa că...

Mama/Tata: (Continuând să stea cu gurile căscate)

Eu: Puteți, vă rog, să spuneți ceva?

Tata: (slab) Dar, Hadley, nici măcar nu ai un aparat de fotografiat mai de soi.

Mama: (recăpătându-și glasul) VREISĂZICICĂNUMAI MERGILAȘCOALADEASISTEN...

(Câinii vecinilor încep să latre)

Am să vă scutesc de morala care a urmat, dar în principiu a fost vorba despre următoarele: cum îmi arunc eu pe fereastră viața. Îmi bat joc de timpul meu, de bursă și de banii lor munciți din greu, pentru șase luni lipsite de importanță, într-o țară unde femeile nici măcar nu se rad la subraț. (Ultima apreciere a fost contribuția maică-mii. Habar n-am dacă-i adevărat sau nu.)

Le-am explicat că aveam de gând să-mi plătesc singură toate cheltuielile. Le-am mulțumit pentru contribuția la educația mea. Și i-am asigurat că voi continua cu aceleași obiceiuri sanitare cu care eram obișnuită. După care m-am retras în dormitor și-am tras o porție de plâns de cel puțin o oră, până m-am umflat toată, fiindcă mi-e AȘA DE FRICĂ! Dar ce altceva am de ales? În clipa în care am ținut în mâini scrisoarea de acceptare de la școala de arte am știut că asta îmi doresc mai mult ca orice pe lume. Am să merg tocmai fiindcă mi-e mai frică de ce-o să fie dacă nu am s-o fac!

În imediata vecinătate a feței mele se petrecea un adevărat muson, iar cuvintele se învălmășeau într-un amestec imens, greu de descifrat. *Exact de asta* nu-i puteam citi jurnalele. Mă simțeam de parcă aș fi auzit-o vorbind la telefon cu un prieten și când îmi ridicam ochii din pagină și n-o găseam…

Vino-ți în fire! Mi-am frecat cu vehemență ochii. Îmi trimisese jurnalul cu un anumit motiv, trebuia numai să-mi dau seama care era acela.

13 IUNIE

Ai zice că-i semn rău să pleci pe treisprezece, dar iată-mă. Un rămas-bun rezervat de la mama, după care tata m-a condus la aeroport. Salutare, necunoscut!

20 IUNIE

AM AJUNS. Aș putea scrie cincizeci de pagini despre prima mea săptămână în Florența, dar e de ajuns să spun doar atât, sunt *aici*. AAFF este exact așa cum mi-am imaginat-o: micuță, aglomerată, debordând de talent. Am un apartament chiar deasupra unei brutării zgomotoase și o saltea care pare făcută din carton, dar cui îi pasă când văd la geam cel mai minunat oraș din lume?

Pe colega mea de cameră o cheamă Francesca, e de pe undeva din nordul Italiei și studiază fotografia de modă. Se îmbracă numai în negru, trece fără niciun efort din italiană, în franceză și engleză și-a fumat non-stop la fereastră de când a ajuns. O ador.

23 IUNIE

Prima mea zi liberă în Italia. Visam la o dimineață liniștită cu un borcan nou de Nutella în față și niște pâine de la brutăria de jos, dar Francesca avea alte planuri. De cum am ieșit din cameră mi-a dat de veste că e cazul să mă îmbrac, după care s-a ciondănit entuziastă la telefon vreo juma' de oră, timp în care am așteptat-o. Într-un târziu a închis, după care a insistat să-mi schimb pantofii. „Nu e voie cu sandale. E trecut de ora unșpe". După care m-a pus să mă mai schimb de două ori. („Nu se poartă blugi închiși la culoare după aprilie". „Niciodată să nu-ți asortezi pantofii la poșetă.") A fost de-a dreptul obositor.

În fine, am ieșit pe străzi, unde Francesca a început să-mi dea versiunea rapidă a istoriei Florenței. „Florența e locul de naștere al Renașterii. Știi ce este Renașterea, nu?" Am asigurat-o că oricine știa ce era Renașterea, dar ea mi-a explicat oricum. „O treime din populație a murit în timpul ciumei bubonice din anii 1300, iar după asta toată Europa a trecut printr-o renaștere culturală. A avut deodată loc o explozie de exprimări artistice. Și totul a pornit aici, înainte să se prelingă în restul Europei. Pictură, sculptură, arhitectură... aici a fost capitala artistică a lumii. Florența a fost unul din cele mai bogate orașe din istoria lumii..." și așa mai departe, și mai departe.

Intra și ieșea dintr-o străduță în alta, fără să se asigure măcar că o urmez, după care l-am văzut. DUOMO. Domul cel complex, colorat și gotic. Eram ruptă de oboseală, dar chiar și dacă nu aș fi fost, tot mi s-ar fi tăiat răsuflarea.

Francesca și-a stins țigara și m-a condus spre intrarea laterală a domului, anunțându-mă că aveam să urcăm până sus de tot. Și am făcut-o. 463 de trepte de piatră abrupte, cu Francesca care țopăia pe ele de parcă ar fi avut arcuri montate în tocurile cui. Când am ajuns, cu greu m-am putut opri din făcut poze. Florența se întinde ca un labirint pătat cu portocaliu, cu turnuri și clădiri iscate ici-colo, dar nimic la fel de înalt ca Duomo. Undeva în depărtare se zăreau niște câmpuri verzi, iar cerul avea o nuanță perfectă de albastru. Francesca s-a oprit din vorbit văzând cât de pătrunsă eram. Nici măcar nu s-a supărat când mi-am întins larg brațele, simțind vântul și acest nou căpătat sentiment — această libertate. Înainte s-o luăm înapoi, am îmbrățișat-o strâns, dar s-a eliberat curând din strânsoare și-a zis „Bine, bine, e în regulă. Ai ajuns aici, n-am făcut decât să te aduc să vezi Duomo. Iar acum, hai să mergem la cumpărături. N-am văzut în viața mea o pereche de blugi mai amărâtă ca asta. Pe bune, Hadley, îmi vine să plâng când mă uit la ei."

„Pe naiba!", mi-am șoptit mie însămi. Care erau șansele să citesc partea asta exact în ziua în care văzusem și eu domul pentru prima oară? Mi-am trecut degetele peste cuvintele așternute pe hârtie, imaginându-mi o mamă de douăzeci și ceva de ani alergând să se poată ține după această Francesca despotică și pe goană. Oare ăsta să fi fost motivul pentru care mama îmi trimisese jurnalul? Să putem împărtăși experiența vizitării Florenței?

Am marcat locul unde rămăsesem și am stins lumina, simțindu-mi pieptul greu. Da, să-i savurez cuvintele era echivalentul emoțional al unui vapor avariat care lua apă. Dar mă simțeam și bine totodată. Îi plăcuse la nebunie în Florența. Poate că dacă îi citeam jurnalul era ca și cum aș fi văzut și eu orașul odată cu ea.

Trebuia doar să îmi administrez doze mai mici.

Capitolul 8

TREBUIE SĂ-I SPUN LUI ADDIE DESPRE JURNAL. ÎN dimineața următoare am dat buzna pe scări fără să mă fi schimbat de pijamale. Ren nu avusese deloc dreptate cu diferența de fus orar. Odată ce am terminat de citit paginile din jurnal, l-am băgat sub pătură, alături de mine, și-am dormit neîntoarsă treisprezece ore. Mă simțeam ca o pasăre colibri bine odihnită.

Chiar înainte să-mi găsesc scăparea în cameră, Howard îmi spusese că o să-mi lase telefonul mobil și-i eram ridicol de recunoscătoare că nu eram nevoită să i-l cer. Dacă drumul nostru înapoi spre casă, cu o seară înainte, ar fi fost o carte, s-ar fi numit ceva de genul *Cel mai Lung, Tăcut și Jalnic Drum Posibil*, și chiar nu mai simțeam nevoia unei urmări. Cu cât interacționam mai puțin, cu atât mai bine.

M-am dus înapoi în cameră, am închis ușa și-am pornit telefonul. Ce venea mai întâi? Codul țării? Codul regiunii? Unde erau instrucțiunile? După trei încercări, într-un final a început să sune. Mi-a răspuns Wyatt.

— Alo?

— Bună, Wyatt. Sunt Lina.

Pe fundal răsuna un joc video.

— Mă mai ții minte, cea care a locuit cu voi vreo cinci luni de zile, l-am ajutat eu.

— Ah, da. Salut, Lina! Pe unde mai ești? Prin Franța?

— Prin Italia. Addie e pe-acolo?

— Nu. Nu știu unde e.

— La voi nu e două noaptea?

— Ba da, cred c-a rămas pe la cineva pe acasă. Acum împărțim telefonul amândoi.

— Am aflat. Auzi, îi spui tu că am sunat-o?

— Sigur. Să nu mănânci melci.

Țac!

Am bombănit. După comportamentul lui Wyatt, aveam șanse mai mici de zero ca mesajul meu să ajungă la Addie. Și chiar aveam nevoie să vorbesc cu ea — despre jurnal, despre ce-mi spusese Howard, despre... toate. Mergeam prin dormitor dintr-un capăt în altul precum pisica maniacă a bunică-mii. Nu mă simțeam în stare să mă mai apropii de jurnal, dar nici nu eram pregătită să stau să mă gândesc. M-am schimbat rapid în hainele de alergat și am ieșit afară.

— Bună, Lina. Cum ai dormit?

Am sărit în sus. Howard stătea pe leagănul din verandă, cu un teanc de hârtii și cu cearcăne adânci pe sub ochi. Fusesem prinsă în capcană.

— Bine. Tocmai m-am trezit, am spus proptindu-mi piciorul pe balustradă și concentrându-mă complet asupra șireturilor.

— Ah, ce bine-ar fi să fiu din nou adolescent. Nu cred că am văzut un răsărit de soare până după ce am trecut bine de douăzeci de ani.

Oprindu-se din legănat, aproape că se poticni în următoarea propoziție:

— Cum te simți față de ce am discutat aseară? Mă întreb dacă nu ar fi trebuit să-ți spun toate astea în alt fel, mai bun.

— Nu sunt supărată, i-am răspuns repede.

— Mi-ar face plăcere să-ți mai povestesc despre mama ta și despre mine. Sunt niște lucruri pe care nu ți le-a spus și care...

Mi-am smucit piciorul de pe balustradă ca și cum aș fi fost o dansatoare din trupa Rockette[1].

— Rămâne pe altă dată, bine? Vreau tare mult să-mi încep antrenamentul.

Și vreau mai întâi s-o aud pe mama vorbind despre chestia asta.

Howard a ezitat:

— Da, sigur că da, a spus încercând să-mi prindă privirea. Vorbim când ești tu în stare. Spune-mi numai când ești pregătită, da?

Am gonit pe trepte.

— Ai primit un telefon azi-dimineață, te-a căutat cineva la Centrul pentru Vizitatori.

M-am răsucit pe călcâie:

— Era cumva Addie? *Dă Doamne să fi fost Addie*!

— Nu. Era un apel local. Cineva cu un nume mai ciudat. Red? Rem? Un american. Zicea că v-ați cunoscut ieri când ai ieșit a alergat.

Am simțit cum îmi răstoarnă cineva în creștet o mână de confeti. Mă sunase?

— Ren. E prescurtarea de la Lorenzo.

— Așa pare mai normal. Zicea că trebuie să mergi cu el la o petrecere diseară, așa e?

— Păi, mda. Poate.

---

[1] Trupă faimoasă de dans, renumită pentru precizia execuției dansurilor.

Toată chestia asta cu Howard și cu jurnalul funcționase de minune ca să-mi elimine orice altceva din creier. Mă simțeam îndeajuns de curajoasă să merg?

Fruntea lui Howard se încreți a curiozitate:

— Ei, cine este?

— Locuiește prin apropiere. Mama lui e americancă, iar el merge la Școala Internațională. Cred că e cam de-o seamă cu mine.

Am văzut cum i se luminează chipul:

— E excelent. Doar că... ah, nu.

— Ce?

— L-am luat la rost fiindcă mi-am închipuit că e unul din tipii care te-a fugărit cu mașina când ai ieșit la alergat. Cred că l-am cam speriat.

— L-am cunoscut în spatele cimitirului. Juca fotbal pe deal.

— În cazul ăsta, îi sunt dator cu scuze. Știi cumva care-i numele lui de familie?

— Ferrari sau cam așa ceva, parcă. Locuiesc într-o casă care arată ca o căsuță din turtă dulce.

Pufni în râs:

— Nu-mi spune mai multe. Familia Ferrara. Ce noroc că ai dat de el. Nu mi-am dat seama că fiul lor e de-o seamă cu tine, că aș fi aranjat în așa fel încât să faceți cunoștință. Petrecerea e și cu alți colegi de clasă?

— *Potențiali* colegi de clasă, am șoptit. Nu-s sigură că am de gând să merg.

Zâmbetul i-a sporit în luminozitate, ca și cum nu m-ar fi auzit.

— Ren m-a rugat să-ți transmit că nu ajunge mai devreme de opt jumătate. Am să fac în așa fel încât cina să fie gata înainte, să ai timp destul să mănânci. Și ar trebui să mergem să-ți căutăm un telefon mobil — în felul ăsta prietenii tăi n-or să mai fie nevoiți să sune la Centrul pentru Vizitatori.

— Mersi, dar cred că-i exces de zel, pentru moment. Nu cunosc decât o persoană.

— După noaptea asta, vei cunoaște mult mai multe. Între timp, le poți da numărul meu, să nu mai sune pe linia cimitirului. Ah, da, și alte vești bune. S-a rezolvat conexiunea cu internetul și ar trebui să meargă Face Time-ul perfect.

Așeza hârtiile pe verandă:

— Trebuie să merg până la Centrul pentru Vizitatori, dar ne vedem mai târziu. Alergare plăcută!

S-a întors și a intrat în casă, fluierând încet, ca pentru sine.

L-am privit îndelung. Howard să fi fost alegerea greșită a mamei? Și cum rămânea cu petrecerea aia? Chiar voiam să merg să cunosc o mulțime de necunoscuți?

***

— Dar de asta ce zici? Am spus mergând spre laptop și întorcându-mă în așa fel încât Addie să poată vedea ce purtam.

Se aplecă înainte, iar chipul îi umplu tot ecranul. Tocmai se trezise, iar dermatograful întins pe față o făcea să arate ca un vampir blond.

— Hmm. Vrei să fiu amabilă sau vrei să fiu cinstită?

— Nu există niciun mod să fii în ambele feluri?

— Nu. Cămașa aia arată de parcă ar fi fost făcută ghemotoc pe fundul valizei timp de trei zile.

— Pentru că a și fost.

— Exact. Votez pentru fusta alb-negru. Ai picioare mortale, iar fusta aia probabil că e singura chestie care nu arată îngrozitor.

— Și a cui e vina? Tu m-ai convins să mă uit non-stop la Super-modelul Americii, în loc să-mi spăl hainele.

— Uite ce-i, e vorba de priorități. Într-una din zilele astea am să cresc vreo doi metri, și sigur or să mă primească și pe mine în emisiune, a zis oftând dramatic și încercând să-și șteargă machiajul de la ochi. Nu-mi vine să cred că mergi la o petrecere. În Italia! Probabil că eu am să ajung din nou să rămân la Dylan.

— Dar îți plăcea să mergi la Dylan.

— Ba nu. Nu facem nimic altceva decât să vorbim despre toate chestiile pe care le-am putea face, dar nu le facem, și cum nimeni nu ia nicio decizie, jucăm fotbal de masă toată noaptea.

— Privește partea bună a lucrurilor. Are jos un frigider plin de burritos și churros. Care sunt destul de bune, recunoaște.

— Ai perfectă dreptate! Să mănânci churro produs pe bandă rulantă sună mult mai bine decât să mergi la o petrecere în Italia.

Mi-am apucat computerul și m-am prăbușit pe pat, cu el pe stomac.

— Numai că mie nu-mi place să merg la petreceri, mai ții minte?

— Nu spune asta. Îți plăcea cândva.

— După care s-a îmbolnăvit mama și nimeni nu a mai știut ce să-mi spună.

Am văzut cum și-a strâns gura într-o linie continuă:

— Pe bune dacă nu cred că mare parte din chestia asta e numai în capul tău. Oamenii nu vor să spună lucruri aiurea, știi? Iar tu trebuie să recunoști că-i reduci pe mulți la tăcere.

— Ce vrei să spui? Nu-i reduc la tăcere.

— Hm, și-atunci cum rămâne cu Jake?

— Care Jake?

— Jake Harrison? Jucătorul de lacrosse de la echipa de seniori, super meseriaș? Și care a încercat să te scoată la o întâlnire timp de două luni?

— Dar nici măcar nu m-a întrebat.

— Fiindcă l-ai evitat încontinuu.

— Addie, cu greu mă abțineam mai mult de o jumătate de oră să nu plâng și să nu vorbesc despre mama. Crezi că s-ar fi simțit atras de așa ceva?

S-a încruntat:

— Scuză-mă. Știu cât de greu ți-a fost. Dar cred că acum ești pregătită. De fapt, uite, fac o predicție oficială: În seara asta îl vei întâlni și te vei îndrăgosti de cel mai tare băiat din Italia. Numai să nu te îndrăgostești atât de tare să nu mai vrei să vii niciodată acasă. Deja mi se pare că au trecut cele mai lungi trei zile din viața mea.

— Și mie la fel. Și deci, fusta cu alb și negru?

— Fusta cu alb și negru. Ai să-mi mulțumești mai târziu. Să mă suni de cum ajungi înapoi acasă. Vreau să mai vorbim despre jurnal. Cred c-am să angajez o echipă de filmări să te urmărească de acum înainte. Viața ta ar da excelent pe sticlă.

— Lina! E gata cina!

M-am privit în oglindă. Nu-i ascultasem sfatul lui Addie și îmi luasem perechea mea preferată de blugi. Plus că eram mult prea nervoasă să pot mânca.

Cred că toate trebuie să aibă un început.

— M-ai auzit? a strigat Howard.

— Vin acum!

M-am dat cu un luciu de buze și mi-am aranjat părul pentru ultima oară. Stătusem trei sferturi de oră cu placa de păr, dar măcar arătam și eu ca o persoană normală. Nu că asta ar fi fost o garanție pentru mai târziu. Dacă se uita cineva ciudat la părul meu, acesta își recăpăta starea naturală de nebunie în mai puțin de jumătate de secundă. *Parcă ai fi un fel de Meduza*, îmi spusese Addie odată.

Howard mă aștepta jos, în capul scărilor, cu un bol uriaș de paste. Îmi dădeam seama că încerca să facă mari eforturi să detensioneze atmosfera, și până acum îi mergea.

— Arăți foarte bine.

— Mersi.

— Îmi pare rău că am întârziat atât de mult cu cina. Am avut o problemă administrativă. Am crezut că am să muncesc toată noaptea.

— E în regulă, am spus și-am lăsat bolul jos. Și mulțumesc pentru masă, dar nu prea mi-e foame.

A ridicat din sprâncene:

— Nu ți-e foame? Câți kilometri ai alergat azi?

— Vreo unșpe.

— Te simți bine?

— Cred că-s doar puțin agitată.

— Te înțeleg. Uneori te consumi cu totul când e vorba să întâlnești lume nouă. Dar or să te placă toți, ai să vezi.

TIT- TIT! Ne-am ridicat amândoi privirile și l-am văzut pe Ren apropiindu-se pe un scuter roșu aprins. Am simțit cum mi se încleștează stomacul. *De ce-oi fi acceptat să merg*? Oare puteam să ies din asta?

— El e băiatul Ferrara?

— Da.

— A ajuns mai devreme. Nu te ia pe scuterul ăla, nu?

— Ba da, cred că da, am spus aruncându-i lui Howard o privire plină de speranță.

Poate că avea să spună că nu am voie! Mi-ar fi rezolvat toate problemele. Doar că, au oare voie tații nou-găsiți să-ți spună ce poți sau ce nu poți să faci?

Traversând încăperea din numai trei pași, Howard i-a deschis ușa:

— Lorenzo?

M-am grăbit să ies după el.

— Salut, Howard. Bună, Lina.

Ren purta niște blugi și o pereche de adidași care păreau scumpi. Oprise scuterul, l-a proptit, după care a urcat treptele cu mâna întinsă spre Howard:

— Mă bucur să te cunosc.

— Și eu la fel. Îmi cer scuze pentru confuzia de mai devreme, de la telefon. Am crezut că ești altcineva.

— E OK. Mă bucur să știu că n-ai să vii după mine cu un ferăstrău electric.

Fir-ar să fie! Howard își luase rolul foarte în serios.

— Lina, ești gata de plecare? întrebă Ren.

— Hm, cred că da. Howard? am spus și l-am privit cu speranță.

Nu scăpa din ochi scuterul lui Ren, cu fața înnegurată toată.

— Mergi pe chestia asta de ceva vreme, nu?

— De la paisprezece ani. Sunt un șofer responsabil.

— Și ai cumva și o cască în plus?

— Sigur că da.

Howard a încuviințat slab:

— Bine, atunci. Să conduci cu atenție. Mai ales pe drumul de întoarcere.

Continuă dând din cap spre mine:

— *E nervosa. Stalle vicino*[1].

— *Si, certo*[2].

— Hei, scuze că vă deranjez. Ce a fost chestia asta? i-am întrebat.

— Discuții între bărbați, a răspuns Ren. Haide. Pierdem petrecerea.

Howard mi-a dat telefonul mobil și o bancnotă de douăzeci de euro.

— Ia astea, în caz că ai nevoie. Ai numărul cimitirului în memorie. Dacă nu răspund eu, o să o facă Sonia. La ce oră vă întoarceți acasă?

— Nu știu.

— Pot să o aduc la orice oră doriți, a spus Ren.

— Să zicem pe la unu.

L-am privit. *La unu*? Cred că ținea morțiș să-mi fac prieteni.

Howard s-a așezat pe leagăn, iar eu l-am urmat pe Ren pe scuter și am primit casca pe care o scosese din compartimentul aflat sub scaun.

— Ești gata? m-a întrebat Ren.

— Gata.

M-am cățărat într-un mod neobișnuit în spate și deodată m-am trezit alături de Ren, zburând pe șosea, cu vântul gonind împotrivă-mi. L-am strâns tare de mijloc, cu un rânjet idiot pe față. Era ca și cum ai fi mers cu un fotoliu motorizat, o chestie super-rapidă și super-confortabilă. M-am uitat în spate și l-am zărit pe Howard privindu-ne de pe verandă.

— De ce-i spui „Howard”? mi-a strigat Ren, acoperind uruitul motocicletei.

— Dar cum să-i spun?

---

[1] Are emoții. Să stai aproape de ea.

[2] Da, sigur.

— Tată?

— Exclus. Nu-l cunosc de destul timp.

— Nu-l cunoști?

— E-o poveste lungă, am schimbat eu subiectul. Unde e petrecerea?

S-a oprit să semnalizeze spre drumul principal, după care a pornit în direcția opusă Florenței.

— Acasă la prietena mea, Elena. Acolo mergem de fiecare dată, fiindcă are cea mai mare casă. Mama ei e descendentă din neamul Medici și au o vilă uriașă. Și-ți dai repede seama când Elena a băut prea mult, fiindcă imediat începe să povestească cum, pe vremuri, toți i-ar fi fost slugi și servitori.

— Ce-i aia Medici?

— O familie puternică florentină. Practic, ei au pus bazele Renașterii.

Am avut brusc dinaintea ochilor o imagine cu o adolescentă învăluită în mătăsuri plutitoare.

— M-am îmbrăcat cum trebuie?

— Poftim?

Am repetat întrebarea. S-a oprit la semafor, întorcându-se să mă privească:

— Arăți excelent. Purtăm aceleași chestii.

— Da, dar tu arăți...

— Cum?

— Mult mai mișto.

A dat din cap și căștile ni s-au ciocnit ușor:

— Mersi.

Capitolul 9

A DURAT O VEȘNICIE SĂ AJUNGEM LA CASA ELENEI. O veș-ni-ci-e. Nici măcar nu-mi mai simțeam picioarele când a semnalizat Ren că ieșim de pe drumul principal.

— Aproape am ajuns.

— În fine. Credeam că mergem deja spre Franța.

— Am fi mers în direcția greșită. Ține-te bine.

A accelerat și am trecut în goană pe aleea străjuită de copaci. Unde ne aflam? De mai bine de zece minute nu mai văzusem nicio casă, nicio clădire.

— Așteaptă puțin. În trei… două…

Am dat colțul și am explodat:

— *Cum*?

— Știu, e absolut nebunesc, nu?

— Asta e o casă? Nimeni nu locuiește pe aici pe la voi în case normale?

— Poftim? Vrei să spui că nu cunoști acasă la tine oameni care stau în căsuțe de turtă dulce?

Casa Elenei era un palat. O clădire cu câteva etaje și imensă — ca un muzeu de imensă — cu turnuri care se ridicau de o parte și de alta a porților mari, arcuite. M-am apucat de numărat ferestrele, după care m-am lăsat păgubașă. Atât de mare era.

Ren a încetinit, făcându-și loc pe lângă o fântână arteziană rotundă care trona în mijlocul unei alei de mărimea unui teren de tenis, după care am ieșit de pe asfalt și am parcat alături de alte câteva scutere. Aveam gura la fel de uscată ca deșertul Sahara. Mă simțeam mult mai în largul meu mâncând churro în subsolul lui Dylan.

— Ești bine? m-a întrebat Ren urmărindu-mi privirea.

I-am răspuns cu cea mai neconvingătoare încuviințare din lume, după care l-am urmat pe lângă un gard viu sculptat spre poarta prin care-ți imaginai sătenii furioși croindu-și drum cu torțele aprinse și cu berbeci de asediere a zidurilor. Încă trei secunde și vărsam.

Ren mi-a dat un ghiont:

— Sigur ți-e bine?

— Da, am spus trăgând adânc aer în piept. Și… cam câți oameni locuiesc aici?

— Trei. Elena, mama ei și sora ei mai mare, atunci când vine acasă de la internat. Elena mi-a povestit că există camere în care nici măcar nu a pășit, și că uneori trec zile întregi în care nu se întâlnește cu mama ei. Au un sistem de interfon intern, ca să nu străbată toată casa când vor să vorbească una cu alta.

— Vorbești serios?

— Complet serios. Pe mama ei nici măcar nu o cunosc. Sunt teorii cum că nici nu ar exista. Plus că locul ăsta e ridicol de bântuit. Elena vede câte o fantomă cam în fiecare zi.

A apăsat cu putere o sonerie din metal și imediat s-a auzit un zăngănit puternic.

— Tu crezi chestia asta? Despre fantome?

Ren a ridicat din umeri:

— Elena crede. În fiecare noapte trece pe lângă fantoma stră-stră-străbunicii ei, Alessandra, care stă pe scară.

Nu înțelesesem niciodată cum stătea treaba cu fantomele. Atunci când plecase mama de lângă mine, o făcuse pentru totdeauna. Aș fi dat orice să fi fost altfel.

Un bubuit puternic m-a adus brusc cu picioarele pe pământ. M-am tras înapoi, dar Ren m-a prins.

— Relaxează-te. Nu e decât ușa. Durează mult să o descuie.

După o așteptare de vreo zece secunde, ușa s-a întredeschis cu un scârțâit și m-am tras înapoi un pas, așteptându-mă să fiu primită de stră-stră-străbunica Alessandra. În locul ei, și-a făcut apariția în cadrul ușii o adolescentă îmbrăcată normal. Era plinuță, brunetă și avea un diamant prins în nas.

— *Ciao*, Lorenzo! a zis și și-a azvârlit brațele în jurul lui Ren, lipindu-și obrazul de al lui și scoțând un sunet ca și cum l-ar fi sărutat. *Dove sei stato? Mi sei mancato*[1].

— *Ciao*, Elena. *Mi sei mancata anche tu*[2].

Ren s-a tras înapoi și ne-a făcut cunoștință:

— Ghici cine e ea?

Fata a trecut din italiană în engleză la fel de repede ca Ren:

— Cine? Trebuie să-mi spui imediat.

— Carolina.

Gura fetei se prefăcuse într-un O perfect:

— Tu ești *Carolina*?

— Da, dar mi se spune Lina.

— *Non e possibile*[3]! Vino!

M-a luat de mână și m-a tras înăuntru, închizând ușa cu piciorul în urma ei. Holul de la intrare semăna cu unul din

---

[1] Pe unde ai fost? Mi-a fost dor de tine.

[2] Bună, Elena. Și mie mi-a fost dor de tine.

[3] Nu se poate așa ceva.

episoadele cu Scooby-Doo. Slab luminat de câteva lămpi electrice, avea pereții acoperiți de tapiserii și tablouri vechi și... așteaptă puțin... aia era cumva o *armură*? Elena mă privea.

— Ai o casă foarte...

— Da, da, înspăimântătoare. Înfricoșătoare chiar. Știu. Acum, vino cu mine, mi-a spus lipindu-și cotul de al meu și trăgându-mă prin hol. Vor fi așa de surprinși... Așteaptă puțin.

Ajunsă la capătul coridorului, a deschis niște uși duble și m-a poftit înăuntru. Camera arăta mult mai modernă decât holul, cu un colțar de piele de mărimea unui avion, un ecran imens de televizor și o masă de fotbal de masă. Și, mda, vreo douăzeci de oameni. Mai mult sau mai puțin. Care mă priveau cu toții ca pe o creatură care tocmai izbutise să scape de la grădina zoologică.

Am înghițit în sec și am salutat:

— Bună seara la toată lumea.

Elena m-a luat de mână și mi-a ridicat-o în aer, într-un gest triumfător.

— *Vi presento*[1], Carolina. *Ragazzi*[2], ea chiar există!

S-a auzit un zgomot de apreciere care a cuprins toată camera și deodată m-am simțit înconjurată din toate părțile.

— Ești aici. Chiar ești aici! mi-a spus un băiat înalt, cu un accent franțuzesc, atingându-mi brațul, cu un aer entuziasmat. Eu sunt Olivier. Bine ai venit.

— Am câștigat pariul! Toți ceilalți au zis că n-o să apari.

— Mai bine mai târziu decât niciodată.

— *Che bella sorpresa*[3]!

— Eu sunt Valentina.

---

[1] V-o prezint pe...

[2] Băieți...

[3] Ce surpriză plăcută!

— Livi.

— Marcello.

Jumătate din ei s-au ridicat să mă atingă. Credeau oare că aș fi putut fi o hologramă?

M-am tras înapoi.

— Mă bucur să vă cunosc... pe toți.

— Hei, haide, lăsați-o să mai și respire, a rostit Ren împingându-i pe unii dintre ei mai departe. Vă purtați ca și cum n-ați mai fi întâlnit pe nimeni nou.

— Păi, nici nu am făcut-o până acum, a vorbit un băiat cu aparat dentar.

Au început să-mi toarne întrebări:

— De când ești aici?

— Ai să mergi în toamnă la SIAF?

— De ce n-ai început școala anul trecut?

— Tipul acela înalt chiar e tatăl tău?

M-am mai tras un pas înapoi:

— Hm... la care vreți să vă răspund mai întâi?

Au izbucnit cu toții în hohote de râs.

— Unde locuiești? În Florența? a vorbit o fată roșcovană din stânga mea, care se lupta cu un cocoloș de gumă de mestecat. După accent, părea să fie din New Jersey, de prin zona aia.

— Am casa destul de aproape de Ren.

— E în Cimitirul American, clarifică Ren.

L-am țintuit din priviri. *Bravo ție că mă faci deja să par ciudată*!

Mi-a atins brațul, să mă liniștească:

— Nu-ți face griji. Toată lumea stă în locuri ciudate pe aici.

Au început imediat să explice cu toții:

— Familia mea stă într-un castel medieval închiriat, în Chianti.

— Noi locuim într-o fermă.

— William locuiește la Consulatul American. Mai țineți minte când soră-sa l-a călcat pe picior pe demnitarul acela cu un scuter Razor?

Un băiat italian cu părul până la umeri a pășit înainte:

— *Ragazzi*, o să creadă că suntem niște ciudați. Îmi cer scuze pentru întrebările astea.

— Nu-i nicio problemă, am răspuns.

— Ba nu, chiar suntem niște ciudați. Nu cunoaștem prea des oameni noi. Și ne-am săturat unii de alții, mi-a explicat o fată cu aer hispanic, din stânga mea.

Dintr-odată am fost cuprinsă de o pereche de brațe care m-a luat și m-a ridicat în aer.

— Hei!

— Marco! Las-o jos, băiete! i-a strigat Ren.

— La pas, a zis și Mestecătoarea de Gumă.

Oare Marco era un Rottweiler? M-am răsucit și-am dat de un tip musculos, cu păr negru tuns scurt.

— Ren, fă-ne prezentările. Acum, bolborosea el.

— Lina, acesta e Marco. Acum, uită că l-ai întâlnit. Crede-mă, o să-ți fie mai bine așa.

Băiatul a rânjit:

— Ești aici de-adevăratelea! Știam că ai să vii. Am știut tot timpul ăsta.

— Ia stai puțin. Nu cumva tu ești partenerul meu de la biologie?

— Ba da, zise lovind cu pumnul în aer, după care m-a cuprins din nou cu brațele și mi-a mai dat o îmbrățișare de piton.

— Nu. Mai. Pot. Să. Respir, am spus cu greu.

— Dă-i drumul, i-a poruncit Ren.

Marco și-a slăbit strânsoarea, dând din cap rușinat.

— Îmi cer scuze. De obicei, nu sunt așa.

— Ba da, așa ești, remarcă fata brunetă.

— Nu, e de la bere, a zis și mi-a arătat cutia. Nu știu cine a adus-o, dar e dezgustătoare. Are gust de urină, știi?

— Nu prea.

— Nu-i nimic. Ți-aș oferi ceva de băut, dar tocmai ți-am spus că are gust de pipi. Apropo, ești tare simpatică. Mult mai simpatică decât mi-am imaginat.

— Hm... mersi, cred?

— Hei, Margo! Cine-i tăticul tău? a strigat și s-a întors luând-o apoi din loc.

— Wow, am zis.

Ren a clătinat din cap:

— Îmi cer scuze pentru asta. Aș vrea să spun că e din cauza băuturii, numai că e mult mai rău când e treaz.

— Mult, mult mai rău, s-a băgat în vorbă un băiat scund, cu ochelari.

— Ai ajuns, în sfârșit! am auzit o voce plăcută care pătrunse zgomotul de fond și m-am trezit față în față cu o fată extrem de frumoasă. Înaltă și subțire, cu ochi mari, albaștri și un păr așa de blond că ai fi zis că era alb. Privea direct prin mine.

— Bună, Mimi. Bine ai revenit, a vorbit Ren cu o voce brusc cu trei octave mai joasă.

— Mi-a fost teamă că n-ai să mai ajungi în seara asta, a adăugat ea cu accent.

Suedez? Norvegian? De prin vreun loc unde toată lumea avea tenul impecabil și părul mătăsos și bine-crescut.

— Lumea zice că n-ai ajuns de mult.

— Dar acum sunt aici.

— Mă bucur. Mi-a fost dor de tine, a spus și și-a ridicat bărbia spre mine, cu ochii nedezlipiți de Ren. Cine este ea?

— Carolina. Abia s-a mutat aici.

— Bună. Mi se spune Lina.

Și-a aruncat asupra mea o privire de o miime de secundă, după care s-a prelins pe Ren șoptindu-i ceva la ureche.

— *Si, certo*, i-a răspuns el privindu-mă. Dar... mai târziu. Lasă-mă câteva minute.

Fata s-a îndepărtat și am simțit cum întregul grup reușea din nou să expire.

— Regina de gheață, a șoptit cineva.

— E absolut superbă, i-am spus lui Ren.

— Serios? Nu am observat, a rânjit el ca și cum tocmai i-ar fi oferit cineva un număr nelimitat de bomboane roz Starburst.

Îmi era clar acum că interpretasem cu totul aiurea momentul acela, la căsuța de turtă dulce, când mă ținuse de mână. Dacă Mimi era standardul lui, atunci nu mai aveam la ce să mă gândesc.

— Știi ce, vino puțin, vreau să-ți arăt ceva.

— Bine. Păi, atunci... ne mai vedem? am spus către restul grupului.

— *Ciao, ciao*, mi-a răspuns unul din ei.

Ren ajunsese deja la mijlocul camerei.

— Unde mergem?

— E surpriză. Hai, vino.

Mi-a ținut ușa deschisă:

— După tine.

Am intrat pe holul întunecos, iar Ren a trântit ușa în urma noastră. Stăteam în fața unor scări de dimensiuni impresionante.

— Ah, nu. Pe aici urcăm ca să o vedem pe stră-stră-străbunica Elenei?

— Nu, aia e în altă aripă. Vino. Vreau să-ți arăt grădina.

A luat-o înainte pe scări, iar eu am avut o clipă de reținere:

— Hm, Ren, știi ceva? Arată destul de înspăimântător acolo sus.

— Așa și este. Vino!

Am privit în urmă spre ușă. Ce să aleg, scări fioroase sau adolescenți de toate națiile excesiv de prietenoși? Cred că era indicat să îmi încerc șansele cu Ren. M-am grăbit după el, iar pașii mi-au răsunat prin bolțile înalte ale palatului. Odată ajuns în capul scărilor, Ren a împins o ușă înaltă și îngustă, iar eu am pășit șovăielnic după el.

— Locul ăsta e de necrezut, am mormăit.

Încăperea era ticsită de lucruri, ca și cum cineva ar fi adunat tot ce era în zece camere, le-ar fi îngrămădit într-una singură și le-ar fi acoperit cu cearceafuri acum pline de praf. Era până și un șemineu gigantic străjuit de portretul unui bărbat cu înfățișare aspră și care purta o pălărie cu pene.

— Ăsta e adevărat? am spus arătând portretul.

— Sunt sigur că da.

— Arată ca și cum ar fi dintr-o casă bântuită. Ca și cum de-abia așteaptă să mă întorc, ca să-și schimbe locul.

Ren mi-a zâmbit:

— Și asta vine din partea cuiva care locuiește într-un cimitir.

— Nu cred că două zile înseamnă că deja locuiesc acolo.

— Uite, aici.

Croindu-și drum spre niște uși de sticlă, le descuie și le deschise către balcon:

— Am vrut să vezi grădinile, dar în special să iei o pauză din fața mulțimii căzute în adorație.

— Mda, păreau cam hiperactivi la gândul că mă vor cunoaște.

— Cei mai mulți dintre noi suntem în gașca asta din școala primară, deci chiar suntem înnebuniți să cunoaștem oameni noi. Probabil că n-ar fi rău să mai repetăm scenele în care ne prefacem că nu ne interesează anumite chestii.

— Ia te uită, gardul viu e, de fapt, un labirint, am spus aplecată peste balcon.

Gardul viu din dreptul porților de la intrare făcea parte dintr-un model sculptat cu grijă și punctat din loc în loc cu statui antice și bănci.

— Tare, nu? Au același grădinar de zeci de ani și omul ăsta și-a petrecut jumătate din viață modelând plantele.

— Arată de parcă chiar te-ai putea pierde în el.

— Chiar poți. Marco s-a aventurat odată de unul singur și nu l-am mai găsit vreo trei ore. A fost nevoie să urcăm aici sus, cu o lanternă. Dormea cu capul pe pantofi.

— De ce pe pantofi?

— N-am nici cea mai vagă idee. Vrei să auzi ceva cu adevărat înspăimântător?

Am clătinat din cap:

— Nu chiar.

— Sora mai mare a Elenei, Manuela, refuză să locuiască aici fiindcă de când era mică i-a tot apărut dinainte o rudă îndepărtată. Partea de groază e că de fiecare dată când apare ruda asta, e de o seamă cu Manuela.

— Nici nu mă mir că a plecat la internat, am spus rezemându-mă de balustradă. Locul ăsta mă face să mă simt mult mai bine la gândul că locuiesc într-un cimitir.

— Spuneți povești cu fantome?

Am sărit practic peste margine.

— Lina! Zici că ești apucată, a remarcat Ren.

— Îmi cer scuze, nu am vrut să vă sperii.

Un băiat s-a ridicat de pe una din canapele și și-a întins brațele deasupra capului.

— Salut, Thomas! Ți-a ajuns cât ai tras cu urechea?

— Mă doare capul. N-am vrut decât să scap puțin de zgomot. Cu cine ești? l-a întrebat ridicându-se și croindu-și drum leneș spre noi.

Doamne Sfin... Și nu mi-am mai amintit cum era expresia, fiindcă... *cine naiba arată așa*?

Thomas era înalt și subțire, cu părul brunet închis și sprâncene groase, și avea acea bărbie fermă despre care auzisem, dar pe care nu o văzusem vreodată. Iar *buzele*... Distrugeau orice șansă de a mai fi capabilă să formulez cuvinte.

— Lina? am auzit vag vocea lui Ren care mă privea cu o sprânceană ridicată.

La naiba! Mă întrebaseră ceva?

— Îmi cer scuze. Ce ai spus?

Băiatul rânji:

— Am spus doar că sunt Thomas. Bănuiesc că tu ești misterioasa Carolina.

Avea accent britanic. Accent. Britanic.

— Încântată de cunoștință. Mi se spune Lina, am dat mâna cu el străduindu-mă să stau dreaptă.

Se pare că expresia „cu genunchii înmuiați" chiar era adevărată.

— Americancă?

— Da. Din Seattle. Tu?

— De peste tot. Locuiesc aici de patru ani.

Ușa s-a dat brusc de perete și și-au făcut apariția Elena și Mimi.

— *Ragazzi, dai.* Mama o să-și iasă din minți dacă află că sunteți aici, sus. După ultima petrecere mi-a ținut morală patruzeci și cinci de minute. Nu știu care *idiota* a lăsat o felie de pizza pe o *credenza*[1] veche de două sute de ani! Veniți jos, *per favore*[2]!

— Scuză-ne, El, i-au răspuns la unison Ren și Thomas.

— N-am vrut decât să-i arăt Linei grădina, a continuat Ren. Iar Thomas tocmai trăgea un pui de somn.

— Cine trage un pui de somn la o petrecere? Norocul tău că arăți ca un zeu, fiindcă ești *veramente strano*[3]. Pe bune, Thomas.

Ca un zeu. Am mai tras o dată cu ochiul la Thomas. Mda. Mi-l imaginam cu ușurință lenevind pe undeva pe Muntele Olimp.

Mimi și-a lipit brațele de Ren și au ieșit cu toții, mai puțin Thomas și cu mine. Mi se părea mie, sau și el mă fixa din priviri?

Thomas și-a încrucișat brațele la piept:

— Unii dintre noi am făcut pariuri dacă ai să mai apari sau nu vreodată pe aici. Se pare că am să rămân fără douăzeci de euro.

— Ar fi trebuit să mă mut mai devreme, dar mi s-au schimbat planurile.

— Tot nu schimbă faptul că-mi datorezi douăzeci de euro.

— Nu-ți datorez nimic. Poate că data viitoare ar trebui să ai mai multă încredere în mine.

A zâmbit, ridicând o sprânceană:

— De data asta te las să scapi.

Îmi simțeam oasele de consistența jeleului de căpșuni. Flirta de-a binelea cu mine!

— Am auzit bine că locuiești la cimitir?

— Tatăl meu e îngrijitorul Cimitirului American din Florența. Stau cu el vara asta.

— Toată vara?

---

[1] Comodă (piesă de mobilier), în italiană în original.

[2] Vă rog, în italiană în original.

[3] Chiar ciudat, în italiană în original.

— Da.

Zâmbetul i-a acoperit cu repeziciune întregul chip. Și eu zâmbeam.

— Thomas! l-a strigat Elena din cadrul ușii.

— Iartă-mă.

Am urmat-o împreună și am ieșit din cameră.

Deci așa te simți atunci când ești normal. Mă rog, un fel de normal.

— Primul concert la care ai fost vreodată.

Aproape toată lumea se mutase afară, la piscină, iar eu stăteam împreună cu Thomas pe latura adâncă și cu picioarele băgate în apă. Apa strălucea cu un albastru aprins, și ori căzuseră stelele la nivelul nostru, ori erau licurici peste tot.

— Jimmy Buffett.

— Pe bune? Ăla cu Margaritaville[1]?

— Mă mir că știi cine e. Și da, ai dreptate, a fost o mare de cămăși havaiene. M-a dus mama.

Ne-am ferit amândoi de un jet de apă venit în direcția noastră. Jumătate din petrecăreți se jucau gălăgioși de-a Baba Oarba în piscină, iar Marco nimerea de fiecare dată pe post de babă oarbă. Era mult mai distractiv decât ar fi trebuit să fie.

— Bine, filmul preferat.

— N-ai să mai râzi de mine.

— Nu. Promit.

— Bine, atunci. *Dirty Dancing*[2].

---

[1] Melodie de succes a lui Jimmy Buffett, muzician, actor, cântăreț și om de afaceri american.

[2] Dramă romantică americană, de succes, cu Patrick Swayze și Jennifer Grey în rolurile principale.

— *Dirty Dancing*... a repetat el, dându-și capul pe spate. Ah, da. Filmul ăla oribil de prin anii optzeci, cu Patrick Swayze în rol de profesor de dans.

L-am stropit cu apă:

— Ba nu e deloc oribil. Și la urma urmei, cum de știi atâtea despre el?

— Două surori mai mari.

S-a tras aproape de mine până când trupurile ni s-au lipit de la umăr în talie. Era o senzație aidoma celei pe care o ai când lingi o baterie de nouă volți.

— ... Și zici că alergi, vii dintr-unul din cele mai mișto orașe din America, ai gusturi oribile la filme, ai leșinat o dată la snowboard și n-ai încercat niciodată sushi.

— Și nici să fac alpinism, am adăugat.

— Și nici alpinism.

Addie, câtă dreptate ai avut! Mi-am furișat o privire spre Thomas. Nu aveam să mai aud finalul. Cine-ar fi bănuit că chiar existau tipi care să arate așa de bine? Și, notă de subsol, tocmai își strecurase brațul în jurul meu. Ca și cum nu ar fi fost mare lucru.

— Și de ce te-ai mutat aici? m-a întrebat el.

— Am venit să locuiesc cu tata. A apărut, hm... destul de recent în viața mea.

— M-am prins.

S-a auzit o pocnitură zgomotoasă și Ren și-a făcut apariția din întunericul din spatele nostru:

— Lina, e douășpe jumătate!

— Deja?

Mi-am scos picioarele din apă, iar Thomas și-a retras brațul. M-am ridicat fără niciun chef.

— Trebuie să plecăm chiar acum. O să mă omoare! O să mă *omoare*! a spus Ren împreunându-și mâinile deasupra pieptului și prăbușindu-se pe iarbă.

— N-o să te omoare.

— Cine o să te omoare? l-a întrebat Thomas.

— Tatăl Linei. Prima dată când am vorbit cu el mi-a spus că are un glonț cu numele meu scris pe el.

— N-a spus asta, am zis privindu-l. Stai puțin. Așa a zis?

— Aproape, a rostit rostogolindu-se în genunchi și ridicându-se. Haide, e momentul să plecăm.

— Ai o mulțime de iarbă în păr, i-am spus.

Și-a clătinat capul ca un câine trimițând iarba în zbor de jur împrejur:

— M-am dat pe un deal.

— Pe unul suedez? l-a întrebat Thomas.

— Nu am întrebat ce naționalitate are.

Am gemut:

— Chiar este douăsprezece jumătate? Poate am mai putea să stăm vreo douăzeci de minute măcar.

Ren și-a azvârlit mâinile în aer:

— Lina. Ție nu-ți pasă dacă trăiesc sau mor?

— Sigur că-mi pasă. Doar că mi-ar fi plăcut să nu fie nevoie să plecăm.

Thomas s-a ridicat și și-a petrecut brațele în jurul meu, rezemându-și bărbia de umărul meu, cu toată greutatea:

— Dar, Lina, e așa de devreme. Am să mă plictisesc foarte tare fără tine. Nu poți să obții o prelungire a orei?

Ren a ridicat din sprâncene:

— Văd că lucrurile *au progresat serios* în ultimele două ore.

Nu mi-am putut reține un zâmbet. M-am întors cu spatele, să nu mă vadă Ren:

— Îmi pare rău, Thomas. Chiar trebuie să plec.

A răsuflat zgomotos:

— Bine. Atunci nu ne rămâne decât să ne mai vedem o dată.

— *Ciao, tutti*, a strigat Ren adresându-se grupului. Trebuie s-o duc pe Lina acasă. Are oră fixă la care trebuie să ajungă.

S-a auzit un cor de „*Ciao, Lina*!"

— *Ciao*! le-am strigat și eu.

— Așteptați! a zis Marcus ieșind din piscină. Cum rămâne cu inițierea? Trebuie s-o facă.

— Ce inițiere? am întrebat.

— Trebuie să sară de pe trambulină.

Ren a gemut:

— Marco, e-o prostie. Ne-am oprit din clasa a șaptea să mai facem asta.

— Ia stați puțin, pe mine m-ați pus s-o fac, și asta s-a petrecut anul trecut, a protestat Olivier. Să nu mai zic că eram în noiembrie. Mi-au înghețat biluțele.

— Da, trebuie s-o facă, s-a mai băgat și altă fată în vorbă. Așa e tradiția.

— Dar are blugi pe ea, a protestat Elena. E *troppo*[1] rău.

— Nu contează. Regulile sunt reguli!

Thomas s-a lipit de mine:

— Dacă sari tu, sar și eu cu tine.

Imagine mentală cu Thomas ud leoarcă. M-am întors către Ren:

— Cât ai să mă urăști dacă o să mă duci acasă udă toată?

— Nu la fel de mult pe cât o să te urăști tu singură.

Mi-am azvârlit sandalele din picioare și m-am îndreptat spre trambulină.

---

[1] Prea, în italiană în original.

— Tipa nouă chiar o face! a chiuit Marco.

Lumea izbucnise în aplauze furtunoase văzându-mă cum urc pe trambulină, drept care am făcut o plecăciune. Eu eram fata asta? Prea târziu să mă mai întreb. Am fugit pe placă, am sărit mult în sus și m-am răsucit în cea mai perfectă ghiulea de tun.

M-am simțit mult mai în viață decât o făcusem în ultimul an. Poate chiar vreodată.

Capitolul 10

BINE, BINE, POATE CĂ NU A FOST O IDEE CHIAR strălucită să merg pe scuter cu hainele ude. Când am ajuns în fața casei, tremuram deja toată. Să nu mai spun că piscina îmi reactivase starea nebunească a părului, așa că atunci când mi-am dat jos casca mi-a zburat părul de jur împrejur, ca un nor.

— Tremuri de frig sau de spaimă?

— De frig. Ren, termină cu asta. Nu am întârziat decât o oră. Ce-o să ne facă?

Ușa de la intrare s-a dat subit de perete și Howard a apărut în prag, cu silueta-i imensă luminată din spate. Acum chiar tremuram amândoi.

— Vrei să intru cu tine? mi-a șoptit Ren.

Am clătinat din cap:

— Mersi pentru drum. Chiar m-am distrat în seara asta.

— Și eu. Ne vedem mâine. Succes!

M-am împleticit până la ușă, cu blugii lipiți de picioare:

— Îmi pare rău că am întârziat. Nu ne-am dat seama cât e ceasul.

M-a privit cu atenție:

— Ai cumva părul ud?

— M-au pus să sar de la trambulină.

— De la trambulină?

— E ritualul lor de inițiere. Am sărit în piscină.

A mustăcit un zâmbet pe sub privirea sumbră:

— Deci seara asta a fost un succes.

— Da.

— Mă bucur să aud asta, a spus privind peste capul meu. Noapte bună, Ren.

— Noapte bună, domnule... tatăl Carolinei, a zis, apoi și-a întors scuterul și a pornit în trombă ridicând pietrișul.

— Bună, bună, m-a întâmpinat un glas de femeie de dinăuntru.

Sonia și alți patru oameni stăteau pe canapele, cu pahare de vin în mâini. Pe fundal se auzea jazz și toți păreau să fie puțin amețiți. Se vedea treaba că și Howard era în mijlocul unei petreceri. În stilul cimitir. Poate că mai târziu urma să se arunce cu toții în bazinele micuțe din fața memorialului.

— Lume, ea este Lina, a anunțat Sonia. Lina, fă cunoștință cu lumea.

— Bună.

— *Che bella*[1]. Ești o frumusețe, a tors spre mine o doamnă în vârstă cu ochelari ca niște ochi de pisică.

Howard a zâmbit larg:

— Nu-i așa?

— Suntem prieteni vechi cu tatăl tău, a vorbit unul din bărbați într-o engleză aleasă cu grijă. Îl știm din zilele lui de cal sălbatic. Ah, ce povești ți-am putea spune...

— Așa e, i s-a alăturat tipul de lângă el. Nu ți-a făcut morală fiindcă ai întârziat, nu? Fiindcă ți-aș putea povesti ce s-a

[1] Cât e de frumoasa, în italiană în original.

petrecut atunci când am străbătut Ungaria cu rucsacul în spinare și el a…

— E destul, l-a oprit Howard grăbit. Lina a înotat puțin și-s convins că ar prefera să urce să se schimbe.

— Păcat, a zis Ochi de Pisică.

— Noapte bună, le-am urat.

— Noapte bună, s-au auzit în cor.

Am urcat scările. *Mă cuprinseseră toții fiorii.*

— E fata fotografului?

Era Ochi de Pisică. Am înghețat pe loc.

— Da, e fata lui Hadley.

Tăcere.

Și a ta, nu? L-am așteptat să clarifice și acest aspect, dar cineva a schimbat imediat subiectul.

Despre ce fusese vorba?

Am căutat-o pe Addie pe Face Time de cum m-am schimbat în niște haine uscate.

— Ești gata să-mi spui „Ți-am zis eu"?

— Sunt întotdeauna gata să-ți spun „Ți-am zis eu!" Doamne Dumnezeule. Cum a fost? Super tare? m-a bombardat ea cu întrebări țopăind în sus și-n jos pe pat.

Mi-am dat sonorul mai încet:

— Da. Su-per-ta-re!

— Spune-mi, te rog, că ai cunoscut cel mai mișto italian din lume.

— Am făcut-o. Numai că nu-i italian. E britanic.

A scos un scheunat:

— Și mai bine! Are ID online? Trebuie să dau de el.

— Nu știu. Nu l-am întrebat.

— Lasă că-l caut singură. Cum îl cheamă?

— Thomas Heath.

— Până și numele îi sună bine.

Rămase tăcută un minut, cât i-a tastat numele:

— Thomas... Heath... Florența, după care am auzit-o cum trăgea adânc aer în piept. SFINTE DOAMNE DUMNEZEULE! E cel mai mișto păr pe care l-am văzut vreodată. Arată ca un top model. Poate chiar unul care face reclamă la lenjerie intimă.

— Nu-i așa?

— L-ai văzut cum arată fără cămașă pe el? Trebuie neapărat să intri online să-l vezi în pozele astea. Super. Acum n-o să mai vii niciodată înapoi în Seattle. De ce ai face-o când Thomas Heath e...

— Addie, liniștește-te! Nu contează cât de bine arată. Nu rămân aici.

— Ce vrei să spui cu nu contează? Poți să ai și tu o aventură de-o vară, nu? Și wow! Adică, pe bune, wow! E un tip care arată super-bine. Cum ziceai că îl cheamă pe celălalt prieten al tău?

— Ren. Dar numele lui complet este Lorenzo Ferrara.

— Bine, bine, o să mi-l spui pe litere.

— Mama lui zicea că se scrie ca „Ferrari", dar cu „a".

— Ferrari cu a...

Tastă cuvintele, mușcându-și buza:

— E creț? Joacă fotbal?

— El e!

A rânjit la mine:

— Ei bine, Lina, ai doi din doi. Ren e adorabil. Așa că dacă nu-ți iese treaba cu Modelul de Lenjerie Intimă, rămâi oricum pe mâini bune.

— Nu, Ren iese din discuție. I-am cunoscut iubita în seara asta. Zici că-i Sadie Danes, doar că suedeză. Și „fotoșopată".

— Taci din gură. Ai fost nevoită să fugi ca să-ți aperi viața?

— Cam așa ceva. Nu a părut deloc încântată că Ren a venit cu o fată nouă.

Addie a oftat, lăsându-se să alunece la loc, pe pernă:

— Am să-mi petrec restul verii trăind indirect, prin tine. Știu că e complet aiurea faza cu cimitirul, dar acum sunt sută la sută sigură că trebuie să stai acolo. Mai trebuie să rămâi puțin. Fă-o pentru mine, te rog mult.

— Mai vedem. Ce mai face Matt?

— Tot nu pricepe mesajele mele că-s interesată. Dar cui îi pasă de el? Pe o scală de la unu la zece, cât de ciudat ar fi să-i printez poza lui Thomas și s-o înrămez?

M-a pufnit râsul:

— Ciudat rău. Chiar și pentru tine.

— Sau cum ar fi să-mi fac un calendar cu Thomas? „Douăsprezece luni de frumusețe britanică". Ce zici, crezi c-ai să reușești să-mi faci rost de mai multe poze cu el la bustul gol? Poate data viitoare când vă mai vedeți verși din greșeală niște suc pe el?

— Mda, sigur n-am să fac asta.

Oftă din nou:

— Ai dreptate, ar fi aiurea rău. Și deci, cum e cu jurnalul?

— Tocmai mă pregăteam să mai citesc din el, am ezitat eu. Noaptea trecută mi-a fost cam greu, dar a fost și drăguț. I-a plăcut foarte mult viața de aici.

— Și ție la fel. Și mie. Indirect.

Am dat din cap:

— Mai vedem noi.

— Bine, atunci, întoarce-te la jurnal. Vreau neapărat să știu ce alegere greșită a făcut. Suspansul ăsta mă omoară cu zile.

— Noapte bună, Addie!

— 'Neața, Lina!

2 IULIE

Florența este exact așa cum mi-am închipuit-o și totuși deloc așa cum mi-am imaginat-o. E absolut magică: piatră cubică, clădiri vechi, poduri — dar este și neaoșă. Mergi pe străzile cele mai încântătoare din lume și deodată te plesnește în față o duhoare de canal, sau te pomenești că pășești în ceva complet dezgustător. Orașul ăsta te încântă și pe urmă te readuce cu picioarele pe pământ. N-am fost niciodată într-un alt loc în care să-mi doresc să prind atât de multe deodată. Îmi petrec mult timp fotografiind lucruri care mi se par unice — haine atârnate pe alei, la uscat, mușcate roșii plantate în conserve vechi de roșii — dar încerc, mai ales, să surprind oamenii. Italienii sunt așa de expresivi, că nu trebuie să te gândești niciodată ce-o fi în inima lor.

Azi am urmărit apusul la Ponte Vecchio[1]. Cred că nu mă înșel când spun că, în fine, am găsit locul în care mă simt perfect. Nu-mi vine să cred că am străbătut jumătate de lume ca să-l găsesc.

9 IULIE

Francesca m-a inclus în mod oficial în cercul ei de prieteni. Studiază la AAFF, tot în ultimul semestru, sunt deștepți și

[1] Pod de piatră din Florența, unul din cele mai faimoase din lume.

haioși, și uneori mă întreb dacă nu cumva sunt urmăriți de camere TV, pentru o emisiune live. Cum de s-au adunat atâția oameni interesanți într-un singur loc? Iată personajele:

Howard: Gentlemanul sudist perfect (gigantul sudist, așa îi spune Francesca), arătos, blând, genul acela de tip care intră în luptă pentru tine. Face parte dintr-un program de cercetare care studiază istoria Florenței și, când nu predă, ia parte la cursurile noastre.

Finn: Unul care s-ar dori Ernest Hemingway, pe insula Martha's Vineyard. Pretinde c-ar avea barbă și se dă în vânt după gulerele înalte, dar știm cu toții că-și petrece jumătate din timp citind *Fiesta*[1].

Adrienne: Franțuzoaică și probabil cea mai simpatică persoană pe care am cunoscut-o în viața reală. Este extrem de tăcută și incredibil de talentată.

Simone și Alessio: Îi grupez laolaltă pentru că sunt ÎNTOTDEAUNA împreună. Au copilărit împreună pe undeva prin preajma Romei și ajung de fiecare dată la bătăi cu pumnii — mai ales fiindcă niciunul din ei nu a ieșit cu o fată fără ca celălalt să nu se îndrăgostească imediat de ea.

Și, în final...

Eu: Destul de plictisitoare. O tipă din State, care se visează mare fotograf și care s-a bucurat din clipa în care i-a aterizat avionul în Florența.

---

[1] *The Sun Also Rises*, în original, roman scris în anul 1926 de Ernest Hemingway.

Apartamentul meu și al Francescăi a ajuns locul oficial în care ne adunăm. Ne strângem grămadă în balconul cel mic și purtăm interminabile discuții despre chestii precum viteza diafragmei sau timpul de expunere. Am ajuns oare în rai?

20 IULIE

Se pare că nu poți învăța italiana prin osmoză, indiferent de câte ori adormi cu volumul de *Italiană pentru începători* proptit pe față. Francesca mi-a spus că e cel mai ușor lucru din lume să înveți o limbă străină, dar a spus-o în timp ce simultan fuma, studia apertura diafragmei și făcea un sos pesto de casă, așa că e posibil să nu înțeleagă la fel ca mine noțiunea de „ușor". M-am înscris la institut la clasa de italiană, modulul începători. Se ține seara în sala multimedia, de trei ori pe săptămână. Și Finn și Howard merg la același curs. Sunt amândoi mult mai avansați ca mine, dar mă bucur să-i am alături.

23 AUGUST

A trecut peste o lună de când nu am mai scris nimic, dar am motive serioase. Sunt sigură că nu vă surprinde nimic atunci când vă spun că m-am ÎN-DRĂ-GOS-TIT. Ce clișeu! Serios, acum. Mutați-vă la Florența, luați câteva furculițe din pastele lor, plimbați-vă în lumina apusului de soare și ÎNCERCAȚI să nu picați late după tipul ăla pe care l-ați ochit din prima zi! Mai mult ca sigur c-o să vă îndrăgostiți. Îmi place la nebunie Italia! Dar, sinceră să fiu, m-aș fi îndrăgostit de X oriunde în lumea asta. Arată bine, e inteligent și e tot ceea ce am visat vreodată. Trebuie să ținem totul secret, lucru care, trebuie să recunosc, îl face și mai atrăgător. (Da, X. Mă îndoiesc că o să-mi citească vreodată cineva jurnalul, dar îi dau acest nume, pentru orice eventualitate.)

POFTIM??? Am lăsat volumul să-mi cadă în poală. Nu fusese nevoie decât de trei pagini pentru ca Howard să treacă de la „Gentlemanul sudist" cel curățel la amantul secret X. Se pare că nu i-am acordat destulă atenție.

Am ridicat laptopul și am contactat-o pe Addie pe Face Time din nou. A răspuns imediat. Avea părul înfășurat într-un prosop și ținea în mână o gofră, pe jumătate mâncată.

— Ia zi, care-i treaba?

— A trebuit să-și țină relația secretă, am spus pe un ton coborât.

Mi se părea că oaspeții lui Howard se pregăteau de plecare, dar încă mai auzeam niște palme date pe spate și chestii de genul „Hai s-o mai facem și altă dată" răsunând de pe verandă.

— Howard și mama ta?

— Da. Vorbește despre el, cum că ar fi fost în același grup de prieteni, și brusc îi dă un nume nou, fiindcă se teme să nu-i găsească cineva jurnalul și să descopere că se întâlneau în secret.

— Absolut scandalos! mă anunță Addie bucuroasă. De ce a fost nevoie să fie așa de secretoși? Să fi făcut oare parte din Mafie?

— Încă nu știu.

— Sună-mă când îți dai seama. La naiba! N-am să fiu aici. Wyatt mă duce la service-ul de mașini. Am să-mi recuperez, în cele din urmă, mașina.

— Astea-s vești bune.

— Mie-mi spui. Aseară Wyatt m-a pus să-i împăturesc toate hainele înainte să mă ducă la Dylan. Mă suni mâine?

— Sigur.

9 SEPTEMBRIE

Acum, că tot am început să scriu despre *storia d'amore*, aș putea s-o spun de la debut. X a fost, de fapt, unul dintre primii oameni pe care i-am cunoscut când am sosit în Florența. Susținea unul din cursurile semestriale, și după ce l-am văzut nu mi-am mai putut lua gândurile de la el. E talentat, firește, și arată așa de bine că te face să te încurci când vrei să spui chestii de genul „Bună!" și „Pa!" dar a mai fost ceva... are o anume adâncime. Care m-a făcut să-mi doresc să-l cunosc mai bine.

Din fericire pentru mine, am petrecut multă vreme împreună în timpul și în afara orelor de curs. Doar că nu am fost niciodată singuri. Niciodată. Ba era Francesca cea care stătea într-un colț și-și butona telefonul, ba erau Simone și Alessio care voiau să ne înfunde cu nu știu ce argumente, și discuțiile dintre noi doi nu ajungeau niciodată prea departe. Mult timp am avut în cap o singură întrebare: ESTE SAU NU ESTE INTERESAT DE MINE? Erau zile în care aș fi jurat că era, iar altele în care nu mai eram la fel de sigură. Poate că citeam prea mult semnele primite...

Dar l-am surprins privindu-mă în timpul orelor și de fiecare dată când vorbeam cu el, era acel *ceva* pe care nu-l puteam ignora. Chestie care a durat săptămâni bune. După care, exact când ajunsesem la concluzia că totul se petrecea doar în mintea mea, l-am văzut la Space[1]. Francesca zice că e clubul oficial al AAFF, doar că el nu venise cu noi până atunci. Am ieșit puțin afară să iau aer și la întoarcere l-am văzut înăuntru, sprijinit de perete. Singur.

Am știut că aceea era șansa mea, dar pe măsură ce mă apropiam de el mi-am dat seama că nu aveam nici cea mai mică idee ce să-i spun. „Bună, nu vreau să zici că-s nebună, dar ai observat cumva chimia asta ciudată dintre noi doi?" Noroc că nu a fost nevoie să deschid gura. De cum m-a văzut, s-a întins după mine și m-a apucat de încheietura mâinii.

— Hadley, a spus.

Și, după felul în care a spus-o, am știut că nu-mi imaginasem nimic.

15 SEPTEMBRIE

M-am întâlnit cu X la Grădinile Boboli, să putem fi și noi singuri o clipă. E un parc din secolul al XVI-lea, ca un soi de oază în mijlocul orașului. Multă arhitectură și fântâni arteziene, și destul loc cât să uiți că ești într-un oraș. Ne-am luat amândoi aparatele de fotografiat și după ce am surprins ceea ce voia fiecare, ne-am așezat sub un copac și am vorbit. Știe atât de multe despre artă. Și istorie. Și literatură. (Și cam despre orice altceva, de fapt.) Programul este până la șapte jumătate, dar de cum m-am ridicat să ieșim, m-a tras înapoi și ne-am sărutat până când ne-a dat afară un gardian.

[1] Club de noapte renumit în Florența.

20 SEPTEMBRIE

Singura chestie dificilă din relația mea de iubire cu X este că nu pot spune nimănui despre ea. Știu că cei de la școală nu ar privi asta cu ochi buni, dar e greu să ții secret ceva așa de puternic. E o adevărată tortură să ne petrecem jumătate din zi la câțiva metri depărtare unul de altul și să nu ne putem atinge.

Nu mă pricep deloc să țin un secret și mi se pare că toată lumea știe că m-am îndrăgostit. O parte se datorează deducțiilor logice. De cele mai multe ori, ne întâlnim noaptea târziu, și nu ajung acasă decât pe la trei-patru dimineața. I-am spus Francescăi că lucrez la un proiect de fotografie nocturnă, dar a dat ochii peste cap și mi-a spus că știe ea cum stă treaba cu „fotografia nocturnă". Uneori mă întreb dacă nu cumva se prefac cu toții că nu știu ce se petrece. Sunt chiar așa de rupți de realitate? Relația mea are loc chiar sub nasurile lor!

9 OCTOMBRIE

X și cu mine am început să fim extrem de creativi în privința locurilor noastre de întâlnire. Știam că toată lumea urma să stea în casă, să învețe, așa că am mers la Space (același) și după ce am dansat până la epuizare, am pornit-o la nimereală pe străzi. X mi-a spus că are o surpriză pentru mine și ne-am croit drum prin străduțele întunecoase până când am simțit un miros uimitor — un amestec de zahăr și unt și încă ceva. Fericire?

Într-un târziu, după colț, am văzut un grup de oameni strânși în fața unei intrări viu colorate. Era o brutărie secretă — numai câțiva din cei ai locului știau de ea. În principiu, brutarii muncesc toată noaptea să facă produse de patiserie pentru restaurante și, chiar dacă e ilegal, îți vând câteva pateuri proaspete pentru câțiva bănuți. Numai câțiva știu de asta, iar aceștia... ei bine, să spunem că sunt în pericol să ajungă animale nocturne.

Toți cei din rând erau tăcuți și nerăbdători, și când ne-a venit rândul, X a cumpărat un *cornetta*[1] umplut cu ciocolată, un croasant cu glazură și două *cannoli*[2] umplute, după care ne-am așezat pe bordură și le-am devorat. Am ajuns acasă și am dat de Francesca, Finn și Simone răsfirați pe canapele, care m-au luat peste picior și m-au întrebat ce fotografii făcusem eu în noaptea aia. Mi-aș fi dorit să le pot povesti.

Wow!

Mai întâi de toate, treceți-mă pe lista pentru vizita la brutăria secretă. Habar nu aveam ce erau alea *cornetta* și *cannoli*, dar realmente salivam după ce citisem paginile din jurnal. Dar și mai important de atât, care era toată treaba cu secretul ăsta?

Am recitit câteva pasaje. Oare facultățile chiar aveau o politică prin care interziceau studenților să se întâlnească cu seminariștii? Înțelegeam să fie o regulă pentru profesori, dar pentru studenții care făceau programe de cercetare, ca Howard? Iar mama părea îndrăgostită până peste cap. Cum se putea ca o tipă așa de îndrăgostită de iubitul ei să plece și să țină secret copilul timp de șaisprezece ani?

Am lăsat semn în jurnal, apoi m-am dus la geam. Era o noapte superbă. Norii treceau de lună precum vasele-fantomă

[1] Un soi de croasant mai dulce decât cel franțuzesc, specific italienesc.
[2] Rulou italienesc, produs de patiserie.

și acum, că plecaseră și amicii lui Howard, totul era nemișcat și cufundat în tăcere.

Deodată mi-a atras atenția o vagă mișcare, și am înghețat. Ce era aia? M-am aplecat pe geam, simțindu-mi inima duduind în piept. O siluetă albă se îndrepta spre casă. Ai fi zis că e o persoană, dar se mișca mult prea repede, ca un... mi-am îngustat privirile. Era *Howard*? Pe un longboard[1]?

— Ce faci? am șoptit.

Împinse tare și părăsi în goană aleea, ca o focă ce-și caută drumul spre mare. Ca și cum asta ar fi făcut tot timpul.

Trebuia să fac cumva să-l cunosc mai bine pe tipul ăsta.

[1] Un tip de skateboard.

Capitolul 11

— LINA, EȘTI TREAZĂ? E PENTRU TINE, A SPUS Howard ciocănind în ușa deschisă a dormitorului și am împins imediat jurnalul sub pat.

Reciteam pasajele din seara trecută. Și trăgeam de timp. Fiindcă, da, voiam să știu ce se petrecuse. Dar voiam să și prelungesc cât mai mult partea asta fericită. Ca atunci când am oprit rularea Titanicului la jumătate și am forțat-o pe Addie să mai vadă o dată prima parte.

— Cine este?

— Ren. Trebuie neapărat să-ți cumpăr un telefon. Dar poți să stai acum cu al meu. Am să mă folosesc de linia fixă.

— Mersi, i-am răspuns.

M-am ridicat și m-am dus la el. Părea treaz complet și deloc-ca-X. Nici un semn al escapadelor nocturne pe roți. Sau al întâlnirilor pe furiș.

Mi-a dat telefonul:

— Îi spui tu, te rog, lui Ren că nu e cazul să îi fie frică de mine? A stabilit recordul mondial de folosire a cuvântului „domnule" într-o singură conversație telefonică.

— Pot, dar nu cred că voi rezolva ceva. L-ai dat complet peste cap când ai vorbit prima oară cu el.

— Am avut motive îndreptățite, mi-a zis zâmbind. Ne vedem mai târziu? Ar trebui să-mi termin treaba aici pe la cinci.

— Bine, am spus și am dus telefonul la ureche, iar Howard a ieșit pe coridor. „*Ciao*, misteriosule X!"

— Bună, Ren.

— *Ciao*, Lina! Mă bucur tare mult că ești în viață.

M-am rezemat de ușă și l-am urmărit pe Howard coborând scările. Se sărutase cu mama într-un parc public? E fix genul de amănunt pe care nu trebuie să-l cunoști despre părinții tăi. Și ce fusese atât de special la modul în care-i pronunțase numele prima oară când se întâlniseră la Space? Părea o chestie desprinsă din scenele unei telenovele pe care mama lui Addie pretindea că nu o urmărește.

— Mai ești acolo? m-a întrebat Ren.

— Mda, scuze. Mi-a zburat mintea, atâta tot, am zis și am închis ușa dormitorului, apoi m-am așezat pe pat.

— Și așa, deci, nu era supărat?

— Nu. Avea o petrecere și nici măcar nu cred că a observat că am întârziat.

— *Fortunato*[1]. Ai fost deja la alergat?

— Nu, acum mă pregăteam. Vrei să vii cu mine?

— Sunt deja pe drum. Ne vedem la porțile cimitirului.

M-am schimbat de haine și-am fugit spre locul de întâlnire. Ren se îmbrăcase cu un tricou portocaliu aprins și alerga pe loc, ca un bătrân. Părul îi intrase, ca de obicei, în ochi și părea încălzit și transpirat de la sprintul făcut până acolo.

— Cum de hainele astea nu arată americane? l-am întrebat apucându-l de tricou.

— Nu arată americane când sunt purtate de un italian.

[1] Din fericire, în italiană în original.

— Un italian pe jumate, l-am corectat.

— Și jumătate e de ajuns. Crede-mă, a adăugat și ne-am pornit alergarea. Și deci, mama ta a primit Premiul Cultural *LensCulture*[1]?

L-am privit:

— De unde știi?

— Există o chestie numită internet. E de mare ajutor, să știi.

— Ah, da. Îmi amintesc oarecum vag de el, de dinainte de a veni să locuiesc în Italia.

Încercasem de dimineață de peste zece ori să dau de Addie pe Face Time, s-o pun la punct cu ultimele descoperiri din noaptea trecută, dar nu primisem nimic altceva decât enervantul mesaj NO SERVIZIO. Măcar acum puteam folosi telefonul lui Howard ori de câte ori aveam nevoie.

— Am găsit o mulțime de articole despre ea. Nu mi-ai spus că a fost o tipă așa de specială.

— *LensCulture* i-a dat startul necesar în carieră. De atunci și-a făcut din fotografie o meserie.

— Mi-a plăcut poza aia. N-am văzut niciodată așa ceva. Cum se numea? *Șters*?

Sprintă înaintea mea și-și încrucișă brațele, privind peste un umăr. Fotografia reprezenta o femeie care tocmai își ștersese un nume tatuat pe umăr.

Am râs:

— Nu-i rău deloc.

Intră și el în joc:

— Am mai văzut și autoportretele pe care și le-a făcut când a fost bolnavă. Erau extrem de intense. Te-am văzut în unele din ele.

---

[1] Revistă și rețea fotografică de prestigiu, axată pe fotografie contemporană.

Mi-am ținut privirea neclintită de la drum:

— Nu prea-mi place să mă uit la ele.

— De înțeles.

Drumul cobora și-am grăbit automat ritmul. Și Ren la fel.

— Ia spune, te mai întâlnești în curând cu prietenii tăi? l-am întrebat.

— Te referi la Thomas?

M-am înroșit:

— Și la ceilalți.

Prioritatea numărul unu era să-mi dau seama ce se petrecuse între Howard și mama, dar asta nu însemna că trebuia să-mi irosesc șansa pe care o aveam cu Thomas, nu?

— Marco e de vină, nu? Vrei neapărat să-l mai întâlnești, așa-i? Spune sincer!

Am pufnit din nou în râs:

— Poate că da.

— Dar Thomas nu ți-a cerut numărul de telefon?

— Nici măcar nu am un număr al meu. Tu mă suni numai la cimitir, mai ții minte?

Plus că, nici măcar nu mi-l ceruse. Probabil fiindcă își amintise de ceasul lui cel scump numai după ce sărise în piscină după mine.

— Eu te-am sunat și pe mobilul tatălui tău. Chiar dacă am murit de spaimă.

— Cum de-ai știut numărul?

— Sonia.

Am oftat:

— Ren, trebuie să treci peste conversația aia oribilă de la început, cu Howard. Să știi că-i un tip tare de treabă. Nu o să-ți facă nimic rău doar fiindcă încerci să te porți drăguț cu mine.

— A țipat vreodată la tine vreun căpcăun, pentru o chestie pe care n-ai făcut-o? Nu treci ușor peste așa ceva.

— Un căpcăun? am spus râzând.

— Lumea de aici nu e așa de înaltă. Fac pariu că toți se holbează la el, pe oriunde o merge.

— Probabil.

Un camion minuscul ne-a depășit în viteză, claxonându-ne într-o serie staccato. Ren i-a făcut cu mâna.

— Știi ce, vrei să ieși diseară în oraș cu mine? Putem să mergem la înghețată sau să ne plimbăm, vedem noi. Pe la opt jumătate?

— Crezi că modelul suedez o să fie de acord?

Intenționasem să fac o glumă, dar Ren m-a privit cu seriozitate:

— Cred c-o să fie în regulă.

Ren și-a făcut apariția exact când Howard și cu mine ne terminam cina. Pregătise un bol imens de paste cu roșii proaspete și brânză mozzarella, iar eu l-am privit încontinuu de parcă aș fi fost sărită de pe fix. X e *arătos, inteligent și încântător*. Mai puțin atunci când rămâi însărcinată cu el? Atunci devine brusc așa de îngrozitor că zbori în cealaltă jumătate de lume și-l eviți în următorii șaisprezece ani? Apucasem jurnalul de trei ori în amiaza aia și de fiecare dată îl lăsasem la loc. Mi se părea copleșitor.

— E totul în regulă? m-a întrebat Howard.

— Da. Mă gândeam doar.

De când căzusem de acord să nu mai vorbim despre mama lucrurile se îmbunătățiseră. Era un tip ușor de tolerat. O îmbinare dintre un soi de tip relaxat și-n vacanță cu un pasionat de istorie.

Mi-am mai umplut o dată furculița cu paste:

— Sunt foarte bune.

— Și asta, fără vreun bucătar de renume. E cam greu să dai greș când ai niște ingrediente atât de gustoase. Ce planuri ai pentru mâine? Aș putea să-mi iau liber și am avea timp berechet să facem un tur.

— Bine.

— Unde mergi în seara asta cu Ren?

— A zis doar că se gândea să mergem în oraș.

— Lina? l-am auzit pe Ren care-și băgase capul în bucătărie.

— Vorbești de lup și lupul la ușă, am zis.

— Îmi cer scuze că am întârziat.

Văzându-l pe Howard tresări:

— Și cred c-ar fi trebuit să bat la ușă, domnule.

Howard îi zâmbi:

— Salut, Ren! Mănânci cu noi? Am făcut niște *pasta con pomodori e mozzarella*.

— *Buonissimo*. Dar nu, mulțumesc, am mâncat deja. Mama a încercat să facă un meniu ca la KFC și-a ieșit un ceaun de cartofi striviți și lipicioși. Încă încerc să trec peste imaginea asta.

— Bleah.

Howard a râs:

— Am făcut și eu așa. Dar uneori chiar trebuie să mănânci de la KFC, știi?

Și-a ridicat farfuria și a mers în bucătărie. Ren s-a așezat alături și mi-a luat o pastă din farfurie:

— Și pe unde zici să mergem în seara asta?

— De unde să știu eu? Tu ești din Florența.

— Da, dar am senzația că nu ai petrecut prea mult timp în oraș. N-ai vrea să vezi ceva în mod special?

— Nu e niciun turn înclinat sau ceva de genul ăsta?

— Linaaa. Ăla e în Pisa.

— Liniștește-te, glumeam. De fapt, chiar e ceva ce vreau să văd. Vino sus cu mine o secundă, am spus și mi-am dus farfuria în bucătărie, după care Ren m-a urmat în cameră.

— Asta chiar e camera ta? m-a întrebat pășind înăuntru.

— Da. De ce?

— Nu ți-ai despachetat nimic? E cam gol pe aici, a spus deschizându-mi unul din sertarele goale ale comodei și închizându-l încet.

— Toate lucrurile mele sunt acolo, am spus, arătând spre valiză.

Toate erau trântite claie peste grămadă, de-ai fi zis că avusese loc o explozie.

— Dar nu ai de gând să rămâi o vreme aici?

— Doar vara asta.

— Adică, vreo două luni.

— Sper și mai puțin.

Am tras cu ochiul spre ușa deschisă. Ah! Mi se păruse mie sau îmi răsunase vocea prin întreg cimitirul?

— Nu cred că ne poate auzi.

— Sper că nu.

Am traversat camera și-am îngenuncheat să scot jurnalul de sub pat și-am început să răsfoiesc paginile:

— Am citit de curând despre locul ăsta... Pont Ve...chi...o?

— *Ponte Vecchio*? mă întrebă cu un aer neîncrezător. Glumești, nu?

— Știu că nu l-am pronunțat cum trebuie.

— Mda, mă rog, l-ai cam terminat. Dar vrei să spui că nu ai fost niciodată acolo? De când ești în Florența?

— De marți seara.

— Ceea ce înseamnă că miercuri dimineața trebuia să fi văzut deja Ponte Vecchio. Îmbracă-te, plecăm chiar acum.

M-am uitat la hainele cu care eram îmbrăcată:

— Sunt îmbrăcată.

— Scuze. E un mod de-a spune. Ia-ți poșeta sau ce ai tu. Plecăm chiar acum. Trebuie neapărat să-l vezi. E în topul meu cu cele mai frumoase zece locuri din lume.

— Mai e deschis? E aproape nouă seara.

A mârâit:

— Da, e deschis. Vino.

Am luat banii pe care mi-i dăduse Howard cu o noapte în urmă și mi-am îndesat jurnalul mamei în geantă. Ren ajunsese deja pe la jumătatea scării, dar se oprise subit, drept care am intrat în el. Howard stătea pe canapea, cu laptopul pe genunchi:

— Unde mergeți așa grăbiți?

— Lina n-a văzut niciodată Ponte Vecchio. O duc eu, a vorbit Ren după ce și-a dres vocea. Cu permisiunea dumneavoastră, domnule.

— Pe care o primești chiar acum. Ce idee minunată! Lina, o să-ți placă la nebunie.

— Mersi. Sper.

Am mers către ușă și exact când Ren pășea pe verandă, Howard i-a spus:

— Ren, sunt încă cu ochii pe tine.

Ren nu s-a întors, dar s-a îndreptat ca și cum l-ar fi curentat cineva pe coloană. Surprinzându-mi privirea, Howard mi-a făcut cu ochiul. Super. Lui Ren îi era imposibil de-acum să mai stea relaxat.

Era o noapte călduroasă și păreau să fie de două ori mai mulți oameni în Florența decât atunci când ieșisem cu Howard. Cu scuterul am ajuns puțin mai rapid, fiindcă treceam de mașinile oprite în trafic, dar tot ne-a luat ceva. Nu că mi-ar fi păsat. Era foarte plăcut să mergi pe scuter, iar aerul rece care trecea pe lângă noi mi se părea răsplata perfectă pentru că supraviețuisem într-o zi atât de lungă și toridă. Până să găsească Ren un loc de parcare, luna deja răsărise rotundă și grea ca o roșie coaptă și mă simțeam ca și cum înotasem îndelung într-o apă răcoroasă.

— De ce e așa de aglomerat în seara asta? am întrebat întinzându-i casca s-o închidă sub scaun.

— E vară. Oamenilor le place să iasă din casă. Iar turiștii vin grămadă. Grămadă, îți spun!

Am dat din cap:

— Ren, ești cam ciudat.

— Aud destul de des asta.

— Ce o să vedem acum, mai exact?

— Un pod. Ponte Vecchio înseamnă „Pod vechi". Peste râul Arno. Vino, e pe aici.

M-am străduit să țin pasul cu el, căci își croia drum cu coatele, și nu după mult timp, am ajuns pe un trotuar larg amenajat pe toată lungimea râului. Arno se întindea negru și misterios în ambele direcții, iar malurile erau luminate ca o pistă de aterizare cu șiruri de luminițe tremurânde care apăreau și dispăreau într-o parte și-n alta.

Am așteptat o secundă să admir totul.

— Ren..., e chiar drăguț. Nu-mi vine să cred că există oameni care chiar locuiesc aici.

— Așa, ca tine?

L-am privit și l-am văzut zâmbind. M-a atins cu replica asta.

— Păi, mda, cred că poți spune și asta.

— Așteaptă puțin. Ce-ai să vezi mai departe o să te facă să vrei să rămâi aici pe vecie.

Cum lumea ne tot înghiontea dintr-o parte în alta, Ren m-a apucat de braț și-am pornit-o împreună spre râu, evitând un tip cu părul lung care stătea cu spatele la apă. Cânta dintr-o chitară dezacordată *Imagine*, cu un accent puternic.

— Ee-magine all da pee-pull, cântă și Ren. Are tata o carte din care cică italienii pot învăța versurile unor melodii englezești. Cred că tipul ăla de acolo are mare nevoie de ea.

— Hei, măcar cântă cu suflet. Pare chiar nostalgic.

Simțeam cum mi se încălzea brațul în locul în care mi-l ținea Ren, dar înainte să-mi fac alte gânduri, el se retrase și-mi puse ambele mâini pe umeri.

— Ești gata să rămâi cu gura căscată?

— Poftim?

— Gata să vezi Ponte Vecchio?

— Normal. Doar de asta suntem aici, nu?

S-a întors și mi-a arătat cu degetul:

— Pe aici.

Trotuarul ne purtase spre un pod micuț, de trecere. Era pavat cu asfalt și o mulțime de turiști făceau slalom printre păturile de pe care se vindeau genți de super firmă și ochelari de soare. Deloc impresionant.

— Ăsta e? l-am întrebat, încercând să-mi ascund dezamăgirea. Poate arăta mai bine în lumina apusului.

Ren a pufnit în hohote de râs:

— Nu. Nu de podul ăsta e vorba. Crede-mă, ai să-l recunoști de cum ai să-l vezi.

Am mers spre centrul podului și ne-a ieșit în cale un tip negricios care tocmai se ridicase din dreptul păturii și ne bloca drumul:

— Tinere. Vrei geantă frumoasă, Prada pentru prietena? Cinci sute de euro la magazin, dar zece euro pentru tine. Fă-o să te iubească adevărat.

— Nu, mulțumesc, l-a refuzat Ren.

L-am înghiontit:

— Știu și eu, Ren, pare o afacere excelentă. Zece dolari pentru o iubire adevărată?

A surâs și s-a oprit în mijlocul podului:

— Nu l-ai văzut, nu?

— Să văd, ce anu... Aaa!

Am fugit spre balustradă. Întins peste râu, la vreo cinci sute de metri depărtare, se vedea un pod care părea c-a fost construit de zâne. Trei arcade de piatră se ridicau grațioase din apă și pe toată lungimea lui erau șiruri de clădiri colorate, plutind deasupra apei. Arcadele erau despicate la mijloc și întreg podul era luminat, iar reflecția din apă îl făcea și mai strălucitor în întuneric.

Rămăsesem efectiv cu gura căscată. Ren rânjea spre mine.

— Wow! Nici nu mai știu ce să spun.

— Așa e, nu? Vino.

A privit în dreapta, a privit în stânga, și s-a avântat peste balustradă, ca un săritor cu prăjina.

— Ren!

M-am aplecat peste, așteptându-mă să-l văd înotând câinește spre Ponte Vecchio, dar m-am trezit nas în nas cu el. Stătea sprijinit pe o margine de mărimea unei mese, care se întindea la un metru și jumătate de la marginea podului, extrem de mândru de sine.

— Mă așteptam să te văd în apă.

— Știu. Și acum, vino. Numai să ai grijă să nu te vadă nimeni.

Am privit peste umăr, dar lumea era mult prea ocupată cu cumpărarea falselor Prada, ca să-mi dea atenție tocmai mie. M-am cățărat și am aterizat lângă el:

— Avem voie să stăm aici?

— Sigur că nu, dar de aici se vede cel mai bine.

— E fenomenal.

Pentru că ne aflam la un metru mai jos nu se mai auzea la fel de tare zgomotul de deasupra, și puteam jura că Ponte Vecchio lucea și mai tare, cu un aer și mai regesc. Îmi dădea o stare de spirit solemnă, impresionantă. Ca atunci când intri într-o biserică. Doar că-mi doream să rămân acolo pentru tot restul vieții mele.

— Ce părere ai? s-a interesat Ren.

— Îmi amintește de momentul în care am vizitat cu mama o rezervație de maci din California. Înfloreau toți odată, iar noi am ajuns exact la țanc. A fost magic.

— Așa ca acum?

— Da.

S-a tras în spate, lângă mine și ne-am rezemat amândoi capetele de zid, privind. *În fine, am găsit locul în care mă simt perfect.* Ca și cum mi-ar fi făcut cu mâna de cealaltă parte a apei. Dacă mă uitam mai atent, puteam chiar să o văd. Am simțit cum mi se umezesc puțin ochii, iar luminițele de pe Ponte Vecchio se prefac într-un halo auriu imens și m-am prefăcut preț de treizeci de secunde că mi-a intrat niște praf misterios de pe Arno în ochi.

Ren rămăsese tăcut pentru prima oară. Odată trecută faza de plâns, l-am privit:

— Și de ce i se spune „Podul cel vechi"? Nu sunt toate vechi pe aici?

— Este singurul pod care a supraviețuit celui de-al Doilea Război Mondial, și e foarte vechi, chiar și pentru standardele italienilor. Din vremuri medievale, adică. Chestiile alea care seamănă cu niște case au fost măcelării, pe vremuri. Deschideau ferestrele și aruncau tot sângele și intestinele direct în râu.

— Nu se poate, am spus privind din nou geamurile.

Majoritatea aveau obloane verzi și erau închise peste noapte.

— Sunt mult prea frumoase pentru așa ceva. Ce este acum acolo?

— Niște magazine luxoase de bijuterii. Și vezi ferestrele alea depărtate, din vârful podului?

Am încuviințat:

— Da?

— Alea merg spre un coridor. Se numește Vasari, și a fost folosit de familia Medici ca modalitate de ieșire din Florența fără să mai străbați întregul oraș.

— Rudele Elenei.

— *Esattamente*[1]. În felul ăsta nu mai era nevoie să se amestece cu noi, oamenii de rând. Cosimo Medici a fost cel care a dat afară toți măcelarii. A vrut ca podul să arate mai prestigios, a spus și m-a privit. Ce carte era aia pe care o citeai? Cea de sub pat.

Ai încredere în el. Cuvintele mi se înfipseră în creier înainte să am timp să mă întreb de unde veniseră. Și ce dacă abia îl cunoșteam pe Ren de două zile? Chiar aveam încredere în el.

Am scos jurnalul din geantă:

— E jurnalul mamei. Locuia în Florența când a rămas însărcinată cu mine și e vorba despre timpul pe care l-a petrecut aici, în Italia. L-a trimis la cimitir înainte să moară.

Ren a privit volumul, apoi pe mine:

— Nu se poate. E-o chestie prea *însemnată*.

Însemnată. Exact așa era. Am deschis coperta și-am mai privit o dată cuvintele de rău augur:

---

[1] Întocmai, în italiană în original.

— Am început să-l citesc la o zi după ce am ajuns aici. Încerc să-mi dau seama ce s-a petrecut între Howard și mama.

— Ce vrei să spui?

Am avut un moment de ezitare. Era oare posibil să condensez întreaga poveste în câteva propoziții?

— Mama l-a cunoscut pe Howard când studia aici și pe urmă, după ce a rămas gravidă, a plecat din Italia și nu i-a spus nimic despre mine.

— Serios?

— După ce s-a îmbolnăvit, a început să vorbească o grămadă despre el, și pe urmă m-a făcut să-i promit că am să vin să locuiesc cu el un timp. Nu mi-a povestit niciodată ce nu a mers între ei doi și de asta cred că mi-a lăsat jurnalul, să-mi dau singură seama.

M-am întors și l-am surprins pe Ren privindu-mă. Acum, el era cel cu gura căscată:

— Deci, azi-noapte, când ai spus că nu-l cunoști prea bine pe Howard, a fost de fapt prea mult spus.

— Mda, îl cunosc în mod oficial de…, am numărat pe degete. De patru zile.

— Vorbești serios?

A dat neîncrezător din cap, cu părul în toate părțile.

— Stai să văd dacă am înțeles bine. Ești o americancă, locuiești în Florența — nu menționez că într-un *cimitir*, împreună cu un tată de care abia ai aflat? Ești chiar mai ciudată decât mine.

— Hei!

S-a împins cu umărul în al meu:

— Nu asta am vrut să spun. Ci doar că suntem amândoi mai altfel decât restul.

— Pe tine ce te face diferit?

— Păi, sunt cumva american, cumva italian. Când sunt în Italia, mă simt mult prea american și când sunt în State mă simt prea italian. Și pe deasupra mai sunt și mai mare decât ceilalți din clasa mea.

— Câți ani ai?

— Șaptesprezece. Familia mea a locuit în Texas câțiva ani și când ne-am mutat înapoi nu vorbeam prea bine italiană. Eram oricum cam mare pentru clasa mea, așa că au fost nevoiți să mă țină un an, să-i ajung din urmă. Ai mei m-au înscris la Școala Americană câțiva ani mai târziu, dar nu mi s-a permis să sar peste anul în care trebuia să fiu.

— Când faci optsprezece ani?

— În martie, a zis privindu-mă. Și deci, rămâi doar peste vară?

— Mda. Howard și bunica ar vrea să stau mai mult, dar e evident că toate circumstanțele astea sunt dubioase. Abia dacă-l cunosc pe omul ăsta.

— Dar poate ajungi să-l cunoști. Dacă las treaba cu ferăstrăul electric deoparte, eu chiar îl plac.

Am ridicat din umeri:

— Mi se pare totul prea bizar. Dacă mama nu s-ar fi îmbolnăvit, probabil că n-aș fi aflat nimic despre el. Mi-a spus toată viața că a rămas însărcinată când era tânără și a decis să-l țină pe tata departe de situația noastră.

— Până acum.

— Până acum, am spus, ca un ecou.

— Unde ai să stai după ce pleci din Florența?

— Sper să pot locui cu prietena mea, Addie. Am stat la ei tot restul anului școlar, după ce-a murit mama, și o să-i întrebe pe ai ei dacă pot sta acolo și anul viitor.

A privit jurnalul:

— Și ce ai aflat de acolo?

— Păi, până acum știu că au fost nevoiți să-și țină secret relația. Era seminarist la facultatea unde mergea ea și cred că nu le-ar fi plăcut celor de acolo. Și era decisă să păstreze secretul. Uite, după ce au început să se vadă, nu i-a mai scris numele de teamă să nu-i citească cineva jurnalul și să-l descopere. Îl numește doar „X".

Ren a clătint din cap:

— De-a dreptul scandalos. Păi, probabil că ai acolo toate răspunsurile. Se pare că cele mai secretoase povești de dragoste au o viață de sertar.

— Posibil. Dar când am ajuns aici, Sonia mi-a spus că mama a locuit împreună cu Howard la cimitir, ceea ce nu e deloc secretos. Și mi-a zis că, într-o bună zi, mama a plecat, pur și simplu. Nici măcar nu și-a luat „La revedere!" de la Sonia.

— Wow! S-o fi întâmplat ceva. Ceva important.

— Ca, de pildă... faptul că mama a rămas gravidă?

— Hm, cred că asta ar fi o chestie importantă, a zis rozându-și gânditor o unghie. Acum chiar că m-ai făcut curios. Să mă ții la curent, da?

— Sigur.

— Și zici că-i plăcea la Ponte Vecchio. Despre ce alte locuri a mai scris?

Am luat jurnalul de la el și-am început să-l răsfoiesc:

— Vorbește de câteva ori despre clubul ăsta, Space.

— Space Electronic? a râs el. Nu-mi vine să cred. Am fost acolo acum vreo două săptămâni, cred. Elenei îi place la nebunie. Îl cunoaște pe unul dintre DJ, așa că de cele mai multe ori intrăm gratis. Despre ce altceva?

— De Duomo, Grădinile Boboli... A mai dus-o și la o brutărie secretă. Știi pe unde o fi?

— O brutărie secretă?

I-am dat jurnalul:

— Uite, citește aici.

A scanat repede pasajul:

— N-am auzit niciodată de așa ceva, dar sună excelent. Păcat că nu a notat și adresa — aș merge oricând după un *cornetta* proaspăt.

Deodată a început să-i sune telefonul. L-a scoas din buzunar și ezitând o secundă a apăsat pe SILENȚIOS. A început imediat să sune din nou, dar el a apăsat încă o dată pe SILENȚIOS.

— Cine este?

— Nimeni.

Și-a îndesat telefonul la loc în buzunar, nu înainte ca eu să văd numele afișat pe ecran. *Mimi.*

— Auzi, n-ai vrea să mănânci niște gelato?

M-am încruntat:

— Ce-i aia?

A bombănit:

— Gelato. Înghețată italienească. Cea mai tare chestie pe care ai s-o încerci vreodată. Ce-ai făcut de când ai venit aici?

— Am stat cu tine.

— Și-mi zici că n-am decât o vară la dispoziție.

S-a ridicat, clătinând din cap:

— Vino, Lina. Avem treabă de făcut.

Capitolul 12

AȘADAR... ÎNGHEȚATA ITALIENEASCĂ. ÎNMULȚIȚI deliciul unei cupe obișnuite de înghețată de un milion de ori și presărați-l cu cornuri de unicorn pisate. Ren s-a văzut nevoit să mă oprească după a patra cupă. Probabil c-aș fi continuat la nesfârșit.

Când am ajuns în dreptul ușii de la intrare, Howard urmărea un film vechi cu James Bond și-și proptise picioarele goale pe măsuța de cafea. Lângă el se vedea o cantitate industrială de popcorn.

— Tocmai a început filmul. Vrei să-l vezi?

Am privit ecranul. Un James Bond de modă veche înota spre o clădire, deghizat, purtând o cască la care fusese atașată o rață. În mod normal, mă dau în vânt după filmele astea vechi și banale, dar atunci aveam altele în cap.

— Nu, mulțumesc. Mă duc să mă odihnesc.

Și să obțin niște răspunsuri.

9 NOIEMBRIE

Noaptea asta a fost cea mai bună noapte din viața mea, și trebuie să-i mulțumesc unei statui pentru asta.

Eram cu X în Piazza della Signoria și priveam o statuie sculptată de Giambologna, numită Răpirea Sabinelor[1]. Nu pricepeam de unde-i vine numele, fiindcă nu prea se potrivea cu ce se petrecea acolo. Sunt trei siluete: un bărbat ține o femeie sus, în aer, și un altul îngenuncheat are privirile ridicate spre ea. E clar că se petrece ceva îngrozitor, dar cei trei par prinși într-o mișcare grațioasă, armonioasă chiar.

I-am spus lui X că femeia arăta ca și cum ar fi fost ridicată, nu rănită, iar el, ca de obicei, a știut întreaga poveste a statuii. Pe vremea când Roma s-a stabilit ca oraș, bărbații și-au dat seama că din civilizația lor lipsea un ingredient de bază: femeile. Dar unde să le găsească? Singurele femei aflate la distanță potrivită aparțineau unui trib vecin numit „sabini", și atunci când romanii s-au dus și le-au cerut permisiunea să se căsătorească cu fiicele lor, au primit un mare „nu" ca răspuns. Drept care, într-o mișcare tipic romană, i-au invitat pe sabini la o serbare, i-au copleșit numeric și le-au furat femeile care au țipat și s-au zvârcolit până au fost duse în interiorul cetății. În cele din urmă, sabinii au izbutit să pătrundă în Roma, dar era deja mult prea târziu. Femeile nu mai voiau să fie salvate. Se îndrăgostiseră de cei care le furaseră și au văzut că viața în Roma era destul de bună. Motivul pentru care nu am înțeles denumirea grupului statuar a venit dintr-o interpretare greșită în engleză. Cuvântul latin „raptio" sună la fel ca „rape", dar înseamnă, de fapt, „răpire". Așa că sculptura ar fi trebuit să se numească „Răpirea Sabinelor", nu „Violul Sabinelor".

---

[1] *The Rape of the Sabine Women*, în original. Cuvântul „rape" are sensul de „viol", dar este asimilat greșit cu „răpire", de aici confuzia personajului din text.

Era deja târziu și i-am spus lui X că vreau să ajung acasă, dar deodată s-a întors spre mine și mi-a spus că mă iubește. A spus-o firesc, de parcă nu ar fi fost prima oară când mi-o spunea, și am avut nevoie de câteva clipe să îmi dau seama ce se petrecea. După care, l-am pus să repete. Mă IUBEȘTE. Luați-mă cu totul. Sunt cucerită.

10 NOIEMBRIE

Azi am fost la ore după numai vreo două ore de somn. X a întârziat și deși știam că dormise în mod cert și mai puțin ca mine, tot perfect arăta. A călcat regula să-ne-purtăm-ca-amicii-la-școală și mi-a zâmbit larg și luminos, chestie pe care a observat-o toată lumea. Mi-aș dori să pot opri clipa asta în loc și s-o pot trăi la nesfârșit.

17 NOIEMBRIE

Uneori simt că timpul meu se împarte în două categorii: timpul petrecut cu X și timpul când aștept să fiu împreună cu X. Din noapte aceea petrecută în Piazza della Signoria, lucrurile au fost când sus, când jos, între noi doi. Sunt zile în care ne înțelegem perfect, și altele în care se comportă de parcă nu i-aș fi decât o amică, nimic mai mult. În ultima vreme, am avut senzația că a devenit extrem de precaut cu păstrarea secretului relației noastre. Chiar ar fi așa mare chestie dacă ar ști lumea de noi? Eu cred că s-ar bucura.

21 NOIEMBRIE

Când am plecat în Italia, șase luni mi se păreau că înseamnă o eternitate. Acum mi se pare că timpul mi se prelinge printre degete. Nu mi-a mai rămas decât o lună! Directorul școlii, Signore Petrucione, mi-a spus că le-ar face mare plăcere să mă mai țină un semestru, iar eu aş da orice pe lume să mai rămân să studiez și să-mi petrec timpul cu X, dar cum oare să mă descurc financiar? Dacă am să-i omor pe ai mei cu zile? De fiecare dată, de câte ori vorbim, aduc în discuție școala de asistente și-mi dau seama că i-am dezamăgit.

Azi, când am ajuns acasă de la ore, am găsit o scrisoare de la părinți. Incluseseră două scrisori de la universitate, în care mi se comunica faptul că urma să-mi pierd locul în program, dacă nu mă întorceam în semestrul de primăvară. Le-am citit pe diagonală, după care le-am aruncat în dulap. Îmi doresc, în mod secret, să termin odată cu asta!

O-o, primele probleme încep să apară. Ca tresăltările alea micuțe de dinaintea unui cutremur. Cum le zice? Vibrații? Le simțeam pe deplin în pasajele astea. I-a spus c-o iubește, dar n-a lăsat-o să-i spună prietenei ei cele mai bune despre relația lor? De ce era așa de îndârjit cu secretul ăsta? Ea nu părea deloc la fel de îngrijorată.

M-am întins pe pat și mi-am acoperit ochii cu brațul. Tânărul Howard părea să fi fost atrăgător și distant deopotrivă. Oare se folosea de secret drept scuză să nu se dedice complet relației cu mama? Oare ea îl iubea mult mai mult decât o iubea el? Ceea ce era înnebunitor de deprimant. Sărmana mama. Dar cum să se potrivească asta cu ce mi-a povestit Sonia despre Howard, cum că era înnebunit după ea?

Am privit fotografia de pe noptieră. Nu mă puteam abține să-mi reamintesc sentimentul pe care-l avusesem la Ponte

Vecchio. Au fost câțiva care mi-au spus, după ce a murit mama, că am să o simt aproape de mine, dar n-am simțit niciodată asta. Până acum.

M-am rostogolit din pat și-am luat telefonul lui Howard din dulap.

— *Pronto*, a răspuns Ren cu un aer amețit.

— Iartă-mă, dormeai?

— Acum, nu. Am văzut numărul lui Howard pe ecran și am făcut un atac de panică.

Am zâmbit.

— I-am confiscat telefonul. Mi-a spus că-l pot păstra până mă anunță el. Voiam să te întreb ceva.

— Vrei să știi dacă am să te duc la Space?

Am clipit:

— Hm... mda. De unde știai ce voiam să te întreb?

— Am avut un presentiment. Plus că deja ți-am luat-o înainte. I-am trimis un mesaj Elenei când am ajuns acasă. Crede că amicul ei DJ lucrează săptămâna asta, deci vom intra gratis. Vrei să mergem mâine? Am să văd dacă mai sunt și alți doritori de la școală.

Da!

— Ren, e perfect! Și mulțumesc din nou pentru că m-ai dus să văd Ponte Vecchio.

— Și pentru că ți-am făcut cunoștință cu noua ta pasiune? Cred că ai stabilit recordul mondial în seara asta, cea mai multă înghețată mâncată deodată.

— Vreau să mai încerc și mâine una. Cum se numea ultimul fel pe care l-am mâncat? Cea cu bucăți de ciocolată în ea?

— *Stracciatella*.

— Așa o să-mi numesc fiica.

— Norocos copil!

6 DECEMBRIE

Am primit un mail de la școala de asistente, prin care am fost oficial informată că m-au eliminat din program. După ce primisem scrisorile de la ai mei, încercasem să obțin o prelungire a termenului limită, dar sinceră să fiu nu m-am străduit prea mult. Părinții mei sunt supărați, dar eu nu simt decât ușurare. Acum nu mă mai ține nimic. Când i-am spus vestea lui X, a părut surprins. Bănuiesc că n-a crezut că sunt serioasă atunci când i-am spus că am de gând să rămân aici.

8 DECEMBRIE

Vești minunate! Școala s-a oferit să-mi permită să rămân și un al doilea semestru, cu plata taxelor la jumătate. Petrucione mi-a spus că sunt unul dintre cei mai promițători studenți pe care i-a avut(!!) și că atât el, cât și reprezentanții facultății sunt de părere că un al doilea semestru de studii mă va ajuta în viitoarea mea carieră. VIITOAREA CARIERĂ. Ca și cum s-ar fi decis deja! Abia aștept să-i spun lui X. Am vorbit la telefon și aproape că i-am spus, dar m-am hotărât să aștept să-i spun față în față. Cel mai devreme ne putem întâlni mâine-noapte. Sper să rezist atâta vreme.

9 DECEMBRIE

I-am spus lui X. Cred că vestea l-a luat cam pe nepregătite, pentru că o secundă a rămas holbându-se la mine. După care m-a luat în brațe și m-a învârtit. Sunt așa de fericită!

27 DECEMBRIE

X a plecat acasă de sărbători, iar Francesca m-a salvat de la ceea ce se anunța a fi cel mai lung și trist Crăciun din lume. M-a invitat să mergem la Paris, să stăm în apartamentul rămas liber al unei prietene de-ale ei.

Parisul e visul oricărui fotograf. Când nu eram pe afară la fotografiat, stăteam atârnate de balconul apartamentului, înfofolite în pături și devorând cutii imense de bomboane cu ciocolată pe care susțineam că le cumpăraserăm pentru familii. În Ajun am convins-o pe Francesca să mergem la patinoarul de la primul etaj al Turnului Eiffel și chiar dacă ea a stat la balustradă și s-a plâns de frig, eu am patinat mai bine de o oră, bucuroasă de MAGIA întregului moment.

Singurul dezavantaj a fost că îmi era foarte dor de X. Francesca l-a adus în discuții de vreo două ori și am avut nevoie de toată tăria din lume să nu-i spun ce se petrecea cu noi doi. E ca și cum trăim o viață dublă: prieteni în public, amanți în particular. Uram Crăciunul petrecut departe de el. Și mai sunt și îngrijorată. Oare cum să progreseze relația noastră dacă nu putem nici măcar spune că suntem împreună? Mai pot supraviețui altor șase luni de secrete?

20 IANUARIE

Școala a început în forță și acum, că a trecut deja exaltarea simțită inițial la gândul că voi mai rămâne aici un semestru, fac față realității, care brusc înseamnă calcule și alte calcule. În fiecare noapte îmi scot carnețelul și încerc diverse scenarii. Cât îmi permit să mai rămân în Italia dacă intru la cursuri mai puține? Dar dacă am să mănânc numai spaghete cu sos tomat? Dar dacă mi se aprobă împrumutul pentru studenți? (Ținem pumnii.) Cam toate răspunsurile sunt sinistre. Pot rămâne, dar cu greu.

4 FEBRUARIE

Azi mi s-a aprobat creditul. Of! Am dat o petrecere să sărbătoresc. Vremea a fost perfectă (rece și senin), iar mâncarea divină. Până și Simone și Alessio s-au purtat impecabil — nu s-au certat decât o singură dată (record absolut), și s-au luat de la cine să mănânce ultima bucată din salata Caprese. Finn nu s-a mai întors semestru ăsta. A stat o perioadă în expectativă, după care, în ultima clipă s-a decis să accepte un post de asistent la Universitatea din Maine. Francesca a pus un exemplar din *Bătrânul și marea* pe scaunul unde stătea de obicei, așa că a fost cu noi, măcar cu spiritul. Am avut aceeași stare ciudată dată de faptul că amicii mei nu știu de mine și X, dar încep să mă împac cu gândul. Lui nu pare să-i pese și asta este. E o chestie pe care n-o pot controla.

15 MARTIE

În seara asta s-a petrecut ceva foarte aiurea.

Adrienne nu prea a mai stat cu noi semestrul ăsta. N-a ieșit seara mai deloc și în ultimul timp mi s-a părut chiar că ne evită și în clasă, așa că ne-am hotărât să o luăm prin surprindere și ne-am dus grămadă la ea la ușă, s-o scoatem la cină. După care, ne-am îndreptat cu toții spre apartamentul nostru, dar când am ajuns în dreptul clădirii, a început să dea înapoi. Am mers s-o caut și când am ieșit din casă, am văzut-o pe scară; vorbea la telefon și plângea cu hohote de parcă i-ar fi fost frântă inima în două. Am încercat să mă furișez înapoi, dar au trosnit podelele și când m-a văzut mi-a aruncat o privire care m-a înghețat până la oase. A plecat fără să-și ia rămas-bun.

20 MARTIE

Printr-un noroc îngrozitor, am primit-o parteneră pe Adrienne pentru tema „În Florența". Și spun îngrozitor, fiindcă nu ne-am mai simțit confortabil una în prezența alteia de la întâmplarea de atunci.

Ideea mea era să mergem în Arno să fotografiem pescarii, dar Adrienne mi-a spus că are deja în cap subiectul perfect. Felul în care a spus-o n-a mai lăsat loc de discuții, așa că mi-am luat aparatul și am urmat-o în stradă. Am încercat s-o întreb dacă se simțea bine, dar mi-a dat de înțeles că nu avea de gând să discute despre incidentul din acea noapte trecută. Sau despre nimic altceva, de fapt. Într-un final, am abandonat orice subiect de conversație și am urmat-o în oraș.

Ne-am continuat drumul vreo zece minute, în tăcere, apoi a cotit pe o străduță laterală și a intrat într-un magazinaș pentru turiști. Doi domni între două vârste jucau cărți într-un colț și când au văzut-o pe Adrienne au încuviințat, iar ea s-a dus în spatele magazinului. În spatele casei de marcat era o draperie cu mărgele și-n cealaltă parte era un apartament micuț, cu o chicinetă și un pat dublu. O femeie îmbrăcată într-un capot cu flori stătea în fața unui televizor alb-negru și când ne-a văzut a ridicat mâna și a zis:

— *Aspetta. Cinque minuti.*

Traducere: „Așteaptă. Cinci minute." Vedeți, am început să mai învăț ceva italiană.

În timp ce încercam să-mi dau seama ce căutam acolo, Adrienne și-a scos aparatul și a început să facă poze camerei și femeii, care părea să n-o bage în seamă. Într-un târziu, Adrienne s-a întors către mine și mi-a spus:

— Ea e Anna. Este medium. Băieții ei au magazinul din față și ziua ghicește în cărți. Nimeni altcineva n-o să mai fotografieze un medium. E o profesie unică.

Trebuie să recunosc, era unică. Decorul n-ar fi putut fi mai interesant de atât: o cameră îmbâcsită în spatele magazinului, perdele cu mărgele, fumul din țigara Annei care se vălătucea spre tavan. Mi-am scos camera și-am început și eu să fotografiez. În fine, s-a terminat emisiunea, Anna a închis televizorul și s-a târșâit spre o masă împinsă la perete, făcându-ne semn cu mâna să luăm loc. După ce ne-am îngrămădit în jurul mesei, a luat un pachet de cărți și a început să le întindă una, câte una, dinainte, bombănind de una singură în italiană. Adrienne își lăsase jos aparatul și se cufundase în completă tăcere. După câteva minute, Anna și-a ridicat privirea și-a spus cu un accent puternic:

— Una dintre voi va găsi dragostea. Amândouă veți avea sufletele zdrobite.

Am rămas buimacă. Nu-mi dădusem seama că ea chiar ne dădea în cărți. Dar reacția mea a fost nimic în comparație cu a Adriennei. Arăta complet devastată. De cum și-a regăsit suflul, a început s-o asalteze cu întrebări în italiană până când Anna s-a supărat și a oprit-o. La sfârșit, Adrienne i-a dat niște bani și am plecat. Pe drumul înapoi nu a mai scos nici măcar un cuvânt.

23 MARTIE

Am mers cu toții la un curs în Uffizi. Howard s-a oferit să mă conducă acasă și m-am trezit povestindu-i despre

Adrienne și medium. Câteva minute n-a spus nimic, după care a început să grăbească pasul și m-a întrebat dacă poate să-mi arate ceva. Am luat-o spre Piazza del Duomo și când am ajuns acolo m-a condus prin stânga catedralei și mi-a spus să mă uit în sus. Soarele tocmai începuse să apună și umbra domului acoperea piazza pe jumătate. N-aveam nici cea mai mică idee ce căutam — nu vedeam decât zidurile cu detalii minunate — dar el a continuat să mă facă să văd ceva anume. În cele din urmă, mi-a luat degetul și mi l-a așezat așa încât să arăt înspre ceva care ieșea din catedrală.

— Uite, acolo, mi-a spus.

Și am văzut. Exact în mijlocul sculpturilor acelora superbe și a statuilor de sfinți e o sculptură a unui cap de taur. Are gura deschisă și se uită în pământ ca și cum ar aținti ceva din priviri.

Mi-a spus că există două povești despre capul de taur: prima ar fi că animalele au fost nemulțumite de construcția domului, iar taurul a fost adăugat pentru a le onora. Cealaltă poveste are un iz mult mai italian.

În vremea când s-a ridicat Duomo, un brutar și-a deschis un magazin lângă șantier, unde împreună cu soția sa vindea pâine muncitorilor și sculptorilor. Soția brutarului și unul din sculptori au sfârșit prin a se îndrăgosti unul de altul și atunci când brutarul a aflat i-a târât prin tribunal, unde au fost umiliți în public și condamnați să trăiască departe unul de altul. Ca să se răzbune, meșterul a sculptat taurul și l-a pus în dom într-un loc în care să se uite din grajdul lui, direct la brutar, ca să-i amintească veșnic că soția lui era îndrăgostită de un alt bărbat.

Ador faptul că știe atât de multe despre Florența și mi-a luat cu totul gândul de la nebunia cu Adrienne, dar acum stau să mă gândesc la momentul ales să-mi spună povestea asta. Oare a încercat să-mi transmită vreun mesaj?

Howard. Locul în care-i scrisese numele realmente strălucea pe hârtie. De ce nu-i mai spusese X? Să fi fost o scăpare sau erau pe cale să-și facă relația cunoscută în public? Și exista oare vreo legătură între Adrienne și momentul în care i-a spus Howard povestea?

M-am ridicat și m-am apropiat de fereastră. Era cald în continuare afară, aproape fierbinte, iar luna inundase cimitirul cu razele ei, ca un reflector. Mi-am dat violetele deoparte și m-am aplecat pe geam, cu coatele rezemate de pervaz. Straniu, eram la mai puțin de o săptămână de când venisem și pietrele de mormânt nu mă mai deranjau la fel de mult. Erau precum oamenii pe lângă care treci, pe stradă: sunt acolo, dar nu prea-i vezi. Sau ca zgomotul de fond.

La marginea șirului de copaci s-a ivit lumina unor faruri și am urmărit mașina care înainta pe drumul sinuos. De ce o dusese Adrienne pe mama la un medium care să-i dea în cărți despre viața lor amoroasă? Nu cumva era și ea interesată de Howard? Oare cu el vorbise atunci, pe scară?

Am oftat. Până în prezent, jurnalul nu-mi clarifica nimic. Doar făcea lucrurile și mai confuze.

Capitolul 13

— SUNT ATÂTEA LOCURI PE CARE VREAU SĂ ȚI LE arăt în Florența, că mi-e greu să-mi dau seama de unde să încep.

L-am privit. Howard și cu mine ieșeam din nou în oraș și nu îmi dădeam deloc seama ce ar fi trebuit să simt în privința lui. Îmi era extrem de dificil să mi-l închipui drept misteriosul donjuan X când îl vedeam cu melodia *Sweeeeeeeet Emoooooo-tion* a lui Aerosmith dată la maxim, ascultată cu geamurile lăsate și bătând din degete în volan. Plus că nu știa să cânte nimic.

M-am lipit de portieră și mi-am închis ochii o clipă. Stătusem până târziu gândindu-mă la Howard și la mama, și pe urmă, în zori de zi și-a făcut apariția un grup incredibil de exuberant de cercetași italieni care s-a poticnit prin tot cimitirul. Prinsesem aproximativ patru minute de somn.

— Te deranjează dacă o luăm tot de la Duomo? Putem să ne urcăm până sus de tot și de acolo vezi tot orașul.

— Sigur.

Am deschis ochii. Dacă aș aduce în discuție brutarul și taurul? Și-ar aminti?

— Credeam c-ai să-l inviți pe Ren să meargă cu noi.

— N-am știut că asta era o opțiune.

— Este bine-venit întotdeauna.

— Doar că îl sperii de moarte.

Fapt absolut ridicol. L-am cercetat scurt cu privirea. Indiferent de trecutul lui dubios, Howard arăta de parcă ar fi încercat să evoce imaginea tatălui perfect din anii 1950. Proaspăt bărbierit, tricou alb curat, zâmbet cuceritor.

Șah, șah și mat.

A accelerat cât să depășească un tir:

— N-ar fi trebuit să-i fac viața grea aseară. Îmi dau seama că-i un puști în regulă, și e foarte plăcut să existe cineva cu care să te știu în siguranță.

— Mda, i-am răspuns, mișcându-mă pe scaun și amintindu-mi subit de telefonul din noaptea trecută. De fapt, m-a invitat să mergem undeva diseară.

— Unde?

Am ezitat:

— La un... club. Or să mai vină și unii de la petrecere.

— Pentru cineva care a sosit de mai puțin de o săptămână ai un calendar social bine pus la punct. Se pare că va trebui să-mi restricționez toate ieșirile împreună pe durata zilei, spuse și zâmbi. Trebuie să recunosc, sunt foarte bucuros că-ți cunoști mai bine colegii de la școală. Am sunat-o pe directoare cu câteva zile înainte să ajungi aici și mi-a spus că i-ar face plăcere să îți facă un tur al școlii. Poate vine și Ren cu noi. Sunt sigur c-ar putea să-ți răspundă la orice întrebare.

— Nu e cazul, am zis grăbită.

— Păi, atunci rămâne pe altă dată. Nu trebuie să fie neapărat acum.

Am făcut înconjurul unui sens giratoriu, apoi a parcat în dreptul unui șir de magazine.

— Unde suntem? l-am întrebat.

— La magazinul de telefoane mobile. Ai nevoie de unul numai al tău.

— Serios?

Mi-a zâmbit:

— Serios. Îmi e dor și mie să vorbesc cu lumea. Haide, vino.

Geamurile magazinului erau acoperite de praf, iar înăuntru, un omuleț care arăta ca un descendent direct al cocoșatului Rumpeltstiltskin, și-a înălțat ochii din cartea pe care o citea.

— *Signore* Mercer? l-a întrebat el.

— *Si.*

Omulețul a țopăit cu agilitate jos de pe scaun, pornind să cotrobăie pe raftul din spatele tejghelei. Într-un târziu, i-a înmânat lui Howard o cutie:

— *Prego*[1].

— *Grazie*[2].

Howard i-a dat un card de credit și apoi mi-a oferit mie cutia:

— I-am rugat să-l pregătească cu tot ce-ți trebuie, să nu pierdem timp, doar să-l ridicăm.

— Mersi, Howard.

Am scos telefonul și m-am uitat la el bucuroasă. Acum aveam propriul meu număr pe care să i-l dau lui Thomas. În cazul în care m-ar fi întrebat. *Doamne, de-ar fi la Space diseară*! *Și dă Doamne să mă întrebe*. Fiindcă, știți ce? Cu toată drama părinților mei, tot nu-mi puteam lua gândul de la el.

***

[1] Poftim, în italiană în original.
[2] Mulțumesc, în italiană în original.

Howard a parcat mașina în același loc în care o lăsase în noaptea cu pizzeria, și a gemut de cum am ajuns în dreptul domului.

— Coada asta e chiar mai mare decât în mod normal. Ai zice că se dau Ferrari-uri gratis dacă ajungi în vârf.

Am privit șirul care ducea în Duomo. Era format din aproape zece mii de turiști asudați, iar jumătate din ei arătau ca și cum se găseau pe punctul de-a avea o cădere nervoasă. Mi-am dat capul pe spate să mă uit la clădire, dar nu era nici urmă de taur. Probabil că nu-l puteam găsi de una singură.

S-a întors spre mine:

— Ce-ai zice să luăm mai întâi un gelato și pe urmă vedem dacă se mai micșorează coada. Uneori e mai aglomerat dimineața.

— Știi vreun loc unde se vinde înghețată *stracciatella*?

— Orice gelaterie care se respectă trebuie să aibă stracciatella. Când ai încercat-o?

— Noaptea trecută, cu Ren.

— Mi s-a părut mie că arăți schimbată. Îți schimbă complet perspectiva existențială, nu? Știi ce? Hai să ne luăm câte un cornet. Să ne începem ziua cum trebuie. După aia o să prindem curaj pentru stat la rând.

— Sună bine.

— Locul meu preferat e la doi pași de aici. Te deranjează dacă mergem puțin pe jos?

— Mnu.

Ne-a luat cam vreun sfert de oră să ajungem la gelaterie. Prăvălia avea cam aceeași mărime ca mașina lui Howard și deși era de-abia timpul pentru micul dejun, localul era ticsit cu oameni care devorau bucuroși ceea ce deja știam că era cea mai delicioasă substanță din lumea asta. Aveau cu toții expresii de extaz total întipărite pe chip.

— Popular loc, am remarcat spre Howard.

— E cel mai bun. Serios.

— *Buon giorno.*

O femeie cu siluetă în formă de pară ne făcea semn cu mâna din spatele tejghelei și mi-am croit drum în față. Aveau o varietate imensă. Munți întregi de gelato colorată garnisită cu bucățele de fructe sau de spirale de ciocolată erau stivuite în niște lăzi metalice și fiecare din ele arăta ca și cum ar fi putut să-mi îmbunătățească ziua cu nouă sute la sută. Ciocolată, fructe, nuci, fistic… Cum să pot alege, oare?

Howard a venit alături de mine:

— Te superi dacă am să comand eu pentru tine? Îți promit că-ți cumpăr alta, dacă nu-ți place ce ți-am ales.

Și cu asta mi-a dispărut problema.

— Sigur. Probabil că nici nu există arome rele de gelato, nu?

— Așa e. Ai putea face chiar și gelato din praf, și tot ar ieși bine.

— Bleah.

Și-a ridicat privirile către femeie:

— *Un cono con bacio, per favore.*

— *Certo*[1].

Doamna a luat un cornet dintr-un teanc de pe tejghea pe care l-a umplut cu o înghețată care arăta precum ciocolata, după care i-a dat-o lui Howard care, la rândul lui, mi-a dat-o mie.

— Nu e din aia cu aromă de praf, nu?

— Nu. Încearc-o.

Am luat puțin. Extrem de gustoasă și cremoasă. Ca mătasea, numai că sub formă de înghețată.

— Mmm, delicioasă. Ciocolată cu nuci?

[1] — Un cornet cu îngheţată bacio, vă rog.
— Sigur.

— Ciocolată cu alune de pădure. Se numește *bacio*[1]. Cunoscută și drept înghețata preferată a mamei tale. Cred c-am fost aici de vreo sută de ori împreună.

Inima mi-a aterizat la picioare înainte să apuc să o prind. Era uimitor cum reușeam să fiu extrem de bine, de detașată și deodată — *bum* — îmi era așa de dor de ea, că mă dureau până și unghiile.

Mi-am coborât ochii spre cornet, cu lacrimi în colțuri.

— Mersi, Howard.

— Pentru puțin.

Howard și-a cumpărat și el un cornet, apoi am ieșit în stradă și-am tras adânc aer în piept. Auzindu-l pe Howard cum vorbise de mama, aproape că mă pleoștise de tot, dar era totuși vară în Florența, iar eu mâncam înghețată *bacio*. N-ar fi vrut ca eu să mai fiu tristă în asemenea condiții.

Howard m-a privit gânditor:

— Aș vrea să-ți arăt ceva la Mercato Nuovo. Ai auzit vreodată de fântâna *porcellino*?

— Nu, dar nu cumva mama a înotat în ea?

A pufnit în râs:

— Nu. Aia era alta. Ți-a povestit despre turistul neamț?

— Da.

— Nu cred c-am râs niciodată așa de mult ca atunci. Am să te duc și acolo, într-o zi. Dar nu te las să înoți.

Ne-am continuat drumul pe străzi. Mercato Nuovo semăna cu o colecție de magazine în aer liber pentru turiști; o mulțime de prăvălii cu suveniruri, ca de pildă tricouri cu inscripții haioase, de genul:

SUNT ITALIAN, DE ACEEA NU POT FI CALM.

---

[1] Sărut, în italiană în original.

NU ȚIP, SUNT ITALIAN.

Și preferatul meu:

PARIU PE CHIFTELELE TALE, CĂ-S ITALIAN!

Am vrut să mă opresc să văd dacă nu cumva găsesc ceva ridicol să-i trimit lui Addie, dar Howard a depășit piața și m-a condus spre un loc în care o mulțime de oameni încercuise o statuetă de bronz a unui porc mistreț din gura căruia curgea apă. Avea râtul și colții lungi, iar nasul de culoare aurie, ca și cum ar fi fost uzat.

— „Porcellino" înseamnă porc mistreț? l-am întrebat.

— Da. Asta este Fontana del Porcellino. De fapt, e doar o copie a celei originale, dar e în locul ăsta de prin secolul al șaptesprezecelea. Legenda zice că dacă-i freci nasul, ai să te reîntorci cu siguranță în Florența. Nu vrei să încerci?

— Sigur că da.

Am așteptat până s-au dat din drum o mamă cu băiețelul ei, după care am înaintat și mi-am folosit mâna fără gelato să frec serios râtul mistrețului. Și-am rămas nemișcată. Mistrețul mă privea cu ochi de mărgea și cu molarii ăia înfiorători și am știut fără să întreb că și mama stătuse în același loc și se îngrețoșase, cu apa din fântână care-i stropise picioarele și sperase din tot sufletul să rămână veșnic în Florența. Și uite ce pățise mai departe. Nici măcar nu mai ajunsese s-o viziteze, și nu mai avea s-o facă nici de acum înainte.

M-am întors și m-am uitat la Howard. Mă privea cu un aer de bucurie amestecată cu tristețe, de parcă ar fi avut aceleași gânduri și acum nici el nu se mai putea bucura pe deplin de gelato.

Să-l întreb, pur și simplu?

Nu. Voiam s-o aud de la ea.

***

Condițiile de la Duomo nu se îmbunătățiseră. De fapt, rândul se lungise și mai mult, iar de o parte și alta a lui țâșneau altele mici. În plus, Florența decisese că puteam să suportăm și mai multă căldură și de pe fețele oamenilor se prelingeau machiajul, loțiunea protectoare, precum și orice speranță de a te mai putea cumva răcori.

— Mai bine stăteam acasăăăăă, se văicărea fetița din spatele nostru.

— *Fa CALDO*[1], a rostit femeia din fața noastră.

Caldo. Un cuvânt italienesc pe care-l recunoșteam perfect.

Howard mi-a întâlnit privirea. De la *porcellino* rămăseserăm amândoi tăcuți, dar era mai degrabă un soi de tăcere tristă, nu din cea stânjenitoare.

— Îți promit că o să merite. Zece minute, nu durează mai mult.

Am încuviințat și-am continuat să ignor toate senzațiile de tristețe care-mi cuprindeau stomacul. De ce nu avuseseră mama și Howard parte de un sfârșit fericit? Merita pe deplin. Și, sinceră să fiu, părea că și el.

Într-un final, am ajuns la capătul rândului. Pietrele domului reușeau în mod miraculos să genereze aer rece și când am intrat a fost nevoie de efort susținut să nu ne tăvălim pe podeaua de piatră și să nu plângem de fericire. Apoi, am zărit cu coada ochiului scara de piatră pe care se înșiruia lumea și brusc am simțit nevoia să plâng din cu totul alt motiv. Mama spusese că urcase pe o mulțime de trepte, dar uitase să menționeze un detaliu, și anume cât de strâmtă era scara. Ca un tunel de cârtiță.

M-am mișcat agitată.

— Te simți bine? m-a întrebat Howard.

---

[1] E cald, în italiană în original.

Nu. Dar am încuviințat.

Coada se pierdea în șirul de oameni care urcau scara, am ajuns în capătul ei și-am simțit cum mi se opresc picioarele. M-au înțepenit de tot. Adică au refuzat efectiv să urce.

Howard s-a întors și m-a privit. Era nevoit să se aplece de spate ca să încapă cu totul:

— Nu suferi de claustrofobie, nu?

Am clătinat din cap. Doar că niciodată nu-mi imaginasem că aș putea să mă strecor printr-un tunel de piatră cu o grămadă de turiști transpirați.

Cei din spate au început să-și ridice gâturile și-am auzit un bărbat mormăind în barbă. Mama spusese că priveliștea era fantastică. M-am forțat să pășesc pe prima treaptă. O scară așa de îngustă nu avea cumva un risc major de incendiu? Dacă începea un cutremur? Și, doamna care se dă cu spray nazal în spate, puteți să-mi faceți și mie *puțin loc*, vă rog?

— Lina, nu ți-am spus toată povestea cu *porcellino.*

Am privit în sus. Howard coborâse după mine până la treapta imediat următoare și mă susținea din priviri. Încerca să-mi distragă atenția.

Bine jucat, Howard. Bine jucat.

— Spune-mi povestea, am decis privind în jos spre trepte și, concentrându-mă asupra respirației, am început să urc.

Din spate m-a ajuns un ropot ezitant de aplauze.

— Acum mulți ani a existat un cuplu care nu putea să aibă copii. Încercaseră ani de zile, iar bărbatul o învinuia pe femeie pentru ghinionul lor. Într-o zi, după o ceartă, femeia stătea la geam plângând, când a văzut o turmă de porci mistreți care trecea în fugă pe lângă casă. Porcii abia fătaseră purcei, iar femeia spuse cu voce tare că și-ar dori să aibă și ea un pui, așa cum aveau porcii mistreți. Din întâmplare, chiar atunci a auzit-o o zână care s-a hotărât să-i îndeplinească dorința. După câteva zile, femeia a aflat că era însărcinată, dar când a născut și ea și soțul ei au rămas șocați, fiindcă pruncul arăta mai mult a porc mistreț decât a om. Cei doi au fost însă atât de fericiți să aibă un fiu, că l-au iubit indiferent de asta.

— Povestea asta nu pare deloc adevărată, a spus o femeie din spatele meu.

Am scâncit. Încă patru sute de trepte?

Capitolul 14

A MERITAT PE DEPLIN SĂ URC. IMAGINEA FLOrenței era pe cât de uimitoare o descrisese mama, o mare de acoperișuri roșii conturate pe un cer de un albastru nepătat și înconjurate ca într-o îmbrățișare imensă, fericită, de dealuri de un verde blând. Am rămas sus, să ne coacem, cam jumătate de oră cu Howard arătându-mi toate clădirile importante din Florența, iar eu făcându-mi curaj să o iau înapoi pe trepte *în jos*, chestie care s-a dovedit a fi mai ușoară. După aceea, ne-am oprit să luăm masa la o cafenea și am părăsit Florența cu o realizare tulburătoare. Indiferent de tot ceea ce citeam în jurnal, mie chiar îmi plăcea de Howard. Eram oare trădătoare?

Ren a oprit scuterul în fața casei la puțin după ora nouă.

— A ajuns Ren, mi-a strigat Howard de jos.

— Îi spui tu că mă mai aranjez puțin și sunt gata? Să nu-l mai sperii de data asta.

— Am să fac tot ce pot.

M-am privit în oglindă. Când ajunsesem acasă îi dădusem de cap mașinii de spălat rufe și pe urmă mi-am agățat o grămadă de haine la uscat, pe verandă. Din fericire, afară era tot caniculă, așa că hainele mele s-au uscat într-o clipită. Renunțasem la tricouri boțite. Dacă Thomas urma să fie acolo, aveam de gând să arăt trăsnet! Indiferent de ceea ce insista părul meu să facă. Încercasem din nou să-l îndrept cu placa, însă buclele mele erau într-o dispoziție extra-rebelă și i-au scuipat în față aparatului. Măcar erau cârlionți verticali.

Te rog, te rog, te rog, fă în așa fel să fie acolo. M-am răsucit rapid. Mă îmbrăcasem cu o rochie mini din jerseu pe care mi-o găsise mama cu mai mult de un an în urmă, la un magazin de caritate. Era chiar superbă și nu avusesem unde să o port. Până atunci.

— Arăți bine în seara asta, Ren, a tunat vocea lui Howard venind dinspre treptele din față.

Am gemut. Ren i-a răspuns, dar nu am înțeles nimic din conversația lor, în afara remarcilor „da, domnule".

După câteva minute s-a auzit un ciocănit în ușă:

— Lina?

— Stai puțin.

Am terminat să mă dau cu rimel și m-am mai uitat o dată în oglindă. De mult nu mai petrecusem o veșnicie să mă aranjez. *Ai face bine să fii acolo în seara asta, Thomas Heath*!

Am deschis ușa dintr-o smucitură. Ren avea părul ud, de parcă tocmai atunci ar fi făcut un duș, și purta un tricou cu guler polo de o culoare verde-măslinie care-i scotea în evidență ochii căprui.

— Bună, Lina, Ai... se opri. Wow!

— Wow ce?

Îmi ardeau obrajii.

— Arăți așa de...

— Așa de cum?

— *Bellissima.* Îmi place rochia asta la nebunie.

— Mersi.

— Ar trebui să te îmbraci mai des cu rochii. Ai niște picioare absolut...

Roșeața mi s-a împrăștiat ca un foc scăpat de sub control.

— Uite ce-i, trebuie să încetezi să mai vorbești despre picioarele mele. Și nu te mai holba!

— Iartă-mă, a spus aruncându-mi o ultimă privire, după care s-a întors țeapăn spre colț, ca un pinguin care tocmai fusese scos din joc.

— Îmi place mai mult când îți lași părul ondulat.

— Da?

— Mda. Aseară mi s-a părut că nu semeni deloc cu tine.

— Hm.

Aveam obrajii aprinși ca focul. Și-a dres vocea:

— Și ia zi, cum e jurnalul? S-au despărțit și s-a terminat deja totul?

— Șșșt!

— A plecat să verifice ceva la Centrul pentru Vizitatori. Nu poate să ne audă.

— Ah, bine, atunci.

L-am tras înăuntru în dormitor și am închis ușa în urma noastră.

— Și nu. Încă mai țin relația secretă și ba e rece, ba e cald, dar încă mai sunt tot la chestiile bune care s-au petrecut. E încă lapte și miere totul.

— Te superi dacă mă lași și pe mine să îl citesc?

— Jurnalul?

— Mda. Poate te ajut să înțelegi ce a mers aiurea. Și-aș găsi mai multe locuri în care să te duc în Florența.

Am ezitat aproximativ trei zecimi de secundă. Era o ofertă mult prea bună pentru a fi refuzată.

— Sigur. Dar trebuie să-mi promiți, să-mi promiți de-adevăratelea că n-ai să-i spui lui Howard. Vreau să-l termin de citit înainte să vorbesc cu el despre asta.

— Promit. Bine, atunci, Space nu se deschide decât după ora zece. Ce-ar fi să încep să-l citesc de pe acum?

— Bună idee, am spus și am pescuit jurnalul din noptieră. Cam jumătate din el are scris și cealaltă jumătate e cu fotografii, așa că ar trebui să meargă destul de repede. Am însemnat unde am rămas eu, așa că să nu citești mai departe de acolo.

M-am întors și l-am surprins privindu-mi picioarele:

— Ren!

— Scuze!

M-am dus la el și-am deschis coperta:

— Uite ce a scris pe coperta interioară.

A scos un fluierat ușor:

— „Am făcut o alegere greșită"?

— Mda.

— Asta sună rău.

— Cred că l-a scris ca mesaj pentru mine.

Ren a răsfoit câteva pagini:

— N-ar trebui să-mi ia mai mult de jumătate de oră. Citesc foarte repede.

— Super. Auzi, știi cumva... cine mai vine cu noi la Space?

— Vrei să spui, dacă o să fie Thomas acolo?

— Hm, el și alții.

— Nu știu. Știu doar că Elena a trimis un mesaj pe grup, a zis fără să mă scape din ochi. Și cred că vine și Mimi.

— Drăguț.

A urmat o pauză, după care ne-am întors amândoi privirile în aceeași clipă.

— Bine, am să stau pe verandă, am decis și mi-am luat laptopul și-am ieșit alergând din cameră.

Nici eu nu prea reușeam să nu mă holbez la el. Ciudat!

Ren a revenit pe verandă. Sperasem să-mi surâdă zeii italieni ai internetului și să-mi pot verifica e-mailurile, să mă uit la un videoclip cu pisici pe YouTube, dar nu avusesem deloc noroc. În loc de asta, m-am bălăngănit în leagăn și-am lovit balustrada din când în când să-mi dau avânt.

— Știi, semeni mult cu mama ta.

M-am îndreptat de spate:

— Cum așa?

— Era haioasă. Și avea curaj. E foarte mișto că a riscat totul, că s-a lăsat de școala de medicină și de toate alea. Și are niște fotografii foarte bune. Chiar dacă se afla abia la început, poți să-ți dai seama că urma să fie cineva.

— Ai văzut seria de portrete cu femeile italience?

— Mda. E super! Plus că ești leită mama ta.

— Mersi.

S-a așezat lângă mine:

— E nouă jumătate. Ești gata să mergem la Space?

— Gata.

— I-am spus lui Howard că o să claxonăm când plecăm. Am avut o discuție plăcută ceva mai devreme. Chiar cred că facem progrese.

— I-am spus să se comporte cum trebuie.

— De asta zâmbea încontinuu la mine? M-a cam speriat cu faza asta.

REGULILE LINEI DE MERS CU SCUTERUL:

1. Niciodată nu se merge cu scuterul când ești udă leoarcă.
2. Niciodată nu se merge cu scuterul când ai fustă scurtă.
3. Încearcă să fii atentă la semnalele luminoase. Altfel, de fiecare dată când șoferul accelerează, ai să te proptești în el și-o să urmeze o clipă de descâlcire, după care te îngrijorezi crezând că el e convins că o faci dinadins.
4. Dacă, din întâmplare, nu urmezi regula numărul doi, ai grijă să eviți contactul vizual cu șoferii bărbați. Altfel te vor claxona entuziasmați de fiecare dată când îți zboară fusta în sus.

Ren a întors pe o stradă cu sens unic și s-a oprit în dreptul unei clădiri cu două etaje în jurul căreia era o coadă lungă de oameni.

— Aici este.

Prin ferestre pulsa muzica. Mi-am simțit stomacul ajuns în sandale:

— Ăsta e chiar un club *club*.

— Da.

— O să fie nevoie să dansez?

— Ren!

De cealaltă parte a străzii, Elena încerca să alerge spre noi, dar tocurile făceau din asta o treabă dificilă. Efectul obținut era oarecum „frankensteinian".

— Ne-a trecut Pietro pe listă. *Ciao*, Lina! Mă bucur să te revăd, a spus apăsându-și obrazul de al meu și scoțând un sunet ca de pupat zgomotos. Ai o rochie foarte frumoasă.

— Mersi. Și mersi că ne-ai băgat înăuntru. Chiar am vrut să văd cum e în Space.

— Ah, da, mi-a spus Ren ceva despre părinții tăi, au fost și ei aici cândva, nu? Nu sunt aici în seara asta, nu?

Am râs:

— Nu, în mod cert nu.

— Cine vine în seara asta? s-a interesat Ren.

— Toată lumea a zis că vine, dar o să vedem noi cine apare. Nu-ți face griji, Lorenzo. Sunt sigură că cineva-ul ăla va veni. *Vieni,* Lina.

Și-a unit brațul cu al meu și m-a tras după ea pe stradă până în fața rândului. Avea deja un obicei, să mă tragă după ea.

— *Dove vai*[1]? a țipat un tip de la rând când i-am trecut înainte.

Și-a azvârlit părul pe spate:

— Ignoră-l. Noi suntem mult mai importanți. *Ciao*, Franco!

Franco purta un tricou negru și era disproporționat de musculos în sus, ca și cum ar fi sărit de ziua exercițiilor pentru picioare de mult prea multe ori. Tipul a desfăcut cordonul de catifea de pe un stâlp care bloca intrarea și ne-a permis să intrăm.

Am pășit într-un hol pe jumătate luminat, plin de haine. Să fie garderoba?

— Continuați, ne-a zis Elena. Petrecerea e în direcția asta.

Am continuat să înaintez, cu brațele întinse în față, oarbă ca un liliac. Era extrem de întunecos. Și de zgomotos. În fine, am intrat într-o cameră dreptunghiulară cu un bar lung într-o parte. Se auzeau două melodii diferite, una în engleză, alta în italiană și undeva în spate era un grup care făcea karaoke. Lumea nu putea vorbi, doar urla, să se facă auzită.

[1] Unde mergi, în italiană în original.

— Lina, vrei ceva de băut? m-a întrebat Elena arătându-mi barul.

Am dat din cap.

— O să-i așteptăm aici să se strângă. Odată intrați în club, nu mai avem cum să ne găsim unii pe alții.

— Nu ăsta e clubul? am întrebat-o.

A râs ca și cum m-ar fi considerat simpatică.

— Nu, ai să vezi imediat.

Am privit de jur împrejur. Asta să fi fost camera în care Howard spusese primul „Hadley...?" Mă puteam aștepta să-l văd rezemat de perete, cu vreo două capete bune mai înalt decât restul lumii. Doar că nu făcea deloc parte din scena asta. Era, mai degrabă, un tip pe care ți-l imaginai pe plajă, relaxat, iar cei de aici erau genul ăla de ghici-cât-de-scumpi-sunt-blugii-ăștia-rupți-ai-mei.

Ren m-a înghiontit:

— Vrei să cânți cu mine la karaoke? Am putea să alegem ceva în italiană și eu să mă prefac că nu vorbesc nici eu italiana. Am muri de râs. Ce zici...

S-a întrerupt, văzând cum Marco și Mimi își croiau drum spre noi. Mimi avea o fustă minusculă și părul lung prins într-o coadă lejeră, pe spate. N-avea nici măcar un fir de păr ca Meduza. L-am privit scurt pe Ren. Îi plăceau și picioarele ei?

Bine, mda, așa era, îi plăceau.

Cineva trebuia să-l învețe odată pentru totdeauna arta discreției.

— Salutare, oameni buni, ne-a urlat Marco, cu un volum impresionant al vocii. Lina! a țipat venind spre mine cu brațele deschise, dar m-am ferit. Se pare că ești prea rapidă pentru mine.

— Ai să încerci să mă iei în brațe de fiecare dată când ai să mă vezi?

— Da, mi-a răspuns, după care s-a întors și a luat-o în brațe pe Elena. Întreab-o pe Elena.

— Marco, *basta*! Lasă-mă jos sau te dau de mâncare la o haită de lupi.

— Asta-i nouă, zise Marco rânjind la mine. E destul de creativă cu amenințările.

Mimi țipa, la rândul ei, încercând să acopere muzica cu vocea.

— Ren, de ce nu m-ai mai sunat? Nu știam dacă o să vii sau nu aici.

Nu i-am putut auzi răspunsul, dar am văzut-o zâmbindu-i și începând să se joace cu nasturii cămășii lui, lucru care nu ar fi trebuit să mă deranjeze, dar a cam făcut-o. Chiar dacă îl plăcea, asta nu însemna că trebuia să-și expună în public afecțiunea ei suedeză.

— Lina?

M-am întors cu încetinitorul. *Te rog, fă să fie el…*

— Thomas!

Avea un tricou albastru regal pe care scria IZGONIT DIN AMSTERDAM și arăta chiar mai bine decât mi-l aminteam. Dacă asta mai era posibil. Am uitat imediat de jocul lui Mimi cu nasturii.

— Mi-a spus Elena că s-ar putea să vii și tu. Am încercat să-l sun pe Ren să…

— Salut, intrusule! i-a spus Ren îngrădindu-l dintr-o parte și aproape rostogolindu-l.

— Ren, ce naiba? a zis el îndreptându-se.

— Cred c-am avut vreo zece apeluri de la tine.

— Nu era nevoie decât să răspunzi la unul din ele.

Ren a ridicat din umeri:

— Iartă-mă, omule. Am fost ocupat.

Mimi s-a furișat lângă Ren și m-a fixat din priviri de parcă nu ar fi avut habar cine eram.

— Bună, Mimi, am salutat-o eu.

— Bună, a răspuns mijindu-și ochii.

— Sunt Lina. Ne-am cunoscut în seara aia, la Elena, mai știi?

— Îmi amintesc.

Elena s-a avântat în mijlocul grupului nostru straniu tensionat:

— *Ragazzi*, gata cu vorbăria! Vreau să dansez.

— Tu dansezi? m-a întrebat Thomas.

— Nu prea.

— Nici eu. Am putea să stăm de vorbă. Să mergem să ne plimbăm pe cheiul lui Arno. Știu un loc mișto...

— Nici vorbă, s-a băgat Ren luându-mă de mână. Thomas, nu-i poți lua experiența asta. E la Space. Vrea să danseze.

— Nu am cine știe ce gânduri de dansat, am protestat eu.

— Ba sigur că da, a continuat el coborându-și vocea. Pe bune, acum. Aici a început totul, nu?

Am încuviințat, apoi l-am privit pe Thomas:

— Mai bine rămân. N-aș suporta să trăiesc cu gândul că am ratat șansa să mă fac de râs în public.

— Ar fi oribil să-ți etalezi mișcările à la *Dirty Dancing*. Nimeni nu râde de iubita mea.

— Pe bune, știi mult prea multe despre filmul ăsta!

— *Ragazzi*! ne-a strigat Elena. Vorbesc serios, hai să mergem!

Am urmat-o printr-o ușă îngustă. Thomas și-a sprijinit mâna pe spatele meu provocându-mi tot soiul de senzații plăcute, și ne-am trezit curând urcați pe o rampă și apoi într-o cameră mare. Preț de o secundă nu am văzut nimic solid, totul părea o mișcare continuă. Apoi am fost scăldați în lumina unui reflector și... Doamne Dumnezeule!

Ne-am trezit într-o încăpere gigantică cu un tavan înalt de vreo șapte metri jumate și în care forfoteau oamenii ca într-un furnicar, doar că purtau haine de firmă. Din loc în loc am văzut instalate niște platforme, așa că unii din ei erau la un metru jumătate deasupra tuturor celorlalți. Și toți dansau. Și nu vorbesc de mișcări simple, de genul „umple coșul de cumpărături" sau „stropitoarea de apă" care dominau balurile mele de acasă. Dansau de-a binelea. Un dans de tipul hai-să-facem-sex-pe-ringul-de-dans.

Mamă, în ce m-ai băgat?

— Bine ai venit la Space, mi-a strigat Ren în ureche. Niciodată nu l-am văzut așa de aglomerat. Poate fiindcă e sezon turistic.

— Țineți-vă după mine, a vorbit Marco punându-și mâinile înainte ca un săritor la trambulină și începând să-și croiască drum prin mulțime, cu noi în urma lui.

— *Ciao, bella*, mi-a șuierat la ureche un bărbat.

Mi-am tras capul deoparte. Toți cei pe lângă care treceam erau transpirați. Locul ăsta era destul de grețos.

Într-un târziu, am ajuns într-un pic de spațiu, undeva pe la mijlocul ringului și toți au început să danseze. Imediat. Bănuiesc că nimeni nu avea nevoie de o perioadă de încălzire înainte să-și dea drumul la mișcări, nu?

Am simțit cum încep să-mi transpire palmele. Era momentul să-mi țin discursuri de creștere a stimei de sine. *Lina, ești o tânără încrezătoare și ai totul sub control. De ce nu încerci să faci o versiune mai sexy a alergătorului? Sau să dansezi Hokey Pokey? Nu mai sta nemișcată. Ești complet ridicolă.* Am făcut greșeala fatală să mă uit la Mimi, ceea ce a înrăutățit lucrurile de un milion de ori. Avea brațele ridicate deasupra capului și arăta trăsnet! Mișto-sexy-europeano-trăsnet. Am vrut instantaneu să mă târăsc undeva într-o gaură.

— Hai, că te pricepi, mi-a strigat Ren încurajându-mă cu degetul mare ridicat în sus.

M-am ghemuit. *Bine, haide, începi să te miști. S-o copiez oare pe Elena? Hai să ne legănăm înainte și înapoi. Mișcă-ți șoldurile. Prefă-te că nu te simți complet idioată.* I-am aruncat o privire lui Thomas. Făcea un pas ciudat de înainte-înapoi care m-a făcut să-mi doresc să mă topesc în uitare, fiindcă *era așa de dulce...* Nici el nu știa să danseze. Poate mergeam împreună la plimbare prin Florența mai târziu.

Ceva absolut nebunesc s-a petrecut imediat după aceea. Muzica era așa de tare că-mi bubuia și răsuna prin oase și dinți și toți din jur se distrau așa de bine, că dintr-odată am început să dansez. De-adevăratelea. Să mă distrez pe bune. Ei, poate nu chiar la fel de bine ca Ren care dansa cu Mimi în stilul *Dirty Dancing*, dar oricum. DJ-ul și-a tras microfonul aproape de gură și-a țipat ceva în italiană, iar toți l-au aclamat și și-au ridicat paharele deasupra capetelor.

— El e prietenul meu. *E mio amico*! a țipat Elena.

— Lina, te descurci de minune! mi-a strigat Ren.

Mimi făcea o mișcare nebunească de rotire a șoldurilor, o chestie care arăta ca și cum ar fi necesitat o concentrare maximă, dar când l-a auzit pe Ren mi-a aruncat o privire ca un vortex polar. Aveam senzația că nu mă plăcea prea mult. Thomas mi-a dat un ghiont cu umărul:

— Ai mai fost vreodată într-un loc ca ăsta?

— Nu.

— E ciudat, ar trebui să ai douăzeci și unu de ani să intri într-un club ca ăsta în State.

Eram așa de aproape unul de altul că-i puteam vedea picăturile mici de transpirație din păr. Până și transpirația îi era sexy. Eram, în mod oficial, dezgustătoare.

Ren s-a desfăcut de Mimi și a venit lângă mine, de cealaltă parte.

— Te distrezi?

Nu mai avea suflare.

— Da.

— Bine. Mă întorc imediat.

Mimi l-a luat de mână și au dispărut în mulțime.

Thomas a făcut o mutră uimită:

— E cam protector cu tine, nu crezi?

— E din cauza lui taică-meu. Îl tot bate la cap, așa că lui Ren îi e teamă să nu mi se întâmple ceva și să fie singurul vinovat.

— N-o să ți se întâmple nimic. Ești cu mine acum.

Cam mult spus, dar am zâmbit oricum. Ca o idioată. Thomas îmi bloca orice control pe care-l aveam asupra mușchilor faciali. Și-a ridicat bărbia privind pe deasupra mulțimii.

— Uite-l. Se pare că *vorbește* cu Mimi.

M-am ridicat pe vârfuri prinzând ocazia să-mi odihnesc mâna pe umărul lui. Ren și Mimi stăteau sprijiniți de un perete, ea avea brațele încrucișate și părea enervată. Sau poate că așa arăta ea de obicei.

— Deci, sunt împreună, nu?

— Da. O place de vreo doi ani. Se pare că perseverența lui chiar dă roade.

Am încuviințat:

— Da.

— Știi ce, trebuie să-l sun pe tata și pe urmă merg să-mi iau ceva de băut. Vrei și tu?

— Sigur, mersi.

Mi-a trimis unul din zâmbetele lui care-mi topea oasele și s-a făcut nevăzut în mulțime.

— Lina, dansează cu mine, m-a rugat Elena luându-mi brațele și învârtindu-mă pe loc. Ce se întâmplă cu tine și Thomas? Este *amore*?

Am râs:

— Nu știu. E doar a doua oară când îl văd.

— Da, dar te place. Îmi dau seama. El nu e niciodată interesat de nimeni și alaltăieri seară, după ce ai plecat, m-a întrebat dacă am numărul tău.

— Oh, la, la, a spus Marco. Fata nouă și cu Thomas.

Elena și-a dat ochii peste cap:

— Parcă ai fi copil mic.

— Ah, da? Ia zi, poate un copil mic să facă asta? a zis îndoindu-și brațele de la coate și începând să facă dansul robotului.

— Marco, *basta*! Ești jalnic la asta.

— Vrei să fac dansul viermelui?

— Nu!

Melodia s-a transformat într-una mult mai ritmată și-n curând toți trei ne-am apucat de mâini și-am început să sărim în sus și-n jos ca niște puștani. Nu era de mirare că-i plăcuse mamei aici. Era destul de distractiv. În afara faptului că temperatura continua să crească. Nu aveau oare niciun fel de aer condiționat?

— Pe unde-i Thomas? m-a întrebat Elena.

Cârlionții i se lipiseră de frunte din cauza transpirației.

— S-a dus să ia ceva de băut.

— E plecat de mult, a zis făcându-și vânt cu mâna. *Fa troppo caldo*. Transpir ca un porc.

Dintr-odată, am simțit cum se înclină camera cu mine și am fost pe punctul de a cădea. Elena m-a prins de braț:

— Ești bine?

— Am amețit. E prea cald.

— Ce?

— Mi-e prea cald!

— Și mie, a urlat Marco. Mi-e prea cald!

— Trebuie să stau jos un minut.

— Lina, sunt niște canapele pe aici. Uite acolo, a zis indicându-mi locul în care stătuseră Ren și Mimi. Vrei să vin cu tine?

— Nu, e în regulă.

— Îi spun eu lui Thomas unde ești.

— Mersi, am spus și-am pornit spre cealaltă parte a camerei.

Canapelele arătau ca niște incubatoare pentru cine știe ce boli infecțioase, dar eram disperată. Simțeam că era posibil să leșin în orice clipă. Prima canapea era ocupată de un tip costeliv, răstignit pe spate. Avea niște lanțuri de aur și o pereche de ochelari imensă și tresărea la intervale regulate de parcă s-ar fi așezat pe el o muscă sau așa ceva. Un domn mai în vârstă era așezat în celălalt capăt și când m-a văzut mi-a zâmbit și mi-a spus ceva în italiană.

— Îmi cer scuze, nu înțeleg, am zis făcându-mi loc mai departe.

Simțeam cum îmi bubuie capul în ritm cu muzica. Speram să găsesc un loc gol pe undeva, altfel urma să mă alătur amicului meu rapper leșinat alături.

Uite-l! M-am grăbit să prind locul liber, dar m-am oprit fix când am ajuns acolo, fiindcă am simțit pe fund o pereche de mâini. Și nu într-un mod accidental. M-am răsucit. Era tipul în vârstă de pe canapea. Avea părul lung, slinos și mirosea, printre altele, ca un șobolan murat în vodcă. Sau așa îmi închipuiam eu că ar mirosi așa ceva.

— *Dove vai, bella*?

— Lasă-mă în pace!

S-a întins și mi-a pipăit umărul cu degetele. Am țâșnit într-o parte:

— Nu pune mâna pe mine!

— *Perche? Non ti piaccio?* m-a întrebat și am observat că unul din dinți era gri.

Era mult mai bătrân decât crezusem eu la început. Cu zece ani mai bătrân decât oricine altcineva de acolo.

Dă-o încolo de canapea. M-am întors să fug, dar s-a întins după mine și m-a prins de braț. Tare:

— Termină! am spus și mi-am smucit mâna, dar m-a strâns și mai tare. Elena! Marco! am țipat, deși nu-i vedeam nicăieri.

Pe unde era Ren? Am încercat să mă trag deoparte, dar bărbatul m-a cuprins de talie trăgându-mă spre el până când mi-am simțit pelvisul unit de al lui.

— Dă-mi. Drumul!

Un cap în piept? Un genunchi în biluțe? Ce trebuia să faci când erai atacată? Rânjea și-mi evita fiecare mișcare disperată pe care o făceam. Cum aveam să ies din asta? Erau oameni de jur împrejur, numai că nimeni nu-mi dădea atenție.

— Ajutor!

Dintr-odată, m-a apucat cineva de umeri și m-a tras deoparte, iar omul și-a slăbit strânsoarea cât să-mi trag corpul deoparte. Era Mimi. Cu un aer de războinică frumoasă și ofticată.

— *Vai via, fai schiffo*, a zbierat ea la bărbat. *Vai!*

Omul și-a ridicat ambele brațe în aer, rânjind și a luat-o din loc.

— Lina, de ce nu i-ai spus să plece?

— Am încercat. Nu a vrut deloc să-mi dea drumul.

— Să încerci mai tare data viitoare. Spune-le *stronzo* și dă-i jos de pe tine. Eu sunt nevoită tot timpul să fac asta.

— *Stronzo*?

Tremuram toată. Mi se părea că tocmai fusesem azvârlită într-un tomberon — ceea ce mi se părea complet revoltător.

Și-a încrucișat brațele la piept:

— Ia zi, care-i treaba cu tine și Ren? Ce se petrece?

Am încercat să mă concentrez:

— Îmi cer scuze, ce ai spus?

Mi-am frecat brațele străduindu-mă să-mi șterg de pe piele senzația mâinilor lui Dinte Gri.

— Ce se petrece cu tine și Lo-ren-zo?

Vorbea rar, exagerându-și cuvintele, crezând probabil că nu o puteam înțelege.

— Nu știu despre ce vorbești.

Dar el unde era, oare?

Mimi m-a privit o clipă:

— Știi că Ren e cu mine, da? Stă cu tine doar pentru că îi pare rău că ți-a murit mama.

Probabil că aveam ceva adrenalină rămasă de la întâlnirea mea cu domnul GrețosMcGrețoșenie, dar m-am trezit debitând prima chestie care mi-a trecut prin cap:

— De asta ți-a ignorat toate apelurile aseară?

I-am văzut ochii mărindu-se și a pășit spre mine, cu un aer ucigaș:

— A stat acasă cu sora lui mai mică.

— Nu, a fost la Ponte Vecchio cu mine.

Te rog, dă Doamne să-l fi pronunțat cum trebuie.

— Aici erai!

Thomas s-a băgat între noi, cu câte un pahar de apă minerală în fiecare mână. A privit-o pe Mimi și a pălit:

— Hopa! Ce am pierdut?

— Tacă-ți gura, Thomas, a spus și a plecat smucindu-se.

— Ce-a fost toată chestia asta? m-a întrebat Thomas.

— N-am nici cea mai vagă idee...

— Lina!

Ren își făcea loc prin mulțime.

— Aici erai. Vrei să pleci? Cred că sunt o mie de grade. Probabil li s-a stricat aerul condiționat.

Am simțit cum mă cuprinde ușurarea și cum trebuie să-mi opresc un lac de lacrimi fierbinți.

— Pe unde ai fost?

— Te-am căutat, a spus plecându-se spre mine. Ești bine?

— Vreau să plec. Acum.

— Și eu trebuie să plec, a intervenit Thomas. Merg și eu cu voi doi.

Cred că ne-a luat vreo oră să ieșim de acolo și când am ajuns pe trotuar am tras câteva guri de aer rece, ca și cum am fi ieșit de pe fundul oceanului.

— Libertate, a spus Thomas. Zici că ne-au pus la fiert înăbușit.

M-am rezemat de zid și am închis ochii. Nu mai voiam să intru niciodată acolo. Niciodată. Ren m-a atins pe braț:

— Lina, ești bine?

Am făcut un semn de jumătate da și jumătate nu. Bine? Încă mai simțeam mirosul șobolanului ăluia murat.

— Ia zi, ce părere ai despre Space? E locul perfect să începi o relație?

— A cui relație? a întrebat Thomas. A mea cu Lina? a continuat el cu o privire plină de subînțeles pe care abia dacă am observat-o.

— Vorbește despre părinții mei.

Am tras adânc aer în piept:

— M-a atacat un tip mai bătrân. M-a prins și n-a vrut să-mi mai dea drumul.

— Ce vrei să spui? În Space? a zis Ren întorcându-se ca și cum ar fi putut vedea prin ziduri. Când?

— Exact înainte să mă găsești tu. M-a salvat Mimi.

— Deci asta se petrecea acolo, a remarcat Thomas. Ești în regulă? Ce nenorocit!

— Te doare ceva? m-a întrebat Ren.

— Nu, doar că a fost oribil.

Ren avea un aer furios:

— De ce nu ai strigat după mine? L-aș fi distrus.

— Habar nu aveam pe unde erai.

Lui Thomas a început să-i sune telefonul și s-a uitat la el bombănind:

— Mă tot sună taică-meu. Avem rude venite în oraș și i-am promis că nu stau mult plecat, a spus privindu-mă. Dar nu plec până când nu-ți aflu numărul de telefon.

— Da, sigur.

Repetasem acasă pentru scena asta, dar când a venit momentul să-i spun numărul, l-am uitat și-am fost nevoită să mă uit la hârtia pe care-l scrisesem.

— Excelent. Te sun mâine.

M-a strâns în brațe, după care l-a bătut pe Ren pe umeri și i-a spus:

— Haide, pa, ne mai vedem.

— Pa, a spus și Ren și s-a întors să-l vadă plecând.

M-am folosit de asta și mi-am șters ochii. Aveam rimelul întins peste tot.

— Avea un tricou complet tâmpit, nu crezi?

— Poftim?

— „Izgonit din Amsterdam". Nimeni nu e izgonit din Amsterdam. Tocmai asta-i chestia.

— N-am de unde să știu.

— Îmi pare foarte rău pentru ce s-a întâmplat acolo. N-ar fi trebuit să te las singură, a zis privindu-mă mai îndeaproape. Stai puțin. Ce faci, plângi?

— Nu, i-am răspuns și o lacrimă uriașă mi s-a rostogolit pe obraz. Urmată de alta.

— Ah, nu.

Și-a pus mâinile pe umerii mei și m-a privit în ochi:

— Îmi pare foarte rău. N-o să mai mergem niciodată acolo.

— Îmi cer scuze, mă simt complet aiurea. Dar tipul ăsta a fost dezgustător.

Dar acesta era doar pe jumătate motivul pentru care plângeam. Am tras adânc aer în piept:

— Ren, de ce i-ai spus lui Mimi că a murit mama?

Am văzut cum i se măresc ochii:

— Nu știu. A venit vorba. M-a întrebat de ce te-ai mutat aici și i-am spus. De ce, ți-a spus ceva?

— Știi, nu trebuie să-ți fie milă de mine. Nu am nevoie să-mi citești jurnalul și să mă duci peste tot. Pot să mă descurc și singură. Înțeleg prea bine că ai și tu o viață a ta.

— Că... ce? Nu mi-e deloc milă de tine. Vreau să zic, da, e trist că ți-ai pierdut mama, dar îmi petrec tot timpul cu tine fiindcă îmi place. Ești... diferită.

— Diferită?

— Știi ce vreau să spun, cum am vorbit noi doi aseară. Suntem la fel, mai știi?

Mi-am trecut brațul peste față, ca și cum asta avea să ajute pe deplin la situația rimelului:

— Îmi promiți?

— Da, îți promit. De unde ți-a venit ideea asta?

— De la Mimi, am spus și m-am oprit.

Mai conta? Era doar o fată geloasă. Și de fiecare când o vedea, Ren se purta de parcă atunci ar fi câștigat la loterie.

— Ce anume a spus Mimi?

— Nimic. Putem să mergem la Piazza Signoria? Vreau să văd statuia aia.

Capitolul 15

AM RĂMAS TĂCUȚI TOT DRUMUL SPRE PIAZZA. Trecuse deja de ora 11 și orașul avea un alt aer. Ca și cum se golise. Ca mine, după o jenantă criză de plâns post-club. Ren a oprit scuterul lângă bordură și ne-am dat amândoi jos.

— Asta este?

— Asta este. Piazza Signoria.

Mă privea ca pe o cutie cu globuri de sticlă de Crăciun, dar eram încă plină de suspine, așa că era oarecum îndreptățit s-o facă.

Am pășit în piață. Una dintre laturi era limitată de o clădire masivă, cu aer de fortăreață, care avea un turn cu ceas și-n fața căreia se găsea o statuie a unui bărbat înconjurat de câteva siluete mai mici. O mână de oameni se plimbau de colo-colo, dar în mare parte era liber.

— Ce e clădirea de acolo? am întrebat.

— Palazzo Vecchio.

— Ceva... vechi... Palatul vechi?

— *Essattamente.* Devii din ce în ce mai bună.

— Știu. Am recunoscut cuvântul „vechi". Practic, sunt deja fluentă.

Ne-am zâmbit. Îmi simțeam ochii ca pe niște baloane cu apă, dar măcar nu mai scânceam. Bleah. Am avut noroc că nu mă abandonase la cea mai apropiată stație de taxiuri.

— Și mai zi-mi o dată, ce spuneai că s-a petrecut aici?

— Ăsta e locul în care i-a spus prima dată că o iubește. Se uitau la o statuie. Ceva cu „răpi"...

— Ah, da. *Răpirea sabinelor*. Cred că e pe undeva prin zona aia acoperită.

Am înaintat în piață și am trecut pe lângă alte statui, după care am pătruns printr-o intrare arcuită într-o curte interioară plină de sculpturi. Am recunoscut-o imediat:

— Uite-o.

Răpirea sabinelor era făcută din marmură albă și așezată sus pe un piedestal, cu cele trei siluete îmbinându-se într-o coloană înaltă. Am înconjurat-o agale. Mama avusese dreptate. Nimeni nu arăta fericit *per se*, însă erau conectați și în mod cert se completau unul pe celălalt. Erau totodată goi și le ieșeau în afară toți mușchii și tendoanele, pretutindeni. Giambologna nu se ținuse de poante.

Ren mi-a arătat:

— Uite cum privește femeia în urmă, la celălalt bărbat. Sigur nu voia să meargă. Iar tipul de jos pare speriat de moarte. Mi se pare mie, sau e un loc complet aiurea în care Howard s-a găsit să-i spună mamei tale c-o iubește?

— Da, dar studia Istoria Artei și tocmai îi spusese toată povestea. M-ar surprinde să aflu că nu are nicio semnificație pentru el, personal.

Ren a ezitat:

— Că tot veni vorba de Howard... Trebuie să-ți spun ceva.

— Ce?

A tras adânc aer în piept:

— L-am întrebat așa, de departe, despre brutăria aia secretă.

M-am răsucit imediat:

— Ren! I-ai spus despre jurnal?

— Nu, sigur că nu, a zis dându-și părul din ochi și evitându-mi privirea. Am avut discuția asta când te pregăteai tu de club. Am inventat o poveste despre maică-mea care a găsit o brutărie secretă când s-a mutat aici, și pe urmă l-am întrebat dacă el știa vreuna. Aveam de gând să-ți fac o surpriză și să te duc în seara asta acolo, după Space.

M-a privit într-un târziu, cu niște ochi mari, în care se citea emoția, și a oftat. Ar fi fost ca și cum încercam să mă supăr pe un pui de focă.

— Ți-a spus unde este?

— Nu. Tocmai asta a fost chestia ciudată. Mi-a spus că n-a fost niciodată în viața lui în așa un loc.

Am mijit ochii:

— Cum? Și i-ai descris-o?

— Da. Am încercat să fiu destul de vag, să nu-și dea seama că vorbeam despre întâlnirile lui cu mama ta, dar s-a comportat de parcă n-ar fi avut nici cea mai mică idee.

— Adică, nu și-a amintit că a dus-o acolo?

A clătinat din cap:

— Nu, a fost mai mult de atât. Ca și cum n-ar fi auzit niciodată în viața lui de vreo brutărie secretă în Florența.

— Poftim? Asta nu pare deloc ceva ce-ai putea uita vreodată.

— Așa zic și eu, nu?

— Oare te-a mințit?

— Poate. Dar de ce s-o facă? s-a întrebat clătinând încă o dată din cap. Am tot încercat în ultimele ore să descopăr vreun motiv pentru care ar fi putut uita de brutărie, dar nu am găsit nimic până acum. Nu vreau să te supăr, dar povestea părinților tăi e cam șubredă.

Mi-am rezemat spatele de una din coloane și m-am prăbușit la pământ cu un zgomot înfundat.

— Mie-mi spui... De ce crezi că citesc jurnalul ăla?

S-a așezat alături și s-a aplecat lângă mine până când ni s-au atins brațele:

— Îmi pare rău.

Am dat afară aerul, cu zgomot:

— Nu-i nimic. Ai făcut ce trebuia. E ceva putred la mijloc. Și eu m-am tot gândit la asta.

— Poate că ar trebui să-l întrebi despre o altă chestie din jurnal. Să-l testezi puțin.

— Cum ar fi *Răpirea sabinelor*?

Am privit-o amândoi deodată.

— Mda. Să vezi ce face când îl întrebi despre asta.

— Bună idee! am spus privind în jos.

Venise rândul meu să ezit:

— Uite ce-i, am făcut o chestie... pentru care cred că ar trebui să-mi cer scuze.

— Ce anume?

— Când eram la Space, m-am... certat oarecum cu Mimi, și i-am spus că i-ai ignorat apelurile când erai cu mine la Ponte Vecchio.

I-am văzut ochii mărindu-se:

— *Cavolo*. Probabil că de-asta mi-a spus că sunt un *cretino* și-a plecat, nu?

— *Probabil*. Adică, nu știu ce e acela *cretino*, dar îmi cer scuze. Thomas mi-a spus că-ți place de mult timp de ea și sper să nu fi stricat lucrurile între voi doi.

— Am s-o sun când ajung acasă. O să fie totul în regulă, a spus de parcă ar fi încercat să se convingă pe sine însuși.

Am tras adânc aer în piept:

— Știi ce, am să înțeleg dacă n-ai să mai poți să te vezi cu mine. Mi se pare că se cam complică lucrurile pentru tine.

— Nu. Nu se complică nimic, a zis și și-a scos mobilul din buzunar. Este aproape unsprezece jumătate. Ne întoarcem la cimitir?

— Da. Ar trebui să mă apuc din nou de jurnal.

— Și de bărbatul cel misterios.

Când am ajuns acasă, l-am găsit pe Bărbatul Misterios scoțând, în mod inexplicabil, din cuptor o tavă cu brioșe.

— Faci prăjituri?

— Da.

— Dar e aproape miezul nopții.

— Mă specializez în dezastre din bucătărie făcute târziu în noapte. Mi-a trecut prin cap că ți-ar plăcea o gustare când ajungi acasă, iar brioșele mele cu afine sunt legendare. Și prin „legendare" vreau să spun comestibile. Ia loc.

Era o comandă. Mi-am tras un scaun și m-am așezat.

— Ia spune-mi, pe unde ai mai umblat în noaptea asta?

Am ezitat o secundă, după care m-am avântat:

— La Space. E un club lângă Arno.

A lăsat să-i scape un chicotit:

— Încă mai există?

Aha! Măcar își mai amintea de Space.

— Da. Ai fost acolo?

— De multe ori. Și mama ta.

M-am aplecat spre el:

— Și… ați fost împreună?

— De multe ori. De obicei în serile în care ar fi trebuit să învățăm. Nu știu cum mai e acum, dar era un loc unde se întâlneau studenții străini. Erau o mulțime de americani.

A mutat câteva brioșe pe o farfurie, după care a așezat-o pe masă și și-a tras și el un scaun.

— Mi s-a părut cam jegos. Nu prea mi-a plăcut.

— Nici mie nu-mi plăcea, să fiu sincer. Plus că nu-s cine știe ce dansator.

Deci lui trebuia să-i mulțumesc pentru calitățile mele de dansatoare. Am luat o brioșă și-am desfăcut-o, iar aburul mi-a urcat în rotocoale spre față. *Acum ori niciodată.*

— Auzi, Howard, vreau să te întreb ceva. Știi o mulțime de lucruri despre istoria artei, nu?

— Da, mi-a răspuns zâmbind. Ăsta-i un subiect despre care-ți pot spune destule. Știi că predam Istoria Artei când am cunoscut-o pe mama ta, nu?

— Da.

Mi-am coborât privirile spre brioșă și-am tras adânc aer în piept:

— După ce am plecat de la Space, am făcut o plimbare cu Ren și ne-am oprit într-o piață. *Piazza della Signoria*, parcă? În fine, era o statuie interesantă acolo, dar nu am știut care era povestea ei.

— Hm.

S-a ridicat, a luat cutia de unt de pe blat și s-a așezat la loc.

— Sunt o mulțime de statui acolo. Știi cumva cine a sculptat-o?

— Nu. Era într-o galerie în aer liber. Ca într-un fel de curte interioară acoperită. Puteai să intri fără probleme.

— Ah, da. La Logia dei Lanzi. Să vedem... sunt leii casei Medici, și Cellini... Cum arăta?

— Erau doi bărbați și o femeie, am spus ținându-mi răsuflarea.

— O femeie pe care o ținea unul din ei în brațe?

Am încuviințat. Howard a zâmbit:

— *Răpirea sabinelor.* E chiar interesantă, fiindcă artistul — Giambologna — nici măcar nu a considerat-o o operă de artă adevărată. A intenționat să facă o demonstrație artistică prin care să arate că este posibil să încorporezi trei figuri umane într-o singură sculptură. Nici măcar nu s-a străduit să-i dea vreun nume, și până la urmă a ajuns să fie opera pentru care a rămas cunoscut.

Bun. Interesant, dar nu era nici pe departe povestea pe care i-o spusese mamei. Am mai încercat o dată:

— Știi cumva dacă mama a văzut-o vreodată?

A lăsat capul într-o parte:

— Nu știu. Nu-mi amintesc să-i fi vorbit vreodată despre Giambologna. De ce? Ți-a povestit despre asta?

Nu-mi amintesc. Avea chipul la fel de senin ca o tabletă de ciocolată. În mod cert spunea adevărul, dar ar fi fost oare posibil să fi uitat? Suferise oare vreo traumă la cap sau avea cumva vreun blocaj mintal care-l împiedica să-și amintească detaliile relației lui cu mama?

Brusc am simțit cum mi se infiltrează în fundul minții un gând nou. Dar dacă nu uitase? Și nici nu încerca să nege lucrurile? Dacă... Am țâșnit în picioare, zdrobind brioșa în mână:

— Trebuie să merg sus.

Am fugit din cameră înainte să mă întrebe de ce.

Urcam treptele și auzeam vorbele maică-mii învârtindu-mi-se în cap: *Da, X. Mă îndoiesc că o să-mi citească vreodată cineva jurnalul, dar îi dau acest nume, pentru orice eventualitate.*

De cum am ajuns în dormitor, am încuiat ușa în urma mea și-am scotocit după jurnal. Am aprins veioza și-am început să-l răsfoiesc:

Howard: Gentlemenul sudist perfect (gigantul sudist, așa îi spune Francesca), arătos, blând, genul acela de tip care intră în luptă pentru tine.

Îmi place la nebunie Italia! Dar, sinceră să fiu, m-aș fi îndrăgostit de X oriunde în lumea asta.

Howard s-a oferit să mă conducă acasă și m-am trezit povestindu-i despre Adrienne și medium.

„Nu se poate!", mi-am spus cu răsuflarea întretăiată.

Exista un motiv întemeiat pentru care Howard nu știa despre brutăria secretă și nici despre semnificația statuii lui Giambologna și pentru care mama „greșise" și-i spusese pe numele lui real.

Nu el era X!

— Addie, răspunde, răspunde, am șoptit.

— Salut, sunt Addie! Lăsați un mesaj și am să...

— Ah!

Am aruncat telefonul pe pat și am început să străbat camera dintr-o parte în alta. Unde era? M-am dus în dreptul geamului. Mama mea fusese îndrăgostită de cineva care nu era Howard. Avusese o aventură pasională în care s-a afundat complet și a sfârșit însărcinată *cu copilul altcuiva*. Al lui Howard. Asta să fi fost alegerea ei greșită? Că rămăsese însărcinată cu

Howard când de fapt era îndrăgostită de cu totul altcineva? Ăsta era motivul pentru care fugise din Italia?

M-am prăbușit pe scaun, dar m-am ridicat înapoi la loc. Ren trebuia să-mi răspundă! Am plonjat pe pat cotrobăind după telefon prin cuverturi și i-am format numărul.

Mi-a răspuns după al doilea țârâit:

— Lina?

— Bună! Auzi, am făcut ce mi-ai sugerat. L-am întrebat despre statuie.

— Și ce a zis?

— Știa totul despre ea, toată istoria, toate cele. După care l-am întrebat dacă a văzut-o vreodată cu mama și nu a fost în stare să-și amintească.

— Care-o fi treaba? Ori are cea mai slabă memorie din lume, ori...

— Ori nu a fost niciodată acolo, l-am întrerupt nerăbdătoare.

— Ce spui?

— Ren, ia gândește-te. Poate că nu știe despre brutărie sau despre confesiunile amoroase de la statuia cu sabinele tocmai pentru că *nu este el* X.

— Aha.

— Pricepi?

— Aha. Păi, mda. Bine, ia-mă cu încetul.

— Îmi imaginez că s-a petrecut ceva de genul ăsta: mama s-a mutat în Italia și și-a făcut o grămadă de prieteni, printre care se număra și Howard. După câteva luni se îndrăgostește de tipul ăsta, X. După care se petrece ceva, ori se ceartă prea mult, ori e presiunea prea mare, fiindcă școala are niște reguli ciudate despre oamenii cu care ai voie să te întâlnești, și pe urmă se despart. După care mama se reîntoarce la domnul ăsta drăguț din sud, care probabil că o iubește în secret. Mama încearcă să facă relația să meargă, dar nu și-l poate scoate pe X din minte. După care află, într-o bună zi, că este însărcinată și se panichează, fiindcă poartă copilul unui tip de care nu este îndrăgostită.

— Acum se leagă totul!

— Știu. Și asta explică și motivul pentru care a stat departe de el în toți anii ăștia. Vreau să zic, e un tip foarte de treabă și din poveștile pe care le-a spus mama i-a fost în mod clar cel mai bun prieten, dar nu te poți *preface* că ești îndrăgostită de cineva. I-ai face mult prea mult rău.

— Sărmanul de Howard cel fioros, oftă Ren.

— Și tocmai de asta a scris „Am făcut o alegere greșită." Poate că ăsta a fost marele ei regret. Că a avut un copil cu cineva pe care nu l-a iubit.

— Numai că tu ești copilul acela. Chiar crezi că ar fi scris așa ceva pe coperta jurnalului ei?

— Ah, probabil că nu, am spus și m-am așezat. Dar, Ren, e așa de tristă toată povestea asta! Vreau să spun, după felul în care vorbește Howard despre ea îți dai imediat seama cât de mult a iubit-o. Iar mama mi-a spus o grămadă de chestii despre cât de mult s-au distrat împreună. Nu i-a fost de ajuns — iubea pe altcineva.

— E la fel ca-n cântecul acela vechi *Love Stinks*.

— N-am auzit de el.

— Nu? Apare într-o mulțime de filme. E despre cum de fiecare dată când te îndrăgostești, persoana respectivă iubește pe altcineva. Și uite așa, e un cerc încâlcit în care nimeni nu rămâne cu persoana iubită.

— Ah, deprimant de-a dreptul.

— Mie-mi spui, a zis și s-a oprit brusc. Ai să-i spui lui Howard că știi? Despre X, adică?

— Nu, adică sunt sigură că o să vorbim despre asta, în cele din urmă. Dar nu până nu termin jurnalul. Trebuie să fiu sigură că teoria mea e corectă.

5 APRILIE

O altă noapte de dramă. Simone a luat bilete la un club nou de pe lângă Piazza Santa Maria Novella și tot grupul nostru, plus alți câțiva, ne-am întâlnit pe la unșpe. Am stat mult în studio și am lucrat, așa că am venit singură și, când am ajuns acolo, primele persoane pe care le-am văzut au fost Adrienne și Howard. Stăteau undeva pe o latură a clădirii, Adrienne cu spatele sprijinit de zid și Howard plecat către ea, spunându-i ceva pe un ton jos. Scena a fost așa de intimă că o clipă nu am înțeles prea bine ce vedeam, de fapt. Nu-i văzusem până atunci să vorbească singuri, unul cu altul. Ce era asta?

Am intrat în club fără ca ei să mă observe și-am dat de restul grupului, după care cei doi au intrat, fiecare separat, ca și cum nu s-ar fi întâmplat nimic. După care lucrurile au luat-o și mai mult razna. Pe la jumătatea nopții Adrienne i-a spus lui Alessio că este un mincinos — fiindcă și-a călcat promisiunea să o ducă la o expoziție de artă — și dintr-un motiv sau altul asta l-a ațâțat și pe Howard. I-a spus că ea ar trebui să fie ultimul om din lume îndreptățit să numească pe cineva mincinos și că dacă ar avea o brumă de demnitate ar trebui să dezvăluie tuturor adevărul. Adrienne i-a șuierat că nu era treaba lui, după care a intervenit Simone și le-a spus amândurora să se calmeze.

Se pare că nu-s singura cu secrete.

19 APRILIE

X a fost plecat din oraș o săptămână întreagă, dar se întoarce acasă mâine. MÂINE. Nu m-am putut gândi la nimic altceva în tot timpul ăsta. După cursuri i-am spus Francescăi că trebuie să găsesc *Rochia*. Știți ce vreau să zic, rochia aia unică-în-viață care îți garantează că toți se vor îndrăgosti de tine (sau în cazul meu, care o să mă facă să arăt nemaipomenit când îi spun vestea cea mare).

Francesca a fost persoana perfectă pe care aș fi putut-o ruga asta, pentru că atunci când vine vorba de cumpărături are răbdarea unui sfânt. Ne-a luat cinci ore, dar am găsit-o. E o rochie de vară de culoarea untului, extrem de feminină, cu un decolteu în formă de inimă și cu fusta lungă până deasupra genunchiului. Francesca m-a convins să mă tund. Cine ar fi bănuit că dacă-ți tai câțiva centimetri de păr inutil obții deodată pomeți bine definiți?

Și care e marea mea veste, vă întrebați? Pe la începutul săptămânii Petrucione m-a întrebat dacă aș fi interesată să mai rămân și în august să asist la pregătirile pentru noul semestru. Am să fiu plătită și mi se va extinde viza de student, ceea ce înseamnă că am să rămân aici până la finalul verii!!!

20 APRILIE

M-am trezit devreme dis-de-dimineață încântată la culme c-am să-l revăd pe X și-am găsit un mesaj pe telefon. S-a decis să-și prelungească șederea la conferința la care asistă și n-o să ajungă decât lunea viitoare. Atunci mi-a venit o idee excelentă: am să-l surprind în Roma! Nu contează că e toată ziua la seminarii, măcar o să fim amândoi în același oraș. Pot să-mi petrec foarte bine zilele făcând pe turistul. Trenurile rapide ajung acolo în numai nouăzeci de minute, așa că dacă-l prind pe cel de la 4 de după-amiază, am să-l aștept la hotel fix când își termină ziua de lucru. De-abia aștept să văd ce față face!

21 APRILIE

E cea de-a treia încercare pe care o fac să mă așez să scriu despre cele petrecute la Roma. Nu-mi vine să cred că scriu asta, dar S-A TERMINAT.

N-am reușit să găsesc pe internet conferința despre care vorbea X, așa că atunci când am ajuns l-am sunat pe mobil și i-am spus că sunt la gară și că am niște vești grozave. Exact atunci s-a pornit un anunț în boxele din stație și când s-a liniștit treaba mi-am dat seama că era ceva în neregulă. Mi-a spus să aștept acolo unde eram.

După o jumătate de ceas, a intrat ca o furtună în gară și am simțit că era ceva în neregulă. L-am întrebat dacă voia să stăm într-una din cafenelele de acolo și-n următoarele douăzeci de minute l-am ascultat vorbind. Pe scurt: simte că a ajuns într-un stadiu de stagnare cu munca lui, are nevoie de un nou spațiu de creație, s-a hotărât să se lase de școală și să-și caute altceva de lucru în Roma. Ah, da, și totul s-a terminat între noi doi.

S-a terminat.

Am stat acolo, iar cuvintele mi s-au învârtit în jur. Ca și cum mintea mea nu le-ar fi putut procesa. După care m-au lovit. Ăsta era sfârșitul. Se despărțea de mine.

Brusc nu i-am mai putut asculta scuzele, auzeam doar adevărul brut. De nouă luni îmi mințeam prietenii. Am avut relații încordate cu familia. Mi-am schimbat complet modul de viață doar ca să fiu mai aproape de el, iar relația noastră nu a fost niciodată pentru el ceea ce a fost pentru mine. Mi-a trecut prin cap că l-aș putea face să se răzgândească — să-i spun că am descoperit cum puteam sta mai mult în Florența — dar chiar și în momentele alea de negare am știut că era complet inutil. Când cineva iese dintr-o relație nu e absolut nimic de făcut să-l mai ții acolo.

X încă mai vorbea când m-am ridicat de pe scaun. I-am spus „la revedere" pe un ton normal ca și cum nu m-aș fi simțit zdrobită într-un milion de bucăți, după care m-am dus la casa de bilete și mi-am luat un bilet la trenul următor. Nu stătusem mai mult de o oră în Roma. Nici măcar nu ajunsesem să mă îmbrac în rochie.

22 APRILIE

M-am trezit de dimineață cu gândul că am avut un coșmar, dar la fel ca-n ultimele zile realitatea m-a așteptat să-mi revin complet înainte să mă doboare la pământ din nou. Aveam ochii așa de umflați fiindcă plânsesem până adormisem, că a fost nevoie să-i acopăr cu o cârpă rece până să arăt cât de cât normal să pot merge la ore. Tot weekendul mă agățasem de o rază de speranță la gândul că X urma să fie în clasă, dar firește că nu era. Oare chiar să se fi terminat totul?

25 APRILIE

Se vede că Francesca a știut totul de la bun început. Aseară, după cină, m-a ținut pe după umeri și mi-a spus că X nu merită și că n-a meritat-o niciodată. Am rămas așa de surprinsă. Știau toți?

De dimineață, Petrucione a anunțat că X a demisionat. Am simțit o ușurare imensă — nu fiindcă a plecat, în mod oficial, ci pentru că i-a pronunțat cineva numele. Nu i-am lăsat pe cei din jur să afle de relația mea, acum nu-i puteam implica nici în tristețea pe care o simțeam. Mă simt atât de singură. Nu mă ajută deloc dacă vorbesc cu Francesca. De fiecare dată când îl aduc în discuție, spune numai lucruri urâte despre el și sfârșesc simțindu-mă și mai rău. Florența e locul perfect în care să te îndrăgostești, ceea ce înseamnă că este locul cel mai nefericit în care să fii distrus din dragoste. Sunt zile în care nu-mi doresc altceva decât să merg acasă. Mai merită să mai rămân peste vară?

— Mamă, am șoptit.

Tristețea ei acoperea jurnalul precum vopseaua care nu apucase niciodată să se usuce cum trebuie. Cum era posibil să fi avut inima făcută bucățele într-o gară din Roma și nici măcar să nu-mi *menționeze* asta? Oare am cunoscut-o cu adevărat pe femeia asta?

Am scanat ultimele paragrafe din nou. Nu era nicio îndoială, X fusese un nemernic. Cel mai tare mă scotea din minți că-i spusese că avea nevoie de „un nou spațiu de creație". Ce replică mai era și asta? Și era îngrozitor că nu-și dăduse seama din timp unde ducea conversația asta, mai ales că din afară se vedea clar că relația lor nu avea să ducă nicăieri. Tot timpul cât am citit ultimele pagini am avut senzația că văd un dezastru feroviar cu încetinitorul.

Și mai era și Howard. Mi-am pus degetul pe paragraful în care vorbea despre el și Adrienne. Era și el băgat în niște lucruri în spatele scenei. Oare fusese împreună cu Adrienne și se despărțise exact înainte de despărțirea mamei de X? Oare părinții mei erau interesați de alți oameni și fuseseră împreună doar pentru o perioadă scurtă de timp? De asta nu rezistase relația lor? Și, la urma urmei, ce fusese atât de special la X ăla?

Voiam să continui să citesc, dar pleoapele insistau să-mi coboare. M-am dat bătută, într-un final, am înghesuit jurnalul în noptieră și-am stins veioza.

CAPITOLUL 16

— AM NEVOIE DE AJUTORUL TĂU.

Mă trezisem cu o idee excelentă și cu toate că așteptasem o oră acceptată social, tot m-am văzut nevoită să-l dau jos din pat pe Ren. Acum eram afară, pe veranda casei lui și părea că se trezise în proporție de treizeci la sută.

— Nu mai putea aștepta?

Avea pe el o pereche de pantaloni negri de trening și un tricou decolorat și, ca de obicei, își scutura capul să-și dea părul din dreptul ochilor. Probabil că era din cauza luminii dimineții, dar arăta chiar drăguț. Mult mai drăguț decât ar fi trebuit să arate cineva abia scos din pat.

S-a prins că mă uitam la el:

— Ce e?

Mi-am mutat rapid privirile în altă parte:

— Nu-i nimic. Doar că mai am nevoie să mă ajuți cu o ultimă chestie.

— Uite, știi că-mi place tot misterul ăsta Howard-Hadley, nu? Dar nu s-ar putea să trag un pui de somn mai întâi?

— Nu! Ren, dar de ce ești așa de obosit?

— Am stat cu Mimi pe telefon până pe la trei dimineața.

Soarele a devenit dintr-odată prea puternic:

— Era supărată pentru ce i-am spus aseară?

— Mda. A fost destul de urât, a oftat el. Dar hai să nu vorbim despre asta. Cu ce vrei să te ajut?

— Poți să mă duci până la AAFF?

— La școala la care a fost mama ta?

— Da. I-am sunat de dimineață. S-au mutat acum câțiva ani în altă clădire, dar vreau să merg să văd dacă pot să obțin vreo informație despre Francesca.

— Francesca de la poliția modei?

— Cred că e singura mea variantă norocoasă ca să dau de X. Se pare că a știut de la început despre el.

— Wow, ia-o mai încet: Vrei să dăm de X? De ce?

— Pentru că mama a avut viața asta despre care nu am știut nimic și vreau să aflu de ce e X așa de grozav de n-a putut trece peste el și a fost nevoită să-i frângă inima lui Howard.

— Stai puțin, asta e doar o teorie, nu? Dacă nu e ăsta motivul pentru care a plecat din Italia?

Am gemut:

— Haide, Ren. Nu vrei să știi cine e misteriosul domn X? S-a purtat așa de urât cu ea când s-au despărțit. A distrus-o pur și simplu. Vreau doar să văd ce mare scofală e de capul lui. Cred că așa am să înțeleg mult mai bine povestea asta.

— Hm, a căscat lăsându-și capul plecat pe umărul meu.

— Deci, ai de gând să mă ajuți?

— Sigur că da. Când vrei să mergi?

— Cât mai curând posibil.

Avea pielea caldă și mirosul acela de băiat adormit, ca un cățeluș.

— Miroși bine, a remarcat el, ca un ecou al gândurilor mele.

— Nu, deloc. Am alergat zece kilometri în dimineața asta și încă nu am făcut duș.

— Tot bine miroși.

După cum se vedea, fluturașul cel mic din stomac își făcea treaba în continuare. Era în plină defilare. M-am mișcat repede din loc.

Nu. Te. Mai. Gândi. La. Ren.

Am alergat repede spre cimitir. Aveam destule de clarificat și fără să mai complic lucrurile îndrăgostindu-mă de unul din cei mai buni prieteni pe care i-am avut vreodată. Nu mai zic că se întâlnea cu un top model suedez. Care avea probleme de gestionare a furiei. Și să nu uităm că tocmai îi dădusem numărul de telefon celui mai arătos tip pe care-l cunoscusem vreodată.

Am ajuns și aproape că mi-a sărit inima din piept. Howard stătea pe balansoar cu o ceașcă de cafea în mână și cu un aer de tip *tare de treabă*. Era o nedreptate de proporții cosmice că-n tot vârtejul ăsta din *Love Stinks* tocmai el rămăsese singur într-un cimitir, cu o brioșă oribilă și niște muzică veche. Îmi venea să-i cumpăr ceva, baloane, orice.

— Bună dimineața, Lina.

— 'Neața.

M-a privit ciudat. Poate fiindcă mă uitam la el ca la un boboc de rață rănit.

— Am trecut pe la Ren, am început eu.

— Aveți planuri azi?

— Da, vine peste puțin timp să mă ia.

— Ce să faceți?

— Păi, cred că mergem să mâncăm ceva.

Să-l invit și pe el? Stai. De fapt, nu mergeam să mâncăm nimic.

— Bine. Mă gândeam că dacă vreți am putea să mergem diseară să vedem un film. E un cinema în aer liber în orașul vecin unde rulează filme nedublate și săptămâna asta e unul din preferatele mele.

— Sună excelent, l-am lingușit eu.

Nu mai aveam nevoie decât de pompoane și de un megafon. *Mai încet, mai încet. A trecut ceva timp de când i-a rupt inima, nu e de azi, de ieri.*

M-a privit cu atenție:

— Mă bucur că-ți place ideea. Am s-o întreb și pe Sonia.

— Sigur.

Am dat buzna în casă. I-am aruncat o privire și m-a cuprins mila într-un asemenea hal, că aproape mi s-a revărsat prin ochi. O iubise pe mama. Ceream așa de mult dacă voiam să-l fi iubit și ea?

— Ai spus „Piazzale Michelangelo", corect? mi-a strigat Ren.

— Corect. Mi-au spus să parchez acolo și pe urmă să merg spre sud.

— Bine, e puțin mai în față.

Fusese un drum rapid cu scuterul și am avut grijă să stau câțiva centimetri mai în spate, să nu ni se mai atingă picioarele. Sau cel puțin nu atât de des.

— O să ne vedem cu cineva la AAFF, da? m-a întrebat.

— Da. Nu le-am spus de ce venim, dar mi-au zis că o să fie cineva acolo de la biroul de înscrieri.

Începuse să meargă în urma unui șir de autobuze cu turiști, unul din ele atât de mare că ar fi putut trece drept un vas de croazieră. Piazzale Michelangelo era un vârtej de turiști. Cu toții păreau hotărâți să descopere acolo chestiile pentru care dăduseră banii.

— De ce sunt atât de mulți oameni aici?

— E cea mai bună priveliște din oraș. Ai să vezi imediat ce se dă autobuzul ăsta din drum.

Autobuzul a încetinit, iar Ren l-a depășit și dintr-odată ne-am trezit cu o imagine panoramică imensă, a Florenței, de la Ponte Vecchio, la Palazzo Vecchio și Duomo. M-am felicitat singură în minte, în semn de laudă că recunoșteam jumătate de oraș, în numai cinci zile.

Ren a părăsit drumul principal, oprindu-se într-o parcare puțin mai mare decât valiza mea. Ne-am strecurat și am izbutit să coborâm.

— Încotro? m-a întrebat.

I-am dat instrucțiunile:

— Femeia de la școală mi-a spus că e ușor de găsit.

Faimoasele cuvinte de pe urmă. Ne-am petrecut următoarele treizeci de minute mergând de jos în sus pe străzi, în principiu fiindcă toți cei întrebați ne dădeau indicații complet diferite.

— Prima regulă când ai de-a face cu italienii, a bombănit Ren. Le place să-ți spună pe unde s-o iei. Mai ales dacă nu au nici cea mai vagă idee despre ce vorbesc.

Observasem cum Ren adopta o politică de genul „sunt italian" numai când îi convenea.

— Și-și folosesc foarte mult mâinile, am adăugat. Ultimul tip mai avea puțin și ai fi zis că direcționa un avion la sol. Sau dirija o orchestră.

— Știi cum faci un italian să tacă din gură?

— Cum?

— Îi legi brațele.

— Asta este!

M-am oprit în drum și Ren s-a ciocnit de mine. Trecuserăm deja de cinci ori pe lângă ea, dar era prima oară când observam inscripția aurie minusculă de deasupra ușii. AAFF.

— Credeau oare că lumea o să își pună binoclu ca să le citească semnul de pe ușă?

— Nu mai fi morocănos.

— Scuze.

Am apăsat pe sonerie și s-a auzit un țârâit puternic, urmat de o voce de femeie:

— *Pronto*?

Ren s-a aplecat în față:

— *Buon giorno. Abbiamo un appuntamento.*

— *Prego. Terzo piano*[1].

Ușa s-a deschis. Ren s-a uitat la mine.

— La etajul doi. Facem întrecere.

Am început deodată să ne împingem unul pe altul și-am luat-o în galop pe scări până într-o recepție largă și luminoasă. O femeie într-o rochie mulată, de culoarea levănțicii, s-a speriat de noi și s-a ridicat din spatele biroului:

— *Buon giorno.*

— *Buon giorno*, i-am răspuns.

S-a uitat la adidașii mei și a dat-o pe engleză:

— Dumneavoastră ați sunat ca să vă întâlniți cu directorul nostru de recrutări?

— Te-am bătut, mi-a șoptit Ren.

— Ba nu, i-am răspuns recăpătându-mi răsuflarea și înaintând un pas. Bună ziua. Da, eu am fost. Dar aș fi vrut, de fapt, să vă întreb câteva lucruri despre una din fostele dumneavoastră studente.

— Poftim?

— Mama mea a fost studentă aici, acum șaptesprezece ani și încerc să dau de una din colegele ei de grupă.

---

[1]— Bună ziua. Avem o întâlnire.
— Vă rog. Nivelul trei (adică etajul al doilea, parterul fiind primul nivel).

A înălțat din sprâncene:

— Păi, știți prea bine că nu vă pot da niciun fel de informații personale.

— Îi știu doar numele de botez.

— Și după cum am spus, chiar nu vă pot ajuta.

Ah!

— Dar Signore Petrucione? Dumnealui ne-ar putea ajuta? a întrebat-o Ren.

— Signore Petrucione? a zis tipa încrucișându-și brațele. Îl cunoașteți?

Am încuviințat:

— Dumnealui era director când a învățat mama aici.

Ne-a fixat o clipă cu privirea, după care s-a întors și s-a prelins afară din cameră.

— Tare. O adevărată rază de soare, a remarcat Ren. Crezi că se mai întoarce?

— Așa sper.

După o clipă, femeia a reintrat în cameră, urmată de un bătrân plin de energie, cu păr alb sârmos. Era îmbrăcat elegant în costum și cravată și a rămas extrem de surprins să mă vadă.

— *Non e possibile*!

L-am privit pe Ren:

— Hm, bună ziua. Sunteți cumva Signore Petrucione?

Omul a clipit des:

— Da, iar tu ești...

— Lina. Mama a fost studentă aici și...

— Ești fata lui Hadley.

— ... Da.

— Mi s-a părut că am vedenii, a zis traversând încăperea cu mâna întinsă spre mine. Ce surpriză. Violetta, știi cine e mama fetei ăsteia?

— Cine? a întrebat ea hotărâtă să nu se lase impresionată.

— Este Hadley Emerson.

Femeia a rămas cu gura căscată.

— Ah.

— Lina, vino cu mine.

L-a privit pe Ren:

— Și ia-ți și prietenul cu tine.

Ren și cu mine l-am urmat pe Petrucione pe un hol până am ajuns într-un birou micuț ticsit cu fotografii. S-a așezat, apoi ne-a îndemnat prin semne să facem la fel. Am fost nevoită să mut de pe scaun o cutie cu negative, ca să am unde lua loc.

— Lina, am fost foarte trist când am aflat despre mama ta. A fost o tragedie. Și nu numai datorită contribuției ei la lumea artei. A fost un om absolut minunat.

Am încuviințat:

— Mulțumesc.

— Cine este băiatul? a spus arătând către Ren.

— Acesta este prietenul meu, Lorenzo.

— Încântat de cunoștință, Lorenzo.

— Asemenea.

S-a aplecat în față, cu coatele rezemate de birou:

— E minunat că vizitezi Florența. Și ce încântare că te-ai oprit la AAFF. Violetta mi-a spus că ai solicitat niște informații despre colegii de grupă ai mamei tale?

Am tras adânc aer în piept:

— Da. Ei bine, încerc să aflu mai multe despre viața mamei la școală și speram să pot intra în legătură cu una dintre amicele ei de demult.

— Firește. Cu care anume?

— Se numește Francesca. Studia mod...

— Francesca Bernardi. Altă studentă care și-a făcut un nume în lume. A avut un articol publicat în Vogue chiar primăvara trecută.

Și-a atins fruntea cu două degete:

— Nu uit niciodată un nume. Am s-o rog pe Violetta să verifice registrele noastre cu absolvenți. Mă întorc imediat.

S-a ridicat și a ieșit grăbit din birou, lăsând ușa întredeschisă.

— Câți ani are omul ăsta? Nu spunea mama ta că are vreo două sute de ani? mi-a șoptit Ren. Și asta se petrecea atunci, nu acum.

— Da, așa zicea. Înseamnă că acum ar avea vreo două sute șaptesprezece?

— Cel puțin. Și dă pe dinafară de energie. Ar trebui s-o lase mai moale cu cafeaua espresso.

— Să-l întreb despre X? Au ținut relația secretă de școală, dar aș putea să-l întreb dacă n-a fost cineva care și-a dat demisia pe la jumătatea semestrului al doilea al mamei.

— Păi, fă-o.

Am privit zidul și mi-au rămas ochii agățați de o fotografie a unei bătrâne care se uita direct la aparat. M-am ridicat și am mers la ea:

— Mama a făcut-o pe asta.

— Pe bune? De unde știi?

— Pur și simplu știu.

Petrucione a dăt buzna înapoi în birou:

— Aha, văd că ai găsit poza mamei tale.

— De cele mai multe ori îi recunosc opera.

Și, apropo, mă făcea să sufăr îngrozitor.

— Ei, este în mod cert unică. A avut un talent natural pentru portrete.

Mi-a dat o foaie și ne-am așezat amândoi:

— Am notat numele complet al Francescăi și am inclus și numărul companiei ei. Sunt sigur că va fi extrem de fericită să vorbească cu tine.

— Mulțumesc, îmi este de un real ajutor.

— Cu foarte mare plăcere, mi-a spus cu chipul luminat.

Crezusem că voi obține informația și că voi pleca, dar brusc nu mai aveam de gând să o fac:

— Cum a fost mama? Cât a stat aici, vreau să spun.

Petrucione mi-a zâmbit:

— Ca un semn de exclamare în formă umană. Nu am văzut pe nimeni niciodată atât de încântat să facă ceea ce făcea. Școala noastră e foarte selectivă în alegeri, dar chiar și așa, ocazional avem câte un plutitor — așa-i numim pe studenții care sunt de nivel mediu, dar care au destul talent cât să fie acceptați. Mama ta nu a fost așa. A fost plină de talent — se îneca în el de-a dreptul — dar asta nu este decât o parte a ecuației. Trebuie să ai și talent, și hotărâre. Cred că ar fi reușit dacă ar fi avut numai hotărârea ei, mi-a zis zâmbind. Toți studenții o plăceau, îmi amintesc că era extrem de populară. Odată chiar mi-a jucat o farsă. A făcut o poză abstractă cu Ponte Vecchio și a transformat-o într-o temă. Deja văzusem până atunci destule fotografii cu Ponte Vecchio cât să-mi ajungă pentru o viață întreagă și-i avertizasem pe toți din clasă că dacă încerca vreunul să folosească podul ca sursă de inspirație îl picam pe loc. Dar ea a făcut-o și normal că mi-a plăcut fotografia, și abia după aceea mi-a spus ce era... a chicotit el dând din cap.

Am simțit cum mă cuprinde o senzație de căldură și cum simt sentimentele bolborosind înăuntrul meu. Îmi plăcea la nebunie să-i aud vorbind pe cei care chiar o cunoscuseră. Era ca și aș mai fi ținut-o o secundă de mână. Ren mi-a întâlnit privirea. „X" mi-a spus el fără cuvinte.

— Ah, am tras adânc aer în piept. Domnule Petrucione? Mai am o singură întrebare.

— *Prego.*

— Mama a menționat că a existat un... membru masculin al facultății, un profesor sau cam așa ceva, cineva care și-a dat demisia la mijlocul semestrului. Știți cumva cine ar putea fi?

Vibrațiile pozitive din cameră s-au evaporat brusc. Petrucione avea un aer de dezgust întipărit pe chip, ca și cum i-ar fi oferit cineva o farfurie cu rahat de câine.

— Nu, nu știu.

Am schimbat o privire rapidă cu Ren:

— Sunteți sigur?

— Și convins.

M-am mișcat pe scaun:

— Bine. Păi, probabil că nu a stat prea mult timp pe aici. Cred că a sfârșit prin a se angaja în Roma, în alt domeniu...

S-a ridicat în picioare și a dat din mână ca să mă întrerupă:

— Îmi pare rău, dar am avut o mulțime de oameni care au venit și au plecat. Nu mai țin minte.

Apoi a dat din cap spre noi:

— Mi-a făcut o reală plăcere să te cunosc. Dacă mai treci prin oraș, te rog să te oprești să ne saluți.

Avea o voce blândă în continuare, dar decisă. Ca un final. Nu avea deloc de gând să vorbească despre X.

— Mulțumesc pentru tot ajutorul, am spus după o clipă, ridicându-mă în picioare.

Când Ren și cu mine am trecut pe lângă biroul Violettei, femeia a sărit în picioare cu un zâmbet la fel de mare cât Arno.

— A fost așa o onoare să vă cunosc și mă bucur că v-am putut fi de ajutor. Să aveți o zi *minunată*!

— Mersi!

De cum s-a închis în urma noastră ușa de sticlă, Ren m-a întrebat:

— Ce a fost chestia asta?

Capitolul 17

— PETRUCIONE ȘTIE SIGUR DESPRE CINE VORbeam. Ai văzut ce față a făcut?

Ren a încuviințat.

— Da, nu aveam cum s-o ratez. Și cu vreo cinci secunde înainte spusese că nu uită niciodată numele oamenilor. Pur și simplu, nu a vrut să ne spună.

— Să sperăm că avem mai mult noroc cu Francesca.

I-am format numărul și am dus telefonul la ureche:

— Sună.

— *Pronto*?

Era o voce de bărbat.

— Hm, Francesca Bernardi?

Mi-a răspuns într-o italiană rapidă:

— Hm, Francesca, am mai spus o dată.

L-am auzit țâțâind, apoi telefonul a sunat din nou și mi-a răspuns o femeie:

— *Pronto*?

Avea un glas plin, ușor gutural.

— Alo, Francesca?

— *Si*.

— Mă numesc Carolina. Nu mă cunoști, dar ai cunoscut-o pe mama. Hadley Emerson, mai știi?

Tăcere. M-am întors spre Ren nedumerită.

— Ce e? mi-a șoptit el.

— Carolina, rosti ea rar. Ce surpriză. Da. Am cunoscut-o pe mama ta. Mi-a fost o prietenă dragă.

Am simțit cum îmi bubuie inima:

— Încerc să aflu mai multe despre... studiile ei în Florența. Ați fost colege de cameră, nu?

— Da. Și n-a existat femeie mai împrăștiată ca ea! Credeam c-o să ajung îngropată de vie sub toate resturile alea.

— Mda... asta a fost o discuție permanentă de-a noastră. Ai putea să-mi răspunzi la câteva întrebări despre viața ei din Florența?

— Sigur că da, dar de ce mă întrebi pe mine? Nu am mai vorbit cu Hadley de o veșnicie.

— Păi, am ezitat eu.

Niciodată nu am știut cum să dau oamenilor vestea despre mama. Era ca deschiderea unui baraj. Nu știai niciodată cu ce urma să te lovească.

— Pentru că a murit. De puțin peste șase luni.

Francesca a tras zgomotos aer în piept:

— *Non ci posso credere*. Cum?

— *Cancer la pancreas*. A fost extrem de rapid totul.

— Vai, sărmana de ea. *Era troppo giovane, veramente*. Îmi face mare plăcere să-ți povestesc despre mama ta. După ce și-a terminat programul, a dispărut de pe fața pământului. Niciunul din noi nu a mai putut să dea de ea.

— Îți... am făcut o grimasă. O să sune ciudat. Dar îți amintești cumva dacă ieșea cu cineva?

— Oh, viața amoroasă a lui Hadley Emerson. Era ca un roman de dragoste. Mama ta era îndrăgostită și, da, cred că jumătate din Florența era îndrăgostită de ea. Am știut dintotdeauna cine era potrivit pentru ea, toți știam, dar a trebuit să existe Matteo care să strice totul.

— Matteo? am întrebat cu o voce joasă.

Nici nu fusese nevoie s-o împing de la spate, îmi trântise numele în brațe, pur și simplu. Ren a devenit brusc atent.

— Da, profesorul nostru.

— Profesorul, i-am șoptit lui Ren.

Ei bine, asta scotea la lumină întregul secret.

— ... A lăsat-o extrem de confuză, iar eu am fost așa de furioasă că l-a rănit pe amicul nostru... se opri. Mă simt de parcă ți-aș spune niște secrete de demult.

— Care e numele de familie al lui Matteo?

Se opri:

— Cred că Rossi. Da, îmi sună cunoscut. Dar nici nu ar trebui să-l menționez. Bărbatul acela a fost o pierdere de timp pentru toată lumea, în special pentru mama ta.

A oftat:

— Cu toții am vrut s-o salvăm de el. Dar era șarmant. Foarte frumos. Și dominator. Credea că atunci când găsește un talent și-l poate însuși ca fiind al lui propriu. A fost ceva scandal când l-au dat afară.

— L-au dat afară?

S-a terminat cu minciuna cu spațiul de creație.

— Da, dar astea-s toate vechi, a zis ridicând tonul. Știi cine ar fi persoana potrivită cu care să vorbești? Howard Mercer. Și el ne-a fost coleg și lucrează undeva la un cimitir, chiar în afara Florenței. A fost foarte apropiat de mama ta. Vrei să-ți dau numărul lui de telefon?

— Nu, mulțumesc, am răspuns repede. Deci așa, Matteo Rossi. Ai vreo idee pe unde o mai fi, zilele astea?

— Nici cea mai mică. Și prefer așa. Câți ani ai, Lina? Am și eu o fiică.

— Șaisprezece.

— Șaisprezece? Cu greu ar fi putut Hadley să aibă o fiică de vârsta ta. Să vedem, asta înseamnă că te-ai născut în... vocea i se pierdu. *Aspetta*. Șaisprezece ani, zici?

— Hm, mda.

Vocea i s-a ascuțit:

— Lina, tu suni pentru că...

— Trebuie să plec, am spus brusc. Mi-a făcut plăcere să vorbesc cu tine, am spus și am apăsat repede pe butonul de sfârșit de conversație.

Ren era aplecat peste mine, cu urechea la câtiva centimetri de receptor. S-a tras deoparte:

— Ce s-a petrecut?

— Începuse să-și dea seama cine e tata. Mi s-a părut că încă mai sunt în legătură unul cu altul, și nu vreau să ajungă toate astea la urechile lui Howard.

— Cum zicea că-l cheamă pe X?

I-am surâs triumfătoare:

— Profesorul Matteo Rossi. Va trebui să-l găsim.

Am alergat cu Ren la cea mai apropiată cafenea cu internet, care se pare că e de-a dreptul o minune. Mă așteptam să găsesc o mulțime de cappuccino sau măcar un galantar cu brioșe din acelea uriașe glazurate cu zahăr, dar cafeneaua consta din câteva calculatoare cu aer antic și-un grup de oameni furioși care așteptau la coadă să le vină rândul să-și șteargă mesajele nedorite din e-mailuri. Extrem de frustrant.

Ren se mișca de pe un picior pe altul:

— Sigur nu vrei să mergi acasă să folosești computerul meu?

— Nu, vreau să-l găsesc imediat pe Matteo.

Mi-a sunat telefonul și l-am scos mediat din geantă.

— Vrei să mergi cu mine la o petrecere mâine-seară? E dată de o tipă care a terminat școala anul trecut. Cu trupă, cu bar, artificii...

— Thomas.

M-am pregătit să fac față goanei fluturilor din stomac, dar nu s-a petrecut nimic. De fapt, cred că mi-a trecut prin față un ciulin de câmp, nimic mai mult. L-am privit fugar pe Ren. *Lina, trebuie să te aduni odată pentru totdeauna*! De ce mi se părea că arată așa de bine azi? Să fi fost doar pentru că era singura persoană dornică să mi se alăture într-o căutare nebunească a fostului iubit al mamei?

— Cine e? m-a întrebat Ren.

— Nimeni.

— Bun, Lina, deci...

Colțurile gurii i-au coborât, cu un aer simpatic, de îngrijorare:

— E clar că Petrucione nu a vrut să vorbească despre Matteo și nici Francesca nu prea l-a plăcut. Chiar crezi c-ar fi o idee bună să încercăm să dăm de el? Dacă e un nemernic?

— Sigur s-a comportat ca un nemernic. Dar, da, vreau să-l cunosc. A însemnat enorm în viața ei și probabil că și-a dorit să aflu despre el — altfel, de ce aș mai avea jurnalul ei? Simt că găsirea lui e o parte importantă din tot secretul ăsta.

A dat din cap, fără să pară convins:

— Bine. Dar să știi că „Matteo Rossi" e un nume foarte comun. E ca și cum l-ai căuta în Statele Unite pe Steve Smith.

— O să-l găsim, am spus încrezătoare. Ia, gândește-te: deja am fost norocoși pe ziua de azi. Numărul unu, am găsit școala...

— Ăla a fost un miracol.

— ... și numărul doi, odată ce am ajuns acolo, ți-a trecut prin cap să amintești de Petrucione. Dacă n-ai fi făcut-o, cred că Violetta ne-ar fi azvârlit direct în stradă.

O femeie aflată în celălalt capăt al încăperii tocmai se ridica din fața calculatorului.

— Hei, ia te uită, cred că s-a eliberat unul.

M-am grăbit să ajung la el, cu Ren în urma mea și ne-am strecurat amândoi pe scaun.

— Vrei să caut pe site-uri în italiană? m-a întrebat Ren.

— Da. Ultimul lucru pe care-l știm despre el e că s-a mutat la Roma, așa că poate mai e și acum acolo.

— Ce să caut?

Mi-am scos jurnalul din geantă și-am început să frunzăresc paginile:

— Matteo Rossi Academia de Arte Frumoase din Florența? Matteo Rossi fotograf Roma? Pune acolo tot ce știm despre el.

A introdus toate informațiile și apoi începu să meargă în josul paginii, oprindu-se din când în când să citească. Am încercat și eu să citesc, dar nu apărea nici măcar una din cele cinci expresii învățate până atunci.

— Nimic. Nimic. Nimic... ceva? Ce zici de asta?

— Ce anume?

A dat clic pe unul din rezultatele căutării:

— Seamănă cu un anunț publicitar. În engleză.

COMBINĂ DRAGOSTEA DE CĂLĂTORII CU PASIUNEA TA PENTRU FOTOGRAFII

Alătură-te renumitului fotograf și proprietar de galerie Matteo Rossi într-o călătorie prin Roma care-ți va schimba modul în care vezi lumea. Rossi, profesorul care susține câteva ateliere pe tot parcursul anului, va duce hobby-ul tău la un alt nivel. Sunt bine-veniți toți doritorii, indiferent de gradul de experiență.

— Ren, l-ai găsit! Ăsta trebuie să fie.

— Hai să-i vedem site-ul, a spus dând clic pe link-ul de la finele anunțului, iar acesta se încărcă bucată cu bucată înfiorător de lent.

— Ah, durează o veșnicie, am gemut.

Era ca și cum aș fi fost martoră la epoca de gheață cu încetinitorul.

— *Pazienza*, a rostit Ren.

Într-un târziu, site-ul s-a târât pe ecran. Era monocromatic și avea un banner auriu sus, pe care scria ITALIA PRIN LENTILE.

I-am smuls lui Ren mouse-ul din mână și am mers în josul paginii să citesc cantitatea enormă de text de pe site. Fiecare paragraf era scris și în engleză, și în italiană, și în linii mari era o abureală despre cât de incredibil de fericit și de succes vei fi, odată ce ai să-i plătești lui Matteo o grămadă de bani pentru șansa de a-i sta la picioare. Tipul ăsta era incredibil de enervant.

Ren mi-a indicat un link din josul paginii:

— Date biografice. Încearcă acolo.

Am dat clic. Și am așteptat. Și iar am așteptat. A mai apărut și s-a mai încheiat o epocă de gheață. În fine, s-a încărcat o imagine cu fața lui Matteo, alb-negru și m-am aplecat să o văd mai bine.

Moment în care am încetat să respir.

Capitolul 18

DINTR-ODATĂ AM PERCEPUT CAMERA LA FEL CA pe puloverele mele de lână pe care mi le trimitea mătuşă-mea cu ocazia Crăciunului. Fierbinte. Care-ţi dădea mâncărimi pe piele şi te asfixia.

Deşi îmi tremurau mâinile, am reuşit să dau clic pe poză să o măresc. Ten măsliniu. Ochi închişi la culoare. Părul tăiat scurt şi apoi dat cu gel de parcă de asta i-ar fi atârnat toată viaţa, altminteri s-ar fi văzut nevoit să stea juma' de zi încercând să-l ţină sub control.

Ştiam prea bine.

— Doamne sfinte. Doamnedoamnedoamne. Cred că am să vărs.

M-am ridicat, dar camera s-a învârtit cu tot cu mine şi Ren m-a prins şi m-a tras la loc pe scaun.

— Lina, e în regulă. Totul e bine, avea o voce care parcă venea din adâncurile apelor. Probabil e doar o coincidenţă. Vreau să spun că semeni foarte mult şi cu mama ta. Aşa spune toată lumea.

— Ren, nu mi-a spus niciodată că el e tatăl meu.

— Poftim?

M-am întors:

— Mama nu mi-a spus niciodată că Howard ar fi tata. Nu mi-a spus decât că i-a fost cel mai bun prieten.

Ochii i s-au mărit:

— *Davvero*? Și tu de ce ai crezut că el este?

— Din cauza bunică-mii. Ea mi-a spus că Howard e tatăl meu și că mama nu mi-a spus-o niciodată fiindcă a vrut să-i dau o șansă fără să fiu supărată pe el.

Mi-am pus mâna în dreptul inimii — încerca să-mi spargă cutia toracică:

— E clar că nu semăn deloc cu Howard. Ren, privește aici. Ne uităm amândoi la același ecran, nu?

— Trebuie să existe o explicație. Poate că... și se opri.

Nu era loc de nici un „poate".

— Și de când am ajuns aici lumea îmi spune că arăt ca o italiancă. La fel ai spus și tu când ne-am întâlnit sus, pe deal. Doamne Dumnezeule! Sunt italiancă. Sunt *italiancă*!

— Pe jumătate italiancă. Lina, liniștește-te. Dacă ești italian nu înseamnă că e sfârșitul...

— Ren, tu crezi că el știe? Crezi că Howard știe?

A ezitat, uitându-se din nou la imagine.

— Nu știu. Ar trebui, nu-i așa?

— Atunci de ce mă tot prezintă tuturor ca pe fiica lui? Ah, nu, am spus și m-am îndoit de mijloc. În noaptea în care am fost la Elena, avea invitați și l-am auzit pe unul din ei întrebând dacă sunt cumva „fata fotografului", iar el a spus că da. Nu a spus că sunt și a lui.

— Dar mie mi-a spus că e tatăl tău. Prima oară când am vorbit cu el. Și la fel zice și Sonia, nu?

— Atunci, ori mint cu toții, ori chiar cred ceea ce spun.

Mi-am pus capul în mâini:

— Ren, dar dacă numai mama era cea care a știut totul? Dacă nu cumva ăsta e motivul pentru care a trimis jurnalul? Ca eu să știu adevărul, chiar dacă nu-l mai știe nimeni altcineva?

Ren a lăsat să-i scape o grimasă:

— Ar face oare una ca asta? Pare un lucru destul de…

Răutăcios? Insensibil? Alege unul.

Am dat din cap:

— Nu mai știu nici eu. De când am început să citesc jurnalul, mă tot întreb dacă am cunoscut-o vreodată cu adevărat.

Am mai privit o dată ecranul:

— Chiar azi-noapte mă gândeam că ar fi trebuit să se mute destul de repede cu Howard, fiindcă ziua mea de naștere e în ianuarie. Dar nu cred că era vreo grabă. Probabil că era deja însărcinată când s-a mutat cu el.

— Și acum ce facem?

Am tras adânc aer în piept.

— Trebuie să-l sunăm pe Matteo. Trebuie să mă întâlnesc cu el.

— Știi ce, Lina, asta chiar mi se pare o idee proastă. De ce să nu mergem mai întâi să vorbim cu Howard? Sau să termini jurnalul…

— Ren, te rog mult. Cred că asta a vrut mama să fac. Și nu pot da ochii cu Howard în halul ăsta. Nu pot. Ăla de jos e numărul lui Matteo?

Mi-am luat telefonul și am încercat să formez, dar mâinile îmi tremurau mult prea tare.

— Lasă-mă pe mine, a spus luându-mi telefonul. Să sun la numărul de la galerie?

— Da. Să aflăm când e deschis. Și unde este. Cum ajungem acolo? Putem să mergem pe scuter până la Roma?

— Nu, o să luăm trenul. Sunt multe din care să alegem.

S-a aplecat spre mine cu telefonul lipit de ureche. Suna.

Ren a mers cât a putut de repede la gară, iar eu m-am ținut de el ca o maimuță nebună. Căutasem programul pe internet și găsisem un tren rapid care pleca în douăzeci și șase de minute. Am reușit să ajungem în douăzeci și trei.

— Am ajuns. Am ajuns, am spus cu răsuflarea întretăiată.

Ren s-a prăbușit și el pe un loc gol:

— N-am alergat... niciodată... așa de... repede.

Mi-am apăsat coastele cu degetele. Aveam o durere oribilă într-o parte:

— Care ar fi fost... șansele... să existe un tren... chiar acum?

A așteptat o secundă să-și tragă răsuflarea înainte să-mi răspundă:

— Circulă toată ziua, dar ăsta e unul din cele rapide. Și exact de asta avem nevoie. Fiindcă dacă află părinții mei că te duc la Roma să te întâlnești cu nu știu ce străin, cred c-or să mă omoare. Iar Howard o să mă azvârle într-o oală cu ulei încins.

— Matteo nu e nu știu ce străin. Iar Howard... am gemut eu. E oribil. Deja i-a frânt mama inima, urmează să afle că nu are nici măcar o fiică.

Exact atunci a venit din boxe un bubuit bun de spart timpane și amândoi ne-am acoperit urechile cu mâinile, cât timp domnul respectiv a făcut un anunț interminabil în italiană. În fine, anunțul s-a oprit și a fost înlocuit de un scârțâit, iar trenul a început ușor să iasă din gară. *Se întâmplă. Chiar se întâmplă.*

— Ai jurnalul, da? m-a întrebat Ren.

— Da, am răspuns și l-am scos din geantă. Am să citesc pe drum. Cât timp avem până ajungem?

— Nouăzeci de minute. Să citești repede.

Și-a proptit picioarele pe locul din fața noastră și s-a lăsat pe spate, închizând ochii.

— Ren?

A deschis ochii:

— Da?

— Trebuie să mă crezi că-n mod normal sunt foarte plictisitoare.

— Mă îndoiesc.

9 MAI

Mai e puțin și se încheie semestrul. Simone și Alessio au terminat mai devreme. Au reușit să-și facă rost de locuri de muncă împreună, la un muzeu din Napoli, și am răsuflat cu toții ușurați că nu vor fi nevoiți să se despartă. Cu cine s-ar mai certat? Și Adrienne a terminat mai devreme, dar a plecat fără să-și ia rămas-bun.

Acum, că grupul s-a redus la noi trei, Francesca, Howard și cu mine am petrecut atât de mult timp împreună, că am ajuns să glumim spunând c-ar fi cazul ca Howard să nu mai cheltuiască bani și să se mute cu noi. Orele s-au terminat, dar tehnic vorbind mai sunt câteva săptămâni înainte de termenul la care trebuie să susținem proiectele de final, iar eu am început deja să-l asist pe Petrucione.

Simt ca și cum aș fi ajuns la finele unei epoci. Anul care a trecut va păstra în el cele mai bune momente din viața mea, dar și pe cele mai rele. N-am mai auzit o vorbă de la X din ziua în care l-am lăsat în gară și acum, că s-au mai tocit marginile ascuțite ale acelei zile, îmi tot pun aceeași întrebare: Cum e posibil ca relația noastră să fi însemnat atât de mult pentru mine și atât de puțin pentru el?

12 MAI

În ultimele weekenduri Howard și cu mine am închiriat o mașină și am târât-o pe Francesca după noi, prin așezările de pe dealurile Toscanei. Ne-am stabilit niște roluri precise: Howard conduce și face pe DJ-ul, eu citesc cu voce tare dintr-un ghid de călătorie, iar Francesca stă în spate și se plânge. Ne distrăm de minune și sunt foarte bucuroasă că-i am, să-mi distrag atenția de la altele. Doar n-am să rămân tristă pentru totdeauna, nu?

13 MAI

Francescăi tocmai i s-a oferit un post de asistent al unui fotograf de renume din Roma. Dacă o să accepte (și asta se va și petrece), va începe în mai puțin de o lună. Și Howard s-a apucat de mers la interviuri pentru un loc de muncă. Mi-a spus că o să facă orice e nevoie ca să rămână în Italia. Om de serviciu cu doctorat în Istoria Artei, îl vrea cineva? Am fost dintotdeauna uniți în spirit în ceea ce privește Florența. În vreme ce restul prietenilor noștri se plângeau de turiștii din oraș și de cât de scumpe erau toate, noi doi le arătam vitraliile și încercam fiecare aromă ciudată de gelato pe care o întâlneam.

Îmi pare rău să recunosc, dar deși încă mai iubesc Florența din tot sufletul, acum a devenit un loc trist pentru mine. Oriunde merg, văd locuri în care mergeam cu X și mi se pare că aud ecourile discuțiilor noastre. Stau ore în șir și mă întreb de ce a fost despărțirea noastră atât de bruscă. Oare au descoperit cei de la școală? A cunoscut pe altcineva? E inutil să mă mai gândesc la asta. M-aș putea întreba la nesfârșit.

14 MAI

Mai am doar o săptămână până la susținerea tezei. Petrucione mi-a recomandat câteva școli de artă pentru fotografia de portret și mi-a spus că dacă mi-aș întregi portofoliul, aș putea să-mi aleg orice program vreau. O parte din mine e gata pentru faza următoare, dar o altă parte vrea să rămână în orașul ăsta mereu.

15 MAI

Probabil că lui Howard i-a ajuns să mă vadă că-l tot amân spunându-i că muncesc la portofoliu, fiindcă m-a legat la ochi când ieșeam din studio și mi-a spus că mă duce la Cimitirul și Memorialul American din Florența. A lucrat acolo ca voluntar în ultimele luni (de adăugat cel de-al Doilea Război Mondial la lista lungă de interese pe care o are) și de curând l-au abordat și i-au oferit postul de supraveghetor. Cel de până acum tocmai a făcut luna asta un atac de cord și se grăbesc să găsească pe cineva care să-l înlocuiască. Nu-mi imaginez o persoană care să se potrivească mai bine sau care să fie într-un loc mai potrivit decât Howard. Mi-a zis că are șanse mici de succes, dar încearcă să pară nepăsător, iar eu știu cât de mult își dorește slujba asta.

18 MAI

Ce mi se întâmplă oare? Într-o zi mi se pare că toate merg cum trebuie, iar în altele sunt așa de plângăcioasă și de emoționată de parcă aș sta din nou în gara aia din Roma. Îmi petrec majoritatea nopților muncind până târziu, dar chiar dacă nu o fac, tot nu adorm. De fiecare dată când îmi închid ochii mă gândesc numai la X. Ar fi trebuit să-mi treacă până acum, dar îmi doresc să mai avem o ultimă conversație. Într-un moment de slăbiciune am încercat să-l sun, dar numărul a fost deconectat. Știu că e mai bine așa, dar tot dezamăgită m-am simțit.

20 MAI

Lui Howard i s-a oferit slujba! Francesca și cu mine l-am dus la pizzeria lui preferată să sărbătorim și când ne-am întors în apartament, Francesca a zbughit-o pe trepte și m-a lăsat cu Howard în stradă. Eram pe punctul să-i spun „noapte bună", când a început să se tot codească până când, din senin, m-a invitat să mă mut cu el la cimitir pentru restul verii. Și a făcut ca totul să sune extrem de ușor: îți termini aplicațiile pentru post-universitară. Stai în dormitorul liber. Mai rămâi puțin în Florența. Ce mai ofertă! Am spus „Da!" înainte să termine de vorbit.

22 MAI

Azi a fost, în mod oficial, ultima mea zi de student la AAFF. Plănuiesc să-mi iau liber weekend-ul ăsta și de luni am să îl asist pe Petrucione la ore. Am petrecut după-amiaza cu Francesca, făcând bagaje. N-am crezut c-am să spun vreodată așa ceva, dar o să-mi fie dor de salteaua mea sărăcăcioasă și de clienții gălăgioși de la brutărie. Atâtea lucruri bune mi s-au întâmplat aici!

Francesca a plecat deja de o oră. Perioada ei de probă începe în două săptămâni și vrea să-și viziteze mai întâi părinții. Am ajutat-o să-și care în stradă toate cele nouă bagaje, după care am rămas îmbrățișate. Deși susține că ea nu plânge niciodată, când s-a desprins de mine avea dermatograful puțin întins. Să sperăm că se va ține de cuvânt și ne va vizita curând, pe mine și pe Howard.

24 MAI

Ei bine, e oficial. Sunt locuitor al Cimitirului și Memorialului American. Probabil că m-a ajuns tot stresul sfârșitului de an, fiindcă ieri am fost atât de sfârșită că aproape nu m-am dat jos din pat. Administratorul de dinainte a lăsat locul complet mobilat, așa că Howard s-a putut apuca direct de treabă. Dormitorul extra mi se potrivește perfect, iar Howard a spus că nu-l deranjează dacă acopăr pereții cu fotografii.

26 MAI

Cimitirul este superb și, deși știu că ar trebui să-mi petrec tot timpul liber lucrând la aplicațiile pentru post-universitară, mă trezesc că fac pauze ca să colind printre pietrele funerare. Zidul Dispăruților este deosebit de interesant. Cum se poate ca, la un moment dat, să fi fost cu toții oameni vii care respirau și deodată să fi dispărut? L-am fotografiat în dimineața asta și am avut parte de o plimbare lungă și frumoasă împreună cu asistenta administratorului, Sonia. E o femeie minunată. Deșteaptă, la fel ca Howard și extrem de dedicată muncii de aici.

30 MAI

Este o săptămână excelentă. În fiecare zi, după ce terminăm de lucrat, Howard și cu mine gătim, ne uităm la filme vechi și facem plimbări lungi, și mi se pare că totul e perfect. Uneori vine și Sonia și jucăm cărți sau ne uităm la filme sau, pur și simplu, vorbim. Nu știu exact cum să explic asta, dar ani de zile am simțit că sunt în căutarea a ceva — ca și cum nu m-aș fi aflat niciodată în locul potrivit. Aici, cu Howard mi s-a evaporat senzația asta. Nu știu dacă e din pricina orașului, sau a tăcerii din cimitir, sau fiindcă am atâta timp să lucrez la fotografii, dar niciodată nu m-am simțit mai în largul meu. Locul ăsta are o putere tămăduitoare.

31 MAI

În dimineața asta, i-am arătat lui Petrucione câteva din fotografiile pe care le-am făcut la cimitir. E undeva în colțul din nord-vest un loc din care se vede prefect tot spațiul și am fotografiat de acolo, în diferite momente ale zilei. E uimitor să vezi cum se schimbă lumina și culorile pe măsură ce trece ziua.

Cred că are sens, dar faptul că trăiesc într-un cimitir m-a făcut să mă gândesc deseori la moarte. E o ordine a lucrurilor pe care nu o găsești în viața reală și pe care o găsesc straniu de consolatoare. Poate că în asta constă frumusețea morții. Nu mai e nimic dezordonat. Totul este sigilat și încheiat.

Sigilat și încheiat.

— Bleah, am spus cu voce tare.

Greșea *foarte* mult în privința asta. Cum să fie totul încheiat când lăsai oameni în urma ta fără să le fi spus măcar ce secrete ai avut?

— Care-i treaba? m-a întrebat Ren. Ceva nou?

— S-a mutat cu Howard la cimitir. Dar sunt numai prieteni, nimic mai mult. Ar fi trebuit să fie deja însărcinată.

Am dat din cap:

— Matteo trebuie să fie.

— Pot să te ajung din urmă?

I-am înmânat jurnalul și m-am lăsat pe spate privind peisajul care defila în goană pe geam. Mergeam ca printr-o felicitare cu sate verzi și dealuri care se rostogoleau unele după altele, și era așa de frumos că-ți venea să țipi de bucurie.

De ce a ales să-mi spună totul în felul ăsta?

Capitolul 19

PÂNĂ CÂND A OPRIT TRENUL AM ACUMULAT DESTULĂ adrenalină cât să furnizez energie unei insule întregi. Nu că i-ar fi păsat vreunui alt pasager. Se pregăteau pe îndelete strângându-și revistele și laptop-urile, în vreme ce eu stăteam blocată pe culoar, bâțâindu-mă nervos.

Ren m-a înghiontit cu umărul:

— Ești sigură că vrei să faci asta?

— Trebuie.

A încuviințat.

— Când coborâm, mergem direct în stradă. Dacă trecem de valul de oameni, putem să prindem un taxi și ajungem în vreo zece minute.

Zece minute.

În fine, rândul a început să se miște, iar eu și Ren am ieșit în goană de pe peron. Clădirea gării avea un tavan înalt și era chiar mai aglomerată decât cea din Florența.

— Pe unde? l-am întrebat.

S-a învârtit puțin înainte să-mi răspundă:

— Cred că... pe acolo. Da.

— Ești pregătit de o rundă nouă de alergat?

— Hai s-o facem.

M-a apucat de mână și-am sprintat spre ieșire evitând oamenii ca într-un joc video în care aveam capcane în drum. Zece minute. Zece minute. Viața urma să mi se schimbe. Din nou. Oare mai aveam să am și eu parte de o zi normală și plictisitoare?

Lângă stația de taximetre erau multe mașini oprite, iar eu și Ren ne-am azvârlit în prima disponibilă. Șoferul nostru avea o mustață groasă și o problemă cu apa de colonie.

Ren i-a citit adresa:

— *Dieci minuti*, ne-a răspuns șoferul.

— Zece minute, mi-a tradus Ren.

Respiră. Respiră. Respiră. Încă mă ținea de mână.

Pe scurt, pentru cei care au urechi de auzit. Doar dacă nu aveți de ales — să zicem că sunteți urmăriți de o turmă de dinozauri înfometați, sau ați fugit de acasă într-un oraș străin să vă căutați un tată misterios — și nici măcar atunci să nu luați taxiul în Roma. Niciodată!

— Ren, cred că tipul ăsta o să ne omoare, i-am șoptit.

— De ce? Fiindcă a fost a doua oară când aproape că ne-am lovit frontal de altă mașină? Sau fiindcă încearcă să se ia la bătaie cu alți șoferi?

— *Dove hai imparato a guidare*? a urlat șoferul nostru la altul.

Ieșise pe geam și făcea un gest pe care nu l-am văzut, dar a cărui semnificație am înțeles-o pe deplin.

— Am senzația că-mi trece toată viața pe dinaintea ochilor, am zis.

— Și cum este?

— Interesantă.

— Și a mea. Deși, trebuie să recunosc, a devenit mult mai incitantă de acum cinci zile, de când ai alergat la mine, pe deal.

— Nu am alergat la tine. De fapt, am încercat să te evit.

— Serios? De ce?

— M-am gândit că ar fi penibil. Și pe urmă chiar a fost.

A rânjit:

— Și uită-te acum la noi. Ne petrecem împreună ultimele noastre minute pe pământul ăsta.

Șoferul ochise o bordură și a parcat dintr-o smucitură după care a oprit. Am zburat împreună cu Ren pe locurile din față.

— Au, m-am frecat la față. Mai am oare nas?

— Unul turtit, mi-a răspuns Ren.

Era azvârlit la podea ca o hârtie mototolită.

— *Siamo arrivati*, ne-a anunțat politicos șoferul.

Ne-a privit în oglinda retrovizoare, după care a indicat aparatul de taxat:

— *Diciassette* euro.

M-am scotocit de bani prin geantă și i-am dat, după care am coborât pe trotuar. În secunda în care am închis portiera, taxiul zburase deja cu scârțâit de roți înapoi în trafic, făcând alte patru mașini să se proptească în frâne și să contribuie la ceea ce putea fi descris drept o orchestră uriașă de claxoane.

— N-ar trebui să-i dea voie să conducă.

— Cam ăsta-i standardul. Să fiu sincer, e unul din șoferii mai buni cu care am mers până acum. Uite, galeria e chiar acolo.

M-am răsucit. Ne găseam în fața unei clădiri din piatră cenușie, cu litere aurii pe ușă:

ROSSI GALLERIA E SCUOLA DI FOTOGRAFIA
GALERIA ȘI ȘCOALA DE FOTOGRAFIE ROSSY

Rossi. Lina Rossi. Ăsta era, de fapt, numele meu? Ce porcărie. Avea un „r” din ăla italienesc. Nici n-aș fi fost în stare să-l pronunț.

— Haide, am spus.

Înainte să pună emoțiile stăpânire pe partea mea cea mai bună, am marșat spre ușă și am apăsat soneria.

— *Prego*, s-a auzit vocea unui bărbat la interfon.

Matteo?

Ușa s-a deschis cu un clic zgomotos. L-am privit pe Ren:

— Ești gata?

— Cui îi pasă de mine? Tu ești gata?

— Nu.

Înainte să mai gândesc, am deschis ușa și m-am trezit imediat într-un foaier generos, rotund ca formă. Pereții erau acoperiți cu un mozaic strălucitor și de tavan atârna o instalație luminoasă imensă, cu vreo zece brațe cu becuri, răsfirate precum tentaculele unei meduze. Un bărbat blond, la cravată și îmbrăcat într-o cămașă elegantă stătea în spatele unui birou curbat, de culoare argintie. Era tânăr și avea un aer de american. Sigur nu era el Matteo.

— *Buon giorno*. English? ne-a întrebat pe un ton plictisit.

— Da, am răspuns și mi-am auzit ecoul propriei mele voci.

— Mă tem că ați pierdut cursul. A început de mai bine de jumătate de oră.

Ren a pășit alături de mine:

— Nu am venit aici pentru curs. V-am sunat acum vreo două ore pentru o întâlnire cu Matteo, mai știți? Numele meu este Lorenzo.

— Lorenzo Ferrara? a spus și ne-a studiat o clipă. Cred că nu mi-am dat seama, de fapt, că ești așa de tânăr. Din nefericire, domnul Rossi este sus și predă. Ședințele nu au o durată precisă și nu vă pot promite că o să aibă timp să vă primească după aceea.

— O să-l așteptăm, oricum ar fi, am răspuns repede.

Domnul Rossi. Din câte știam, era undeva chiar deasupra mea în clipa asta.

— Și tu te numești... ? m-a întrebat bărbatul.

— Lina, am răspuns ezitant.

Oare Matteo avea să-mi recunoască numele de familie?

— Mă numesc Lina Emerson.

Ren m-a fulgerat din priviri, dar am ridicat nonșalant din umeri. Ideea era să-i spun lui Matteo cine eram, nu?

— Prea bine. Nu vă promit nimic, am să-l anunț că sunteți aici.

Telefonul a sunat cu un țârâit puternic și el l-a smucit de pe birou:

— *Buon giorno. Rossi Galleria e Scuola di Fotografia.* Bună ziua, Galeria și Școala de Fotografie Rossi.

— Hai să aruncăm o privire de jur împrejur, i-am propus lui Ren.

Simțeam cum încep să mă bâțâi de nervi. Poate că un tur al galeriei îmi va ține mintea ocupată de la cele ce urmau să se petreacă.

— Sigur.

Am pătruns printr-o ușă boltită în prima încăpere. Camera era construită din cărămidă aplicată și toți cei patru pereți fuseseră acoperiți cu poze înrămate. Atenția mi-a fost imediat atrasă de o fotografie mai mare și m-am dus spre ea. Era imaginea unei clădiri acoperite cu graffitti scorojit dintr-o metropolă, ca New York de exemplu, sau ceva asemănător și pe unul din pereții ei scria TIMPUL NU EXISTĂ, CEASURILE DA.

În colțul din dreapta jos se vedea o semnătură mare, lăbărțată, M. ROSSI.

— Asta e chiar mișto, l-am auzit pe Ren.

— Da, mamei i-ar fi plăcut la nebunie stilul ăsta.

Corecție. Mamei chiar i-a plăcut stilul lui. Glandele sudoripare mi-au intrat imediat în acțiune.

Ren a luat-o înaintea mea câțiva metri, iar eu am cotit-o în altă direcție. Majoritatea operelor erau ale lui Matteo și erau de foarte bună calitate. Foarte bune.

— Lina? Poți veni o clipă aici?

Ren vorbea pe un ton dinadins calm, ca atunci când spui cuiva că are un păianjen imens pe spate și nu vrei să-l sperii.

— Ce? m-am grăbit eu să ajung la el. Ce este?

— Uită-te.

Mi-a luat o secundă să-mi dau seama ce priveam și pe urmă aproape că m-am cutremurat. Era o poză *cu mine*. Mă rog, cu spatele meu și chiar îmi aminteam când anume mi-o făcuse mama. Aveam cinci ani și-mi făcusem un teanc de cărți pe care să mă pot urca să mă uit pe geam la poneiul vecinilor cu care aveam o relație intensă de iubire și ură totodată. Eram îmbrăcată în rochia mea preferată. Am citit indicațiile de pe fotografie. *Carolina*, de Hadley Emerson.

— Cum de are el așa ceva?

Deodată am simțit că-mi pierd pământul de sub picioare.

— Știe despre mine. Nu va fi nicio surpriză.

— Ești sigură că vrei să mai rămânem?

— Nu mai știu nici eu. Crezi că m-a așteptat să apar în fața lui?

— Scuzați-mă, l-am auzit pe bărbatul din foaier.

Se uita la noi ca și cum îi trecea prin cap că eram în stare să strecor una din fotografiile imense ale lui Matteo la mine în geantă.

— Mai aveți vreo întrebare de pus?

Vreun milion.

— Hm, mda, am spus și-am aruncat o privire disperată în cameră. Astea sunt toate... de vânzare?

— Nu toate. Unele fac parte din colecția privată a domnului Rossi.

— Mai are și altceva de Hadley Emerson? am spus indicând fotografia.

— Hmm, a zis și s-a apropiat să se uite la Carolina. Pot să verific, dar cred că asta e singura. Îi cunoști opera lui Hadley Emerson?

— Hm, mda. Așa ceva.

— Lasă-mă să verific în sistem și te anunț imediat.

A ieșit din cameră, iar Ren a ridicat din sprâncene:

— Nu e dintre cei cu mintea perspicace, nu?

— Ce am să-i spun eu lui Matteo? Să-i spun direct cine sunt?

— Poate c-ar trebui să aștepți să vezi dacă te recunoaște.

O ușă s-a deschis undeva sus, urmată de un tunet de voci și zgomot de pași. Ședința luase sfârșit. Respirația mea era pe repede înainte. Undeva se produsese o greșeală. Era mult prea repede. Dacă nu voia să facă parte din viața mea? Dar dacă voia? Dacă era la fel de josnic precum tipul din jurnalul mamei?

L-am apucat pe Ren de mână:

— M-am răzgândit. Nu vreau să-l întâlnesc. Ai dreptate, ar trebui să vorbim mai întâi cu Howard. Măcar știu sigur că mama a avut încredere în el.

— Ești sigură?

— Da. Hai să ieșim de aici.

Am plecat în goană din camera cu poze. Vreo zece oameni încercau să-și facă loc în foaier, dar am trecut repede de ei și am pus mâna pe mânerul ușii.

— Voi doi. Așteptați aici!

Ren și cu mine am înghețat. Ah, nu. O parte din mine ar fi vrut să pășească înainte, în stradă, dar alta, mult mai mare, își dorea să se întoarcă. Ceea ce am și făcut. Încet.

Un tip între două vârste stătea în capul scărilor. Purta o cămașă scumpă și-o pereche de pantaloni și era mai scund decât îl crezusem, cu barbă și mustață îngrijite. Mă fixa cu niște ochi închiși la culoare.

— Haide, Lina, să mergem, m-a strigat Ren.

— Carolina? Vino, te rog, la mine în birou.

— Nu trebuie să intrăm, mi-a șoptit Ren. Putem să plecăm de aici imediat. Chiar acum.

Îmi simțeam inima bătând în urechi. Nu numai că mă strigase „Carolina", dar îl și pronunțase corect. L-am apucat pe Ren de mână:

— Vino, te rog, cu mine.

A încuviințat și am pornit încet spre scară.

Capitolul 20

— TE ROG, IA LOC, A SPUS MATTEO CU O VOCE rafinată și cu o brumă de accent.

A mers în spatele unui birou în formă de semilună și ne-a indicat cu mâna două scaune care arătau exact ca niște ouă fierte tari. Dacă mă gândesc mai bine, cam tot ce avea în birou arăta a altceva. Dintr-un colț se auzeau bătăile puternice ale unui ceas în formă de roată dințată, iar covorul de pe jos ai fi zis c-ar fi trebuit să fie o hartă a genomului uman. Toată camera avea un aer modern, cu exces de culoare, care nu se potrivea deloc cu bărbatul din fața noastră.

M-am așezat nesigură într-unul din ouăle răscoapte.

— Cu ce vă pot ajuta?

Bun. Să-i spun direct? Cum să încep?

— Eu… am început și am făcut greșeala să-l privesc pe Ren, după care gura mi s-a închis ca o pungă sigilată.

Acesta mă privea îngrijorat. Matteo și-a lăsat capul pe spate și a continuat:

— Voi doi vorbiți engleza, da? Benjamin mi-a comunicat că vreți să vă întâlniți cu mine. Bănuiesc că aveți întrebări referitoare la programele mele educaționale, nu?

Ren a tras cu ochiul la chipul meu înghețat, după care a intervenit în discuție:

— Hm... mda. Întrebări despre programe. Hm, aveți cumva și clase pentru începători?

— Sigur că da. Am câteva cursuri de începători pe parcursul anului. Următorul începe în septembrie, dar cred că locurile s-au completat deja. Toate aceste informații sunt disponibile pe site, a spus și s-a lăsat pe spate. Vreți să vă trec pe o listă de așteptare?

— Da, sună bine.

— Bine, atunci. Benjamin poate să vă ajute în privința asta.

Matteo a aruncat o privire către mine și dintr-odată mi-am simțit fiecare terminație nervoasă din corp. Se prefăcea că nu știe sau chiar nu vedea? Eu, una, simțeam că stau în fața oglinzii. O oglindă mai bătrână și de sex masculin, dar cu toate astea o oglindă. Ochii i-au zăbovit o clipă asupra părului meu.

— Ne puteți recomanda un aparat bun pentru un începător? l-a întrebat Ren.

— Da. Preferatele mele sunt Nikon. Sunt câteva magazine bune în Roma și aș fi fericit să vă dau datele de contact ale proprietarilor, dacă vă interesează.

— Drăguț din partea dumnevoastră.

Matteo a încuviințat și a urmat o lungă tăcere. Ren și-a dres vocea:

— Hm, bănuiesc că sunt destul de scumpe.

— Prețurile variază, a răspuns și și-a încrucișat brațele privind ceasul în formă de roată dințată. Și acum, dacă mă scuzați...

— Colecționați multe fotografii de-ale altor fotografi? am lăsat să-mi scape.

Amândoi și-au întors privirile către mine.

— Nu multe. Dar călătoresc destul de mult și am grijă să vizitez studiouri și galerii fotografice peste tot pe unde merg. Atunci când găsesc ceva cu adevărat impresionant îl cumpăr și îl expun la mine în galerie, alături de cele ale mele și ale studenților mei.

— Dar fotografia lui Hadley Emerson? De unde ați cumpărat-o?

— Aceea a fost cadou.

— Din partea cui?

— A lui Hadley, mi-a răspuns privindu-mă drept în ochi.

Ca o provocare.

Am simțit cum îmi dispare tot aerul.

S-a ridicat din scaun și a rostit:

— Lorenzo, de ce nu mergi la recepție să-l rogi pe Benjamin să vă treacă pe lista de așteptare? Carolina, înainte să pleci mi-ar face plăcere să îți arăt și cealaltă fotografie a lui Emerson pe care o am.

M-am ridicat moale din scaun și Ren m-a apucat de braț.

— Cum de nu te recunoaște? mi-a șoptit el.

— O face. Îmi știe numele adevărat și-l pronunță cum trebuie. Nimeni nu mi-a spus vreodată numele corect. Doar dacă l-au auzit dinainte.

L-am urmat în jos, pe trepte, cu inima până în gât, iar Matteo s-a oprit la recepție:

— Benjamin, îl poți include tu pe Lorenzo pe lista de așteptare a următorului nostru curs?

— Sigur că da.

— Carolina, fotografia e în camera următoare. Lorenzo, ne revedem aici.

Ne-am privit. *Ești bine*? mi-a spus fără să scoată un sunet.

Bine.

Bine, bine, bine.

— E pe aici, a zis Matteo și a trecut rapid în camera următoare, iar eu l-am urmat cu mintea încețoșată ca un televizor fără conexiune.

Ce se petrecea aici? Avea de gând să-mi vorbească între patru ochi?

A mers spre cel mai îndepărtat zid și mi-a arătat fotografia unei tinere, cu fața pe jumătate umbrită. În mod clar a mamei.

— Vezi?

— Da, am răspuns și am tras adânc aer în piept, păstrându-mi privirea fixată pe poză, pentru a prinde curaj. Matteo, sunt aici pentru că...

— Știu cine ești.

Capul mi-a țâșnit înainte. Nu era decât cu un cap mai înalt ca mine. Și se uita la mine ca la ceva care i se agățase de talpa piciorului:

— Ești leită mama ta, dar într-o pereche de blugi mulați și Converși. Întrebarea reală este următoarea: ce cauți aici?

— Ce... caut aici? am întrebat dându-mă înapoi un pas și scotocind după jurnalul din geantă. Am citit despre tine în jurnalul mamei.

— Așa, și?

— A fost... îndrăgostită de tine.

A râs cinic:

— *Îndrăgostită*. A fost doar un copil prost îndrăgostit de profesorul ei. Nu fusese deloc expusă vieții adevărate din afara orășelului de unde venea și când a ajuns aici a crezut că viața ei urma să se transforme într-un basm. Dar indiferent de fanteziile ei, eu i-am fost doar profesor și nimic mai mult. Și indiferent ce idei îți trec și ție prin cap, cel mai bine ar fi să ți le ștergi chiar acum, Carolina, a spus scuipându-mi numele ca pe un fruct stricat.

Am simțit cum mă cuprind valuri de căldură:

— N-a fost un nimic. Ați ieșit la întâlniri împreună. Ai ținut totul secret de toată lumea și te-ai despărțit de ea în Roma, când a venit să te viziteze.

A dat încet din cap:

— Nu. Astea sunt toate minciuni. Și-a creat o fantezie atât de elaborată despre noi doi cum că am fi avut o relație amoroasă, încât a ajuns s-o creadă și ea, a rostit el cu buzele curbate într-un zâmbet hidos. Mama ta a fost dezechilibrată. O mincinoasă.

— Ba nu a fost, am strigat și vocea mea a căpătat ecou în cameră. Nu și-a imaginat toate astea. Nu a inventat relația voastră.

— Serios, chiar așa? a ridicat el tonul. Întreabă pe oricine a fost prezent acolo. Ne-a văzut cineva vreodată împreună? Ai vorbit cu cineva care să-ți confirme povestea asta a ei?

— Cu Francesca Bernardi.

Și-a dat ochii peste cap:

— Francesca. Era prietena cea mai bună a mamei tale. Sigur că o credea. Dar ne-a văzut vreodată împreună? Avea pe ce se baza în afara poveștilor ridicole ale mamei tale?

Oare? Prin cap a început să mi se învârtă un carusel de gânduri. Francesca *păruse* sigură de cele spuse...

— Exact așa credeam și eu. Dar dacă tot ai făcut efortul să vii până aici, am să-ți spun eu exact ce s-a petrecut. Mama ta nu făcea față cu lucrările pentru curs și m-a rugat s-o meditez în afara școlii. La început, am fost fericit să o ajut, dar pe urmă a început să mă cheme la ore din ce în ce mai ciudate. Începuse să mă fixeze din priviri la ore și pe urmă să-mi lase diverse lucruri pe birou, ca să le găsesc. Uneori erau versuri, alteori poze de-ale ei, a continuat clătinând din cap. La început am zis că-i doar o fază nevinovată. Dar ea a devenit și mai intensă. Într-o noapte a venit la mine la apartament și mi-a spus că s-a îndrăgostit de mine. Mi-a spus că viața ei nu mai are niciun sens dacă nu suntem împreună. Am încercat să fiu blând. I-am spus că îi sunt profesor și că nu este posibilă o relație între noi doi. I-am spus că ar fi mult mai fericită să aibă întâlniri cu băieți mai apropiați de vârsta ei. Cum era acel Howard Mercer.

Howard. Am tresărit, dar Matteo nu m-a observat. Vedea prin mine, ca și cum ar fi privit o scenă ce se desfășura pe un ecran mare de televizor.

— Atunci și-a ieșit din fire. A început să țipe și să-mi spună că o să meargă la directorul școlii să-i spună că am profitat de ea. I-am spus că nu o va crede nimeni. După care a scos un jurnal — jurnalul acela, bănuiesc — și mi-a spus că a scris totul acolo. Îl umpluse cu o fantezie — cu o viziune — a ceea ce ar fi vrut să aibă loc între noi, și mi-a spus că îi va face un sfârșit trist și că-l va oferi pe urmă drept probă.

— În ziua următoare, am solicitat o întrevedere cu directorul școlii și am căzut amândoi de acord că era spre binele meu să îmi dau demisia, chiar dacă nu comisesem nicio greșeală. Ulterior am auzit că a început să se culce în stânga și-n dreapta cu orice bărbat îi dădea atenție. Bănuiesc că tu ești produsul acelei perioade.

Mi-a întâlnit privirea și am simțit cum trece prin mine un curent de aer rece.

— N-am vrut să am de a face cu mama ta și nu vreau să am de a face nici cu tine.

— Ești un mincinos, am spus cu voce tremurătoare. Și un laș de nedescris. Uită-te la mine. Arăt exact ca tine.

A dat din cap încet, cu un zâmbet trist întipărit pe chip:

— Nu, Carolina. Arăți exact ca *ea*. Și ca cine știe ce nefericit atras de închipuirile ei patetice.

Cu o mișcare bruscă, a pășit în față și mi-a smuls jurnalul din mâini:

— Hei, am spus și am încercat să-l iau înapoi, dar s-a întors cu spatele la mine și m-a blocat cu umărul.

— Ah, da. Faimosul jurnal, a remarcat răsfoindu-l. Bănuiesc că m-a numit X? Deșteaptă mișcare, nu? „Singura chestie dificilă din relația mea de iubire cu X este că nu pot spune nimănui despre ea... Uneori simt că timpul meu se împarte în două categorii: timpul petrecut cu X și timpul când aștept să fiu împreună cu X..."

S-a întors spre mine răsfoind agale paginile:

— Carolina, tu arăți a fată deșteaptă. Ție chestiile astea ți se par reale? Ți se pare posibil ca mama ta să fi avut o relație pe care să reușească s-o țină secretă de toată lumea?

— Nu a inventat nimic din toate astea.

Și-a lăsat privirile în jos, spre jurnal. Căzuse și se deschisese la copertă, așa că îl ridică și mi-o arătă:

— „Am făcut o alegere greșită". Vezi? Chiar și în nebunia ei, a știut că e greșit să falsifici un jurnal. Era așa de talentată, dar *folle*. Îmi pare rău să-ți spun asta, Carolina, dar știința a dovedit că pentru creativitate și nebunie sunt responsabile aceleași părți ale creierului. Te poți resemna cel puțin, la gândul că nu a fost vina ei. Mama ta a fost un geniu, dar a avut o minte slabă.

Dintr-odată nu am mai văzut decât un roșu intens, fierbinte. Înainte să mai pot gândi, m-am năpustit asupra lui, i-am smuls jurnalul din mâini și-am alergat spre foaier.

— Lina? a spus Ren ridicându-și ochii din dreptul recepției. Avea un dosar în față.

— E totul în regulă?

Am smucit ușa și-am dat buzna pe trotuar, cu Ren urmându-mă rapid. M-am întors și-am luat-o la fugă pe stradă, simțindu-mi picioarele grele ca niște saci de nisip. *A avut o minte slabă.*

Într-un final m-a ajuns din urmă și Ren și m-a prins de braț:

— Lina, ce s-a întâmplat? Spune-mi ce s-a petrecut acolo?

Am simțit cum mi se face rău de la stomac și m-am dus la marginea trotuarului cu o senzație acută de vomă. Mi-a trecut într-un final și m-am prăbușit la pământ, simțind asfaltul tare sub genunchi. Ren a îngenuncheat alături:

— Lina, ce s-a întâmplat?

M-am întors și mi-am împins fața în pieptul lui și deodată nu numai că mi-au dat lacrimile, am plâns cu sughițuri. Un plâns care-te-rupe-în-două și te-face-să-explodezi-într-un-milion-de-bucăți și te distruge-pe-dinăuntru, un astfel de plâns. Simțeam cum se revarsă asupra mea toată greutatea ultimilor doi ani și nu puteam face nimic să o opresc.

Am plâns, și-am plâns, și-am plâns din nou. Cu lacrimi fierbinți și zgomotoase cărora nu le-a păsat cine mă privea. Genul de plâns pe care nu-l avusesem niciodată în fața cuiva.

— Lina, gata, e în regulă, a continuat Ren să-mi repete, cu brațele în jurul meu. O să fie totul în regulă.

Dar nu, nu era. Și nu mai avea cum să fie. Mama mea nu mai exista. Și îmi era atât de dor de ea, că uneori mă miram că mai puteam respira. Howard nu era tatăl meu. Iar Matteo... Nu știu cât timp am plâns, dar am simțit la un moment dat că am ajuns din nou cu picioarele pe pământ și ultimele suspine au venit însoțite de tremurături.

Am deschis ochii. Eram tot îngenuncheați pe trotuar, eu băgată toată în Ren, cu fața îngropată în gâtul lui, simțindu-i pielea fierbinte și lipicioasă. M-am tras înapoi. Tricoul lui Ren avea o pată imensă și umedă, iar el avea un aer îngrozit întipărit pe față. Era mult mai mult decât își imaginase vreodată.

— Îmi cer scuze, i-am spus cu o voce răgușită.

— Ce-a fost asta?

Mi-am șters fața și l-am ridicat de jos:

— Mi-a spus că mama a inventat totul. Că era obsedată de el și că a scris un jurnal fals numai ca să-l bage în bucluc la școală.

— *Che bastardo*! Asta nici măcar nu-i bună ca poveste, a remarcat și m-a privit îndeaproape. Ia stai puțin, doar nu l-ai crezut, nu?

Am ezitat un moment, după care am dat tare din cap, iar părul mi s-a lipit de obrajii uzi:

— Nu. La început m-am speriat. Dar mama mea nu a fost așa. Nu ar fi rănit niciodată pe cel pe care-l iubea.

A răsuflat ușurat:

— M-ai speriat o fracțiune de secundă.

— Nu-mi vine să cred că l-a iubit tocmai pe el. A fost oribil. În vreme ce Howard e așa de... am spus și mi-am ridicat privirea spre el.

Ren avea fața la vreo cincisprezece centimetri de a mea și dintr-odată ni s-au întâlnit privirile și nu m-am mai gândit nici la Matteo, nici la Howard.

Capitolul 21

NU A FOST UN SIMPLU SĂRUT. NU CA PRIMUL TĂU pupic și nici ca atunci când ți-ai făcut de cap cu prietenul tău din primul an de liceu, în fundul unei săli de cinema. A fost un sărut cu brațe-încolăcite-de-gâtul-lui, degete-îngropate-în-părul-lui și cu întrebarea-de-ce-nu-am-făcut-asta-mai-devreme, un astfel de sărut cu toată fața mea sărată. Ren mi-a încercuit talia și preț de cinci secunde totul a fost perfect. După care...

M-a îndepărtat de el.

Îndepărtat.

De.

El.

Am vrut să mă înghită trotuarul atunci și acolo.

Nu m-a privit în ochi.

Pe bune, de ce nu mă înghițea odată?

— Ren... Nu știu ce s-a întâmplat...

Mă sărutase și el, nu? *Nu-i așa*?

Ren se holba la pământ:

— Nu, nu. E în regulă. Doar că nu cred că e cel mai potrivit moment, înțelegi?

CEL MAI POTRIVIT MOMENT. Am simțit cum îmi ia foc fața. Nu numai că fusese nevoit să mă desprindă de el, acum mai era și drăguț în privința asta. Lina, repară chestia asta, acum! Au început să-mi iasă o mulțime de vorbe din gură:

— Ai dreptate. Ai perfectă dreptate. Cred că m-a cam luat valul după toate câte s-au petrecut înăuntru acolo — a fost un moment încărcat de emoție, și cred că am redirecționat toată...

Am închis ochii, strâns:

— Suntem doar prieteni. Știu asta. Și nicicând, niciodată, niciodată nu m-am gândit la tine ca la altceva.

E minciună atunci când negi ceva ce ți-ai recunoscut ție însăți doar de un minut? Plus: prea mulți de „niciodată" în propoziția aia. Speram însă să fiu credibilă.

Ren și-a ridicat brusc privirea și a întâlnit-o pe a mea, având pe chip cea mai impenetrabilă expresie de pe întreaga planetă. După care a dispărut din nou:

— E în regulă. Nu-ți face griji din pricina asta.

De ce, de ce, de ce am făcut asta? M-am prăbușit pe ușa taxiului. Ren stătea cât de departe putea fizic de mine și se uita pe geam de parcă încerca să învețe pe de rost străzile din jur.

Nu puteam să dau timpul înapoi? Să merg cu douăzeci de minute în urmă, în clipa de dinainte de a-mi pierde capul și de a-mi săruta cel mai bun prieten, care pe deasupra mai avea și o iubită și care, în mod clar, nu mă dorea *pe mine*? Înainte de clipa în care mi-am dat seama cât de mult îi iubeam părul zburlit, simțul umorului sau chiar și faptul că, deși îl știam de mai puțin de o săptămână, mă simțeam îndeajuns de confortabil încât să-i povestesc toate istoriile mele nebunești?

Ah, Doamne. Îl iubeam așa de mult, că mă durea.

Mi-am apăsat pieptul cu degetele. *Îl știi de vreo cinci zile. E imposibil să te fi îndrăgostit de el.* Complet rațional.

Și neadevărat.

Sigur că eram îndrăgostită de Ren. Era exact el însuși, iar eu eram exact eu însămi când eram împreună. Și totul ar fi fost perfect dacă ar fi simțit și el măcar un pic la fel ca mine. Dar nu simțea. L-am privit și m-a străbătut un junghi de durere. Oare avea să-mi mai vorbească vreodată?

Șoferul ne-a remarcat în oglinda retrovizoare:

— *Tutto bene*?

— *Si*, i-a răspuns Ren.

În cele din urmă, șoferul a tras pe dreapta în dreptul gării, iar Ren i-a dat un teanc de bani, sărind literalmente din taxi, cu mine nefericită în urma lui.

Trebuia să ne întoarcem în Florența. O întreagă călătorie cu trenul, urmată de un drum cu scuterul, și pe urmă... ah, nu. Pe urmă, înapoi la cimitir. Cu Howard. Nu puteam să gândesc mai departe de atât. Simțeam că urma să îmi pierd răsuflarea.

Ren a încetinit o secundă cât să-l ajung din urmă:

— Trenul nostru pleacă în patruzeci și cinci de minute.

Patruzeci-și-cinci de minute. Adică, o veșnicie.

— Nu vrei să stai jos?

A dat din cap că nu:

— Mă duc să iau ceva de mâncare.

Singur.

Nu a spus-o, dar eu am auzit.

Am încuviințat amorțită, apoi m-am îndreptat spre un șir de scaune și m-am prăbușit pe unul dintre ele. Ce naiba se petrecea cu mine? Mai întâi de toate, nu plângi pe cineva în șuvoaie ca imediat pe urmă să încerci să îl săruți. Pe urmă, nu te apuci să săruți pe cineva care are deja iubită. Și una superbă. Chiar dacă ți se pare că s-ar putea să te placă pe tine.

Oare chiar mă înșelasem complet în privința lui? Oare își petrecuse tot timpul ăsta cu mine numai fiindcă era un prieten adevărat? Dar atunci când mă ținuse de mână și-mi spusese că mă place fiindcă sunt diferită? Asta nu însemna ceva?

Și care era treaba cu Matteo? Tatăl meu era, în mod evident, persoana de cea mai proastă factură pe care o cunoscusem vreodată. Nu mai aveam niciun dubiu: mama mă ținuse departe de el dinadins. Și atunci, de ce îmi trimisese toate indiciile ca să-l găsesc?

Aveam nevoie de ceva care să-mi distragă atenția. Am scos jurnalul din geantă, l-am deschis, dar cuvintele se mișcau de acolo-acolo ca niște gândaci. Nu aveam cum să mă concentrez. Nu când simțeam ceea ce simțeam.

După zece minute îngrozitoare, Ren a revenit cu o sticlă mare de apă și o pungă de plastic. Mi le-a dat pe amândouă:

— Sandviș. E cu prosciutto.

— Ce e aia?

— O șuncă tăiată subțire. O să-ți placă, mi-a spus.

S-a așezat lângă mine, mi-am desfăcut sandvișul și am luat o gură. Normal că îmi plăcea. Dar era nimic în comparație cu ceea ce simțeam pentru Ren.

Și da. Tocmai îl comparasem pe singurul tip față de care simțeam așa ceva cu un sandviș cu șuncă.

Ren s-a lăsat pe spate și și-a întins picioarele în față, cu brațele încrucișate la piept. Am încercat să-i surprind privirea, dar continua să-și privească picioarele.

Am răsuflat, într-un final:

— Ren, nu știu ce să îți spun. Îmi pare foarte rău că te-am pus într-o situație ca asta. Nu a fost corect din partea mea.

— Nu-ți mai face probleme din cauza asta.

— Vreau să spun, știu prea bine că ai o iubită și...

— Lina, pe bune. Nu-ți mai bate capul. E OK.

În mod clar nu părea OK și cred că mi se forma un ciclon chiar în mijlocul pieptului. M-am lăsat și eu pe spate și-am închis ochii, trimițându-i mesaje telepatice. *Îmi cer scuze că te-am târât la Roma. Iartă-mă că te-am sărutat. Iartă-mă că am stricat totul.*

Treizeci și cinci de minute fără să vorbim.

Nu, treizeci și unu. Fiindcă avusese loc un schimb de priviri oribil, după care eu am fugit la baie unde m-am holbat la mine cu ură vreo două minute. Aveam ochii umflați și un aer distrus. Eram distrusă. Îl pierdusem pe Ren și urma să-l pierd și pe Howard. Nu aveam altă variantă. Trebuia să mă asigur că Howard afla că nu e tatăl meu, oricât de mult mi-aș fi dorit să fi fost.

— A venit trenul, a anunțat Ren ridicându-se.

S-a îndreptat spre peron și l-am urmat. *Încă nouăzeci de minute*. Puteam s-o fac, da?

Trenul era aglomerat și ne-a luat câteva minute să ne găsim locuri. Într-un târziu, am găsit două scaune vizavi de o doamnă solidă și în vârstă care-și așezase niște pungi de plastic în spațiul dintre noi. Lângă ea s-a așezat un bărbat, iar Ren i-a salutat din cap, s-a strecurat pe scaunul de la geam și a închis din nou ochii.

Mi-am scos jurnalul din geantă, l-am șters de blugi, sperând să scap de păduchii care mi-ar fi rămas de la Matteo. Era momentul să mă scufund la loc în poveste. Trebuia să-mi distrag cumva atenția de la Ren.

3 IUNIE

În seara asta Howard mi-a dat se înțeles, în felul lui liniștit, că a știut tot timpul despre X. M-a făcut să mă simt ridicolă. Și eu, care credeam că ne furișam, iată că mai toată lumea știa. M-am trezit că-i povestesc totul despre relația noastră — chiar și părțile rele. Și erau destule din astea. Problema era că atunci când mi-a fost bine cu X mi-a fost AȘA de BINE, că uitam de restul. A fost o ușurare imensă să vorbesc despre asta, iar după asta am ieșit cu Howard pe verandă și-am vorbit de multe altele, până când au apărut stelele pe cer. De mult timp nu m-am mai simțit așa de împăcată cu mine însămi.

5 IUNIE

Astăzi împlinesc douăzeci și doi de ani. M-am trezit de dimineață fără să am vreo așteptare, numai că Howard mă aștepta cu un cadou — un inel subțire de aur pe care l-a cumpărat dintr-un magazin second-hand din Florența cu aproape un an în urmă. Mi-a spus că nu știa de ce îl cumpărase, dar că îi plăcuse foarte mult.

Ce-mi place cel mai mult la el e că este încărcat de istorie. Bărbatul de la care îl cumpărase i-a povestit că fusese al unei mătuși care se îndrăgostise de cineva, dar care a fost forțată de familia ei să se mute la o mănăstire. Iubitul ei îi dăduse inelul, iar ea l-a purtat întreaga viață, păstrând secretul. Howard a spus că vânzătorul inventase toată povestea ca să adauge valoare produsului, dar inelul e chiar frumos și nu știu cum, dar se potrivește perfect. M-am simțit cam stoarsă de vlagă, așa că în loc să ieșim să cinăm la restaurant, așa cum plănuiserăm, am stat acasă și ne-am uitat la filme vechi. Abia dacă am reușit să-l văd până la sfârșit pe primul.

6 IUNIE

În seara asta eram cu Howard pe verandă și ne legănam în balansoar, cu picioarele rezemate la el în poală, când mi-a pus o întrebare: „Dacă ai putea fotografia orice în lumea asta, ce anume ai alege?" Și înainte să mă gândesc bine, i-am și răspuns: „Speranța". Știu, un stereotip, nu? Dar m-am referit la speranța neclintită, ca în momentele alea în care știi că totul se va rezolva. Asta descrie perfect timpul pe care-l petrec acum, aici. Simt că am atins butonul de ADORMIRE și fac o pauză de la tot ceea ce urmează mai departe. Știu că bate și aici timpul, dar nu vreau să se mai termine.

7 IUNIE

Vreau să înregistrez fiecare minut din tot ceea ce s-a petrecut astăzi.

Howard m-a trezit dis-de-dimineață, undeva înainte de cinci fix și mi-a spus ca vrea să-mi arate ceva. Ne-am urcat pe dealurile din spatele cimitirului, eu îmbrăcată în pijamale și încă adormită pe jumătate. Era încă întuneric și mi s-a părut că am mers ore întregi. După care, într-un târziu, am văzut încotro ne îndreptam. La ceva distanță înaintea noastră se afla un turn rotund. Avea un aer străvechi și părea de sine-stătător, crescut precum o ciupercă sălbatică.

De cum am ajuns, Howard m-a condus la intrare. Am dat de o ușă mică de lemn probabil montată acolo să-i țină pe intruși la distanță, dar care fusese măcinată de timp și vreme. A dat-o deoparte și ne-am aplecat să intrăm, după care am luat-o pe scara în spirală care ducea în vârful turnului. Eram destul de sus cât să vedem totul de jur împrejur și-am observat vârfurile copacilor din cimitir și drumul care ducea spre Florența. L-am întrebat ce căutam acolo și mi-a răspuns să aștept. Ceea ce am și făcut. Am stat acolo fără să ne vorbim, iar soarele și-a făcut apariția în cele mai uimitoare nuanțe de roz și auriu și, la scurt timp după aceea, întregul ținut era scăldat în culori. Am simțit o durere acută: fusese rece și întuneric o bucată lungă de timp, după care, dintr-odată, n-a mai fost așa.

Când s-a făcut lumină de-a binelea, m-am întors spre Howard. El se uita la mine și a fost ca și cum l-aș fi văzut pentru prima oară în viața mea. M-am apropiat de el și deodată ne sărutam de parcă am fi făcut-o de un milion de ori înainte. Ca și cum ar fi fost lucrul cel mai firesc din lume. Când ne-am îndepărtat unul de altul nu ne-am spus un cuvânt. L-am luat de mână și am plecat spre casă.

8 IUNIE

Mă tot gândesc la cum era când ieșeam cu X. Când îmi dădea atenție mă simțeam ca și cum eram sub lumina reflectorului și toate erau cum trebuie în lumea asta mare. Dar în clipa în care privea în altă parte deveneam rece și singură. Am încercat să găsesc în italiană un cuvânt care să traducă mai bine „inconstanță" și cel mai apropiat a fost *„volubile"*. Înseamnă punct de cotitură, vâltoare, răsucire constantă. M-a atras dintotdeauna senzația de învolburare pe care mi-a transmis-o X, dar m-a lăsat și dezrădăcinată. Credeam că-mi doresc foc și capricii, se pare că de fapt nu vreau decât pe cineva care să mă facă să mă trezesc devreme, să nu pierd vreun răsărit de soare. Ceea ce vreau cu adevărat este Howard. Și acum îl am.

10 IUNIE

Francesca a venit ieri în vizită la noi. Poate că m-am dezobișnuit eu de ea, dar în numai trei săptămâni a reușit să ajungă o versiune exagerată a ei înseși de dinainte. Tocurile cui erau cu cel puțin cu un centimetru mai înalte, hainele erau și mai luxoase și fumează un număr record de țigări.

După cină ne-am așezat la taclale. Am crezut că și eu și Howard ne pricepeam să ascundem chestia dintre noi doi, dar după ce s-a dus el la culcare, Francesca mi-a spus: „Deci așa, s-a întâmplat!". Am încercat să mă prefac că nu înțeleg, dar a adăugat: „Te rog, Hadley. Nu mă lua cu de-astea. Nu știu de ce crezi tu că trebuie să-ți ții secrete toate relațiile. Puteam să jur din clipa în care am intrat aici că s-a petrecut ceva cu voi doi. Și acum, spune-mi toate detaliile. *Subito*!"

I-am povestit despre ultimele săptămâni, cât de liniștitoare și vindecătoare au fost. I-am povestit despre dimineața de la turn și de cât de perfect a fost totul în ultimele zile. După ce am terminat de vorbit, Francesca a oftat dramatic: „E ca într-o *favola*, Hadley. Ca într-o poveste. Te-ai îndrăgostit cu adevărat. Și acum, ce ai de gând să faci? Nu te mai întorci în America?" Normal că nu știam ce răspunsuri să-i dau. Deja mi-am trimis portofoliul la câteva școli și așteptam să aflu vești de la ele până la finele verii. Ieri, de exemplu, nu știu ce mi-a venit să-l întreb pe Petrucione dacă m-ar considera vreodată potrivită pentru un post de asistent. M-a redus la liniște cu o simplă privire și mi-a spus că sunt mult prea talentată ca să-mi irosesc timpul inutil.

Atunci mi-a spus Francesca. La început a fost laconică: „M-a contactat." Am întrebat-o cine, dar după halul în care-mi bătea inima, știam la cine se referea. „M-a găsit în Roma, când lucram la o ședință foto. S-a folosit de scuza de a mă felicita pentru postul obținut, dar am știut care era motivul adevărat. A vrut să dea de tine." O clipă nu m-am putut gândi la nimic ce aș fi putut spune. (Încerca să dea de mine?) „Mi-a zis că ți-ai schimbat numărul de telefon și că nu-ți mai merge adresa de e-mail, fiindcă nu mai aparții de institut." Nu crezusem niciodată că voi deveni de negăsit. Aveam un milion de gânduri care-mi treceau prin cap, iar Francesca mă urmărea cu atenție. „Nu i-am dat nicio informație despre tine, dar i-am luat datele lui. Hadley, cred că ar fi o greșeală, dar nu am vrut să fac pe Dumnezeu. Dacă vrei să-l contactezi, am numărul lui nou de telefon. Mi-a spus că și-a schimbat părerea. Că vrea să-ți spună ceva." Și mi-a dat o carte de vizită. Avea numele ștanțat, cu litere mari, iar numărul de telefon și adresa de e-mail erau scrise precum firimiturile de pâine.

Abia am putut închide ochii în noaptea aia, dar nu fiindcă aș fi fost îndoită. Ci fiindcă eram atât de sigură. X putea să apară pe un armăsar alb cu buchete de trandafiri și o pledoarie de cerut scuze impresionantă, tot nu l-aș mai fi vrut înapoi. Îl vreau pe Howard.

— Cum e jurnalul?

Expresia de pe chipul lui Ren era mult mai relaxată decât fusese în gară și-am simțit cum inima îmi prinde niște aripi micuțe. *Iertată*? Am încercat să-i întâlnesc privirea, dar iar s-a uitat într-o parte.

Mi-am lăsat ochii în jos.

— E bine. Și m-am înșelat foarte tare într-o anume privință.

— Care?

— Nu s-a folosit de Howard doar ca să uite de X. S-a îndrăgostit de el, am spus și am înclinat jurnalul să vadă și el pagina la care mă uitam. Ce înseamnă asta?

După pasajul cu vizita Francescăi, apărea o pagină întreagă mâzgălită la nesfârșit cu cuvintele „*sono incinta*", iar și iar...

— *Sono incinta.* Înseamnă „Sunt însărcinată".

— Exact asta am crezut și eu.

Am privit pagina cu tristețe. Știam că însemna auto-anihilare, dar aproape că mi-aș fi dorit să nu fi rămas însărcinată. Povestea ei de dragoste tocmai se spulberase.

Capitolul 22

11 IUNIE

SONO INCINTA. SONO INCINTA. SONO INCINTA, oare aș simți altfel dacă vorbele astea ar fi în altă limbă? SUNT ÎNSĂRCINATĂ. Poftim. Abia mai pot judeca. În dimineața asta am vărsat tot micul dejun, la fel cum am făcut de o săptămână întreagă și când am tras apa la toaletă mi-a trecut prin cap un gând oribil. Am încercat să-l alung, dar pe urmă... am simțit nevoia să știu. Nu am avut niciodată un ciclu regulat, dar oare mi se dereglase mai mult decât de obicei? Am mers pe jos până la farmacie și am uitat să-mi iau cu mine dicționarul italian, așa că m-am văzut nevoită să trec printr-o pantomimă oribilă ca să reușesc să le spun de ce anume aveam nevoie, după care m-am grăbit înapoi și am făcut testul; pozitiv. M-am întors și am mai cumpărat două. Pozitiv. Pozitiv.

Toate au fost pozitive.

În ultimele două zile abia dacă am mai ieșit din cameră. Francesca a plecat ieri și de fiecare dată când bate Howard la ușă mă prefac că dorm. Știu că trebuie să plec de aici. Howard mă iubește. Și eu îl iubesc pe el. Dar asta nu mai contează acum, pentru că sunt însărcinată cu copilul altuia.

Știu că trebuie să îi spun lui X, dar numai gândul ăsta mă face să-mi vină să mor. Ce o să-mi spună? Dacă mă iau după spusele Francescăi, a încercat să dea de mine, dar sunt convinsă că nu se așteaptă la așa ceva. Iar sincronizarea este incredibilă. E oare un semn că ne-a fost dat să fim împreună, mie și lui Matteo? Dar, atunci, care e rostul momentelor de acum, cu Howard? Acum trei zile am scris că el este cel hărăzit mie. Și acum *asta!*

Vreau să-i spun lui Howard, dar cum să o fac? Am sunat-o deja pe mama și am închis, de două ori. Mă tot apuc să-i formez numărul lui Matteo, dar numai primele cifre. Mai amân până mâine-seară, după care trebuie să decid ceva. Nici nu sunt în stare să gândesc.

14 IUNIE

L-am sunat pe Matteo. Muncește în Veneția și am să-l întâlnesc acolo. Nu pot să-i spun la telefon.

15 IUNIE

Mă aflu în tren. Howard a insistat să mă conducă la gară și cu toate că nu i-am spus de ce plec, cred că știa. Mi s-au rostogolit lacrimile pe față încontinuu, și ultimul lucru pe care mi l-a spus a fost:

— E în regulă. Te rog, fii fericită.

De cum a plecat trenul din gară am început să plâng așa de tare că toată lumea s-a uitat la mine. Am revăzut totul de mii de ori în cap, toate indiciile duc la Matteo. E copilul lui. Trebuie să mi-l scot pe Howard din minte. L-am ales pe Matteo. *Soarta* mi l-a ales pe Matteo. Copilul nostru l-a ales pe Matteo. El trebuie să fie alesul.

15 IUNIE — MAI TÂRZIU

Probabil că Veneția e cel mai nepotrivit loc de pe lume pentru o femeie însărcinată. Sigur că e frumos aici. 117 insule conectate prin bărci și taxiuri de apă, și toți gondolierii cu tricouri în dungi care-i duc pe turiști de colo-colo pe niște prețuri absurde. Orașul plutitor. Dar miroase oribil. Iar plescăitul apei lovindu-se de mal și clădiri îmi dă senzația că sunt încontinuu pe punctul de a mă răsturna. După ce a ajuns trenul, mi-am șters lacrimile și m-am străduit să mănânc o bucată de pâine foccacia cu sare. Mai am o oră până la întâlnirea cu Matteo. O oră până când va afla. Am citit undeva că Veneția se scufundă în mare, câte patru centimetri pe secol. Dacă mă scufund și eu cu ea?

16 IUNIE

Ne-am întâlnit în Piazza San Marco. Mi-am venit în fire și am plecat din gară, direct spre piață. Am ajuns mai devreme, așa că m-am plimbat puțin în jurul bisericii Basilica di San Marco. Basilica e așa de diferită de Duomo-ul din Florența. E în stilul bizantin, cu o mulțime de arcade și un mozaic sclipitor pe exterior. O parte din *piazza* tocmai fusese inundată și turiștii își suflecaseră pantalonii și înaintau prin apă.

În fine, s-a făcut ora cinci. Mi-am dat seama că nu-mi spusese unde anume să ne întâlnim, așa că am mers în centrul pieței. Pretutindeni în jurul meu erau porumbei, iar eu vedeam numai copii. Un băiețel cu părul și ochii negri a fugit pe lângă mine și primul meu gând a fost: „Ce deștept, vorbește atât de bine italiana. Oare voi avea și eu un copil care o să vorbească o limbă pe care eu abia dacă o înțeleg?"

Și atunci l-am văzut pe Matteo. (De ce să-i mai spun X?) Venea spre mine, îmbrăcat la costum, dar cu jacheta într-o mână și cu un buchet de trandafiri galbeni în cealaltă. L-am privit o clipă și am simțit tot ceea ce trebuia să însemne momentul acela. După care, înainte să-i pot spune ceva, m-a ridicat în brațe și și-a băgat fața în părul meu. Repeta întruna: „Mi-a fost dor de tine,. Mi-a fost de tine." Simțindu-i brațele calde și puternice în jurul meu, mi-am închis ochii și am răsuflat pentru prima oară de când aflasem că eram însărcinată. Nu o fi perfect. Dar e al meu.

17 IUNIE

Tot nu i-am spus. Aștept să revină totul la firesc între noi doi. A fost incredibil de drăguț și atent cu mine și ne petrecem cea mai mare parte a timpului plimbându-ne pe străzile din Veneția. A închiriat un apartament micuț, cu vedere la unul din canale și la fiecare jumătate de oră trece câte un gondolier care, de cele mai multe ori, le cântă pasagerilor. Matteo mi-a spus că a știut că greșise din clipa în care îmi plecase trenul din gara din Roma. Mi-a zis că m-a văzut peste tot — o dată chiar a urmărit o femeie care semăna cu mine până la jumătatea unei străzi, până să-și dea seama că nu puteam fi eu. Mi-a povestit că nu s-a mai putut concentra și că începuse să stea ore în șir studiind fotografiile pe care le făcuse când eram împreună. Mi-a spus că i-am inspirat cele mai bune opere de până atunci.

M-a invitat să locuiesc împreună cu el, în apartament, dar mi-am luat o cameră ieftină la un hotel. E al unei doamne mai în vârstă și nu are decât trei camere, toate cu o baie comună. Are milieuri care acoperă toate obiectele din casă și mă simt de parcă aș sta în casa unei rude mai bătrâne. De trei zile nu am mai făcut nicio poză, ceea ce pentru mine e un record. Am mintea mult prea plină, asta e tot. Mâine am să-i spun despre copil. Mâine.

18 IUNIE

Trebuie să scriu asta. E urât și brutal, dar s-a petrecut și n-o pot omite.

L-am scos pe Matteo la cină la un restaurant micuț, dar absolut minunat, de pe lângă hotelul meu. Avea lumânări pe mese, era liniștit și absolut totul era perfect, mai puțin clipa în care m-am hotărât să-i spun, pentru că nu am putut scoate cuvintele pe gură. Când a venit nota, l-am întrebat dacă nu ar vrea să vină cu mine la hotel.

Aveam dezordine mare în cameră — hainele și echipamentul foto aruncate peste tot — dar măcar aveam liniște și eram singuri. De cum am pășit în cameră, l-am rugat să ia loc. S-a așezat pe pat și m-a tras astfel încât să stau alături. Mi-a spus că se gândește de mult timp la ceva și că el credea că e momentul să facem pasul următor.

Inima mi-a luat-o nebunește la galop. Mă cerea de soție? Mi-am privit mâna și m-am panicat. Încă mai purtam inelul de la Howard. Trebuia oare să-l dau jos? Poți să-i spui cuiva „Da" când porți inelul altuia? Dar în loc să scoată un diamant, Matteo a dat glas unor vorbe care s-au constituit într-un plan de afaceri. Mi-a spus că s-a săturat să nu facă aproape niciun ban muncind pentru școli și că vrea să-și înceapă propria afacere și să organizeze ateliere pentru fotografii vorbitori de engleză care doresc să-și petreacă timpul în Italia. Deja umpluse două clase și mi-a spus că aș fi persoana ideală să mă alătur. Îl puteam ajuta cu organizarea călătoriilor și a cazărilor și, odată ce voi căpăta experiență, voi putea să predau și fotografia. După care și-a pus brațele în jurul meu și mi-a zis că a fost un idiot să mă lase să plec de lângă el. Era momentul ca viețile noastre să se unească.

Până atunci nu l-am lăsat să mă sărute și cum și-a lipit buzele de ale mele nu m-am mai gândit decât la Howard. Atunci am știut că lucrurile nu aveau să meargă niciodată între mine și Matteo. Gravidă sau nu, îl iubeam pe Howard. Nu poți să fii implicat într-o altă relație când simți așa ceva. M-am tras departe de Matteo și-am bolborosit cele două cuvinte pentru care bătusem atâta drum.

Cuvintele au plutit grele în aer. A sărit ca și cum l-ar fi ars patul dedesubt:

— Ce vrei să spui, gravidă? Cum s-a întâmplat asta? Ne-am despărțit de două luni.

I-am explicat că probabil se întâmplase chiar înainte să plece și că nu aflasem decât luna asta, ceva mai devreme.

Atunci a luat-o razna. A început să urle, să mă facă mincinoasă și să-mi spună că era imposibil să fie copilul lui. Mi-a spus că rămăsesem gravidă cu altcineva — probabil cu Howard — și că acum încercam să i-l pun lui în cârcă. Mi-a luat lucrurile și a început să arunce cu ele prin cameră — cu aparatul foto, cu pozele, hainele, cu tot. Am încercat să-l calmez, dar a azvârlit cu o sticlă în perete și când s-a întors și s-a uitat la mine mi s-a făcut brusc foarte frică.

Așa că l-am mințit. I-am spus că avea dreptate. Că nu era copilul lui, că era al lui Howard și că nu mai voiam să-l văd niciodată. I-am spus ce am crezut eu că i-ar fi plăcut să audă, dar l-am făcut și mai nervos. Mi-a spus că o să ne distrugă pe amândoi și că Howard va regreta că s-a apropiat de mine. La final s-a ciocnit de mine, a deschis ușa și s-a făcut nevăzut.

Inelul. Negarea. Minciuna.

Începeam, în fine, să capăt o viziune mai clară a vieții mamei mele. Până acum privisem într-o oglindă încețoșată, fără ca măcar s-o știu. Habar nu avusesem că trecuse prin atâta amărăciune. Să fiu sinceră, era straniu de voioasă. Ca atunci când vecinul de sus uitase apa la cadă pornită și ne-a inundat apartamentul și ne-a distrus o parte din lucruri: mama a scos un mop și-a început să spună cât de tare e că puteam să eliberăm camera și s-o luăm de la zero.

Oare toată atitudinea asta săltăreață de hai-să-ne-numărăm-binecuvântările cu care crescusem făcea parte dintr-o campanie elaborată de relații cu publicul? Se temea să nu aflu la ce trebuise să renunțe din cauza sarcinii?

Am închis jurnalul. Eram aproape sigură că dacă aveam să mai citesc va urma o nouă cădere nervoasă, de data asta masivă, din care nici chiar Ren nu m-ar mai fi putut scoate. Și în plus, nu mai avea niciun rost să citesc. Indiferent ce ar fi făcut mama mai departe — să zboare într-un balon cu aer cald înapoi în Florența și să scrie pe cerul de deasupra domului HADLEY ÎL IUBEȘTE PE HOWARD, cu litere de treizeci de metri sau să-i trimită o grămadă de scrisori de dragoste cu porumbeii călători din Veneția — nimic din astea nu avea să meargă. Punct. Avea să-și petreacă tot restul vieții ei la zece mii de kilometri depărtare, cu un inel de aur pe deget care să-i amintească de ceea ce pierduse.

Ah, da, și cu mine. Altminteri cunoscut drept cel mai incomod suvenir din lume.

M-am lăsat pe spate și am închis ochii simțind hâțânările de du-te-vino ale trenului, pe șine. Mă aflam la aproape o sută cincizeci de kilometri depărtare de un bărbat a cărui lume avea să se întoarcă cu fundul în sus și la cincisprezece centimetri de un altul care nu voia să mai aibă nimic de-a face cu mine.

Când a ajuns trenul în gară, era deja trecut de ora patru. Ren ațipise din nou, iar telefonul îi vibrase spasmodic pe scaunul de lângă el, ca un gândac uriaș. M-am aplecat și am aruncat o privire. Mesaj de la Mimi. Au! Oare avea de gând să-i povestească despre faptul că-l sărutasem? Dacă da, era cazul să mă pun la punct cu niște scheme de bătaie. Urma să am nevoie de ele.

Ren a deschis ochii:

— Aici?

— Aici. Ți-a sunat telefonul.

— Mersi.

Și-a verificat mesajele, cu ochii acoperiți de păr. Cei din jur își pregăteau bagajele, așa că eu mi-am strâns jurnalul. Fusese una din cele mai lungi zile din viața mea și mă simțeam ca și cum aș fi fost împachetată ca un cocon mare, trist. Nu-mi venea să cred că mai aveam de adăugat la tristețe și faptul că urma să merg înapoi la cimitir să-i povestesc lui Howard ce aflasem.

***

Drumul înapoi spre cimitir s-a desfășurat în tăcere. Cei pe lângă care treceam păreau să fie antrenați cu toții în conversații spumoase, chestie care făcea ca spațiul dintre mine și Ren să fie resimțit și mai dureros. Eram aproape o epavă. Dar eram și furioasă. Da, stricasem lucrurile, dar asta însemna că nu mai puteam fi prieteni? Și de ce trebuia să-l cunosc pe Matteo și să-l pierd pe Ren fix în aceeași zi? Nu cumva majoritatea oamenilor au luxul de a-și trăi dramele vieții într-o perioadă de câțiva ani?

Am ajuns într-un târziu și la cimitir, unde un autocar tocmai se golea în parcare. Turiștii ne priveau ca pe niște atracții turistice. Howard a ieșit din Centrul pentru Vizitatori și ne-a făcut semn cu mâna.

Mi-au înghețat măruntaiele, apoi mi s-au sfărâmat în bucățele, dar am izbutit totuși să-i fac semn înapoi. Ba chiar să-i și zâmbesc. Ce avea să-mi spună?

— Spre casă? m-a întrebat Ren.

— Mda.

A tăiat drumul și-n câteva secunde a intrat pe alee și a oprit motorul scuterului. M-am dat jos și i-am înmânat casca:

— Mulțumesc pentru tot ajutorul, Ren. Nu a fost minunat, dar acum am măcar niște răspunsuri.

— Mă bucur că ți-am fost de ajutor.

S-a lăsat liniștea și o secundă ne-am privit în ochi. După care a privit în jos și și-a pornit scuterul din nou.

— Sper să meargă totul bine cu Howard. O să fie în regulă, ai să vezi. Chiar te iubește.

Gâtlejul mi s-a uscat complet:

— Poate ieșim mâine împreună la alergat, ce zici?

Nu mi-a răspuns. În loc de asta a făcut un mic cerc cu scuterul, să ajungă cu fața la drum și a dat scurt din cap spre mine:

— *Ciao*, Lina.

Și s-a făcut nevăzut.

CAPITOLUL 23

— STAI PUȚIN, MAI EXPLICĂ-MI O DATĂ, HOWARD nu e tatăl tău, dar el crede că este?

— Da, sau cel puțin așa cred eu, că el crede că e tatăl meu.

— Crezi că el crede că e tatăl tău?

— Da. Ori asta, ori minte. Dar înclin spre prima variantă, fiindcă nu cred că oamenii se dau în vânt să ia în grijă adolescenți, așa, la întâmplare. Chiar dacă au fost îndrăgostiți de mamele lor.

— Dar Howard nu e tatăl tău? E tipul acela, Matteo?

— Da.

M-am lăsat să cad pe spate pe pat, cu telefonul la ureche. De douăzeci de minute aveam aceeași conversație.

— Addie, nu știu cum altfel să-ți explic asta.

— Lasă-mă o secundă. Nu c-ar fi complicat, dar...

— Știu. Iartă-mă, am spus acoperindu-mi ochii. Și încă nu ți-am povestit cea mea rea parte.

— Mai rea decât că te-ai întâlnit cu nemernicul ăla oribil de tată pe care-l ai?

— Da, am spus și am tras adânc aer în piept. L-am sărutat pe Ren.

— L-ai sărutat pe Ren? Pe amicul tău?

— Mda.

— Așa bun. Păi, și ce e atât de rău în asta?

— N-a vrut să mă sărute înapoi.

— Pe naiba. De ce?

— Are o iubită, iar eu tocmai mă întâlnisem cu Matteo și făcusem o criză imensă de nervi, adică s-a petrecut exact în cel mai nepotrivit moment în care mi-am dat seama ce simt față de el. Și pe urmă... am sărit pe el, iar el s-a descotorosit de mine... de pe el, am spus cu strângere de inimă.

— S-a descotorosit de tine de pe el?

— Da. Și eram tot în Roma, așa că a trebuit să luăm trenul înapoi până în Florența și nu mi-a mai vorbit deloc. Să-ți spun pe scurt, sunt singură de tot în Italia, trebuie să-i dau lui Howard vestea că nu e tatăl meu, și nu mai am nici măcar un singur prieten.

— Ah, Lina. Și când mă gândesc că acum zece minute eram invidioasă pe tine, a oftat ea. Cum rămâne cu cum-îl-cheamă? Modelul de lenjerie intimă?

— Thomas?

La naiba. Mesajul!

— Mi-a dat un mesaj ceva mai devreme și m-a invitat în oraș. E nu știu ce mare petrecere pentru o tipă care a terminat școala.

— Ai să mergi?

— Probabil că nu. Cine știe ce o să se întâmple după ce-i spun lui Howard. Din punctul meu de vedere, ar putea foarte bine să mă dea afară.

— N-o să te dea afară. E absurd.

— Știu, am suspinat. Dar mă îndoiesc că va fi foarte fericit. Spune și tu, cât de aiurea e situația asta? Pe bune, chiar aș fi vrut să-mi fie tată.

Addie păstră un moment de liniște:

— Când ai de gând să îi spui?

— Nu știu. Încă mai muncește, dar vrea să mergem diseară la un film. Dacă-mi fac curaj, îi spun de cum ajunge acasă.

Addie răsuflă zgomotos:

— Bine, uite care-i planul. Mă duc chiar acum sus, la părinți să-i întreb dacă poți să te muți înapoi. Nu, mă duc *să le spun* că trebuie să te întorci aici. Și nu-ți face griji. Or să fie de acord.

Am petrecut următoarea oră făcând ture prin cameră. Am ridicat de nenumărate ori jurnalul și-am examinat restul mic de pagini pe care îl aveam de citit, dar ori de câte ori încercasem să deschid caietul îi dădeam drumul, ca și cum ar fi fost încins. După ce citisem ultimul paragraf, totul se terminase. Nu îmi mai putea spune nimic nou. Și știam cât de tare i se frânsese inima.

Am mers iar și iar la geam așteptându-l pe Howard, dar se mișca împreună cu turul precum melcii de grădină. Chiar era nevoie să se oprească la fiecare statuie? Și ce era așa de interesant la partea asta de pietre de mormânt față de partea cealaltă? Până aveau ei să termine de aflat despre cel de-al Doilea Război Mondial, probabil că se termina și al Treilea. Într-un final, când credeam că nu mai pot suporta nicio secundă de așteptare, Howard și-a condus grupul în parcarea vizitatorilor și i-a așteptat să se urce în autocar.

— Ești gata? mi-am șoptit mie însămi.

Normal că nu eram.

Howard a intrat în Centrul pentru Vizitatori, după care a ieșit însoțit de Sonia și au pornit amândoi spre casă.

Ah, nu. Nu-i puteam spune de față cu Sonia. Trebuia să stau cu bomba asta toată noaptea? Când au ajuns pe alee am coborât scările câte două odată și i-am întâmpinat pe verandă.

— *Aici erai, a spus Howard.* Cum a fost ziua de azi?

Oribilă!

— A fost destul de bine.

Purta o cămașă de un bleu deschis, cu mânecile răsucite și avea nasul ars de soare. O chestie care mie nu mi se întâmplase niciodată. Știți de ce, pentru că sunt *italiancă.*

— Am încercat să te prind la telefon mai devreme, dar nu ai răspuns. Dacă mai vrem să ajungem la film, trebuie să plecăm acum.

— Chiar acum?

— Da. Vine și Ren?

— Nu, nu poate să meargă.

Cum aveam să ies din asta?

Sonia mi-a zâmbit:

— E un film vechi în seara asta, un clasic cu Audrey Hepburn în rolul principal. Ai auzit de *Vacanță la Roma*?

— Nu.

Și ar putea odată să termine toată lumea să mai vorbească despre Roma?

În condiții normale, probabil că mi-ar fi plăcut *Vacanță la Roma.* E un film alb-negru despre o prințesă europeană care face un tur mondial, dar are un program și niște supervizori extrem de stricți, așa că într-o noapte în care stă la Roma iese pe furiș pe geamul dormitorului să se distreze. Singura problemă e că luase, cu puțin timp înainte, un sedativ, așa că se prăbușește pe o bancă în parc și o salvează un reporter american. Ajung amândoi să exploreze orașul împreună și să se îndrăgostească unul de altul, doar că nu rămân împreună, fiindcă ea are alte obligații.

Știu. Deprimant.

Nu am văzut decât jumătate din el, fiindcă în restul timpului nu m-am putut opri să-l privesc pe Howard. Avea un râs puternic, răsunător și se tot pleca spre mine să-mi spună denumirile locurilor pe care le vizitau Audrey și iubirea ei. Mi-a luat până și o pungă uriașă de vată de zahăr și, deși am mâncat-o pe toată, abia dacă i-am simțit gustul. Cred că au fost cele mai lungi două ore din viața mea.

Sonia a insistat să stea în față, pe drumul de întoarcere:

— Și, ce părere ai despre film?

— A fost drăguț. Cam trist, totuși.

Howard a privit-o:

— Te mai întâlnești în seara asta cu Alberto?

— Ah, da.

— De ce ah?

— Știi de ce. Am jurat de ani buni să nu mă mai duc la întâlniri aranjate.

— Nu te gândi că-i o întâlnire aranjată. Gândește-te că ieși să bei ceva cu o persoană pe care o admiri.

— Oricui în afară de tine i-aș spune nu, a suspinat ea. Dar, la urma urmei, care ar fi cel mai aiurea lucru care s-ar putea întâmpla? Așa cum am spus mereu, o întâlnire groaznică în Florența e oricum mai bună decât oriunde altundeva în lume.

Dintr-odată mi-am dat seama că nu știam nimic despre ea:

— Sonia, tu cum de ai ajuns în Florența?

— Am venit în vacanță după post-universitară și m-am îndrăgostit. Nu a durat, dar a fost de ajuns cât să prind rădăcini aici.

Am gemut pe dinăuntru. Poate asta făcea parte din experiența italiană. Să vii în Italia. Să te îndrăgostești. Să vezi cum îți explodează totul în față. Probabil că puteai citi despre chestiile astea pe site-urile de călătorie.

Sonia mi-a întâlnit privirea în oglindă:

— Știi, oamenii vin în Italia dintr-o mulțime de motive, dar atunci când rămân, o fac pentru două lucruri, mereu aceleași.

— Care?

— Love & gelato.

— Amin, a consfințit Howard.

Am privit pe geam străduindu-mă din răsputeri să-mi opresc lacrimile să pornească de sub pleoape. Gelato singură nu mă satisfăcea. Îmi doream și partea cu iubirea.

Ne-am întors la cimitir și Howard a lăsat-o mai întâi pe Sonia, după care a cotit spre casa noastră. Farurile luceau straniu peste pietrele de mormânt, iar combinația dintre dulce și nervi îmi făcea rău la stomac.

Eram în sfârșit singuri. Venise clipa să-i spun. Am tras adânc aer în piept. Urma să încep să vorbesc în trei... doi... doi... doi...

Howard rupse tăcerea:

— Am vrut să-ți mai spun o dată cât de mult înseamnă pentru mine faptul că ești aici. Știu că nu ți-a fost ușor, dar apreciez foarte mult faptul că ai încercat. Chiar dacă nu e vorba decât de vara asta. Și mai cred că ești o persoană minunată. Chiar da. Sunt mândru de felul în care te-ai implicat și ai explorat Florența. Ai spirit de aventură, la fel ca mama ta.

Mi-a zâmbit de parcă aș fi fost fiica pe care sperase mereu să o aibă, iar bruma de curaj care îmi rămăsese s-a topit precum un cub de gheață. Nu îi puteam spune. Nu în noaptea aia. Poate chiar niciodată.

Am intrat în casă și-am inventat o scuză jalnică despre o durere de cap, apoi m-am cărăbănit în dormitor la mine, unde m-am aruncat pe pat. Repetasem de prea multe ori aruncatul pe pat în ultimele zile. Ce aveam să mă fac? Nu-i puteam spune lui Howard, dar nici nu puteam să nu-i spun.

Ar fi fost așa de groaznic dacă aș fi rămas tot restul verii și pe urmă m-aș fi dus acasă, fără să-i spun o vorbă? Și când venea Ziua Taților și el aștepta o felicitare de la mine? Sau la nunta mea, când el ar fi tipul care ar trebui să mă conducă la altar? Și atunci?

Telefonul a început să sune și-am sărit din pat și am traversat camera, plutind aproape, în două salturi. *Dă să fie Ren, dă Doamne să fie Ren, să fie...*

Thomas.

— Alo?

— Bună, Lina, Thomas e la telefon.

— Bună, am spus și m-am surprins în oglindă.

Semănam cu un pește balon. Care trecuse printr-o traumă emoțională.

— Ai primit mesajul de la mine?

— Da. Iartă-mă că nu ți-am răspuns. Am avut o zi... cam zăpăcită.

— Nicio problemă. Ce zici de petrecere? Vrei să vii cu mine?

Avea o voce atât de britanică, de lipsită de complicații. Și vorbea despre o *petrecere*. Ca și cum ar fi contat. Mi-am trecut mâna prin păr:

— Despre ce e vorba, mai exact?

— Majoratul unei fete care tocmai a terminat liceul. Locuiește în cel mai tare loc — aproape la fel de mare ca la Elena acasă. Toată lumea o să fie acolo.

„Toată lumea", adică și Ren și Mimi? Am închis ochii:

— Mulțumesc că m-ai întrebat, dar nu cred că am să fiu în stare să ajung.

— Ei, haide. Trebuie să sărbătorești cu mine. Mi-am luat carnetul de șofer ieri, și tata zice că pot să vin să te iau cu BMW-ul lui. Și nu vrei să pierzi așa o petrecere. Părinții ei au plătit o trupă indie[1] pe care o ascult de mai bine de un an.

Mi-am ținut telefonul între falcă și ureche și mi-am frecat ochii. După tot ce se petrecuse în ziua aia, o petrecere părea farsa perfectă. Mai ales că era ca naiba să merg cu cineva când, de fapt, eram îndrăgostită de cu totul altcineva. Dar ce te faci atunci când „altcineva-ul" tău nu mai vrea să aibă nimic de-a face cu tine? Măcar Thomas încă vorbea cu mine.

— Lasă-mă să mă gândesc.

Thomas răsuflă:

— Bine. Mai gândește-te. Vin să te iau mâine la nouă. Și e o chestie elegantă, deci trebuie să te îmbraci frumos. Îți promit că ai să te distrezi pe cinste.

— Elegantă. Înțeles. Te sun mâine.

Am închis, am aruncat telefonul pe pat și m-am dus la geam să privesc afară. Era o noapte senină, iar luna îmi clipea ca un ochi gigantic. Ca și cum ar fi urmărit toată intriga asta complicată și acum râdea, la urmă.

Lună proastă. Am pus ambele mâini pe pervaz și practic m-am aruncat pe el, dar geamul nu s-a clintit.

Bine.

---

[1] Indie rock este un gen de rock alternativ, originar din Regatul Unit și Statele Unite, apărut în anii 1980, conform Wikipedia.

Capitolul 24

ZIUA URMĂTOARE M-AM TREZIT CHIAR LA PRImele semne ale dimineții. Adormisem și căzusem pe pat complet îmbrăcată, iar pe marginea mesei de toaletă era o farfurie de spaghete din care curgea sosul de roșii, cu picături pline de ulei. Bănuiesc că Howard încercase să-mi aducă cina la pat.

Prin fereastră îmi intra o lumină cenușie, neclară. M-am dat jos din pat și-am mers tăcută spre valiză, cotrobăind după o pereche curată de adidași de alergat. Am luat apoi jurnalul și m-am strecurat tiptil prin casă, ieșind pe ușa din dos. Aveam o anume destinație în cap.

Mi-am croit drum spre poarta din spate. Nici păsările nu se treziseră, iar roua acoperea totul ca o pânză de păianjen imensă, transparentă. Mama avusese dreptate. Cimitirul arăta altfel în diferite momente ale zilei. Cimitirul de dinainte de crăpatul zorilor părea cumva setat pe „silențios", iar cenușiul se împletea cu restul culorilor.

Am ieșit pe poarta din spate și am luat-o la fugă, depășind locul în care-l văzusem prima oară pe Ren. Nu. Te. Mai. Gândi. La. Ren. Era noua mea mantră. Poate că era cazul să printez cuvintele astea ca abțibild de pus pe mașină.

Mi-am clătinat capul să-mi scot gândul de acolo, am tras adânc aer în piept și mi-am impus un ritm mediu de alergare. Aerul era proaspăt și mirosea a curat — probabil că asta își doreau și detergenții ăia care caută „miresme de aer de munte" — iar eu mă simțeam extraordinar de ușurată să pot alerga. Măcar nu aveam numai mintea pe repede înainte.

Un kilometru jumătate. Trei. Urmam o potecă îngustă prin iarbă făcută probabil de cineva care avea o rută anume, dar habar nu aveam dacă destinația lui era aceeași cu a mea. Din câte îmi dădeam seama, cred că mă îndreptam într-o direcție complet greșită. Poate nici nu mai exista, dar deodată... TA-DAAM! Turnul. Se înălța din deal ca o ciupercă sălbatică. M-am oprit din alergat. M-am simțit ca și cum mă împiedicasem de ceva magic, ca un vas cu aur sau o casă din turtă dulce în mijlocul Toscanei.

Nu te mai gândi la case din turtă dulce.

Am reluat alergarea, simțind cum inima îmi bate din ce în ce mai tare pe măsură ce mă apropiam de silueta întunecoasă a turnului. Era un cilindru perfect, cenușiu, cu aer antic și nu avea mai mult de zece metri înălțime. Părea ca genul acela de loc în care oamenii se îndrăgostiseră unii de alții de ani de zile.

Am alergat la baza lui și am atins zidul cu mâna și-am mers așa, în cerc, căutând intrarea. Ușa de lemn pe care Howard o mutase pentru mama dispăruse de mult, lăsând o arcadă pe post de intrare, care era însă așa de joasă, că a trebuit să mă ghemuiesc să pot trece pe dedesubt. Înăuntru era gol, cu excepția vălmășagului de pânze de păianjen și a unei grămezi de frunze care supraviețuise probabil copacului din care proveneau. În centrul turnului se vedea o scară în spirală, sfărâmată, prin care pătrundea înăuntru un cerc palid de lumină.

Am tras adânc aer în piept și apoi m-am îndreptat spre scări. Speram să-mi descopăr în vârf toate răspunsurile.

Trebuia să calc cu grijă — jumătate din trepte arătau de parcă ar fi căutat o scuză să se prăbușească — și m-am văzut nevoită să fac un salt acrobatic peste locul în care ar fi trebuit să se afle ultima treaptă, dar în cele din urmă am reușit să pășesc afară. În vârful turnului era practic o platformă înconjurată de o margine de un metru înălțime, așa că m-am îndreptat acolo. Era încă întunecat și cenușiu totul, dar priveliștea era superbă chiar și așa. Superbă ca-n cărți poștale, adică. Spre stânga se întindea o vie cu șiruri de viță întinse în rânduri argintii și peste tot în jur erau satele bogate ale Toscanei, cu câte o casă apărută ocazional în mijlocul unui ocean de dealuri.

Am oftat. Nu era de mirare că ăsta era locul în care mama îl observase prima oară pe Howard. Chiar dacă nu se îndrăgostise până atunci de umorul lui și de gustul excelent în domeniul înghețatei, probabil că se uitase la priveliște și se îndrăgostise iremediabil. Era genul de loc care ar fi făcut până și o turmă de bivoli în goană să pară romantici.

Am pus jurnalul jos pe pământ și am dat o tură pe platformă, cercetând cu atenție fiecare centimetru. Țineam cu disperare să găsesc un semn de-al mamei, o piatră inscripționată cu H+H sau poate chiar niște pagini pierdute de jurnal pe care să le fi ascuns pe sub vreo piatră. Nu am găsit decât păianjeni care mă priveau cu același interes ca niște soldați din Garda Regală Britanică.

Am renunțat la goana după trofee și m-am întors în mijlocul platformei, cuprinzându-mă cu brațele. Trebuia să aflu răspunsul la o întrebare și simțeam că aici era locul cel mai potrivit în care s-o pun.

— Mamă, de ce m-ai trimis în Italia?

Vocea mi-a străpuns neclintirea tăcută a celor din jur, dar am strâns ochii și-am ascultat.

Nimic.

Am mai încercat o dată.

— De ce m-ai trimis să stau cu Howard?

Tot nimic. Apoi s-a pornit vântul, cu un fâșâit prin iarbă și copaci și deodată toată singurătatea și golul pe care le purtam cu mine s-au umflat așa de mult că m-au înghițit cu totul. Mi-am acoperit ochii cu palmele și-am simțit cum îmi ricoșează durerea prin corp. Dacă se înșelau și mama, și bunica și psihologul? Dacă aveam să simt durerea asta tot restul vieții? Dacă fiecare secundă din fiecare zi de acum înainte urma cumva să fie mai puțin despre ce aveam, și mai mult despre ce pierdusem?

M-am prăbușit la pământ, iar durerea mă lovea în valuri mari, tăioase. Îmi spusese de nenumărate ori ce viață minunată urma să am. Cât de mândră era de mine. Cât și-ar fi dorit să poată fi alături de mine, nu numai pentru momentele importante, ci și pentru clipele de zi cu zi. După care mi-a spus că va găsi o cale să stea aproape de mine. Dar până acum, fusese plecată. Și pe urmă și mai plecată. Și plecatul ăsta se întindea înaintea mea ca un orizont nesfârșit, înfricoșător și pustiu. Alergasem în toată Italia încercând să rezolv misterul jurnalului, încercând să înțeleg de ce făcuse ceea ce făcuse, dar de fapt o căutasem pe ea. Și nu aveam s-o mai găsesc. Niciodată.

— Nu pot să fac asta, am rostit tare, cu fața apăsată de mâini. Nu mai pot să stau aici fără tine.

Și atunci m-a plesnit. Bine, poate nu chiar plesnit, a fost mai mult un ghiont, dar m-am ridicat instantaneu în picioare, fiindcă mi se înfiripa un cuvânt în creier.

Privește!

Mi-am umbrit ochii cu mâna. Soarele se ridica deasupra dealurilor, încălzind dedesubturile norilor, arzându-i în nuanțe nebunești de roz și auriu. Dintr-odată, totul în jur devenise strălucitor, minunat și clar.

Nu avea cum să nu-mi mai fie dor de ea. Vreodată. Asta era ceea ce îmi dăduse mie viața și indiferent cât de greu era, nu aveam cum să scap de greutatea asta niciodată. Dar asta nu însemna că nu aveam să fiu bine. Sau fericită. Încă nu-mi puteam imagina cum exact, dar probabil că avea să vină o zi când golul din mine nu va mai durea la fel de tare și mă voi putea gândi la ea, mi-o voi aminti și totul va fi în regulă. Ziua aceea mi se părea la ani-lumină distanță, dar acum mă aflam în picioare într-un turn din Toscana, iar răsăritul era așa de frumos că aproape durea.

Și asta tot era ceva.

Am ridicat jurnalul. Venise clipa să-l termin.

19 IUNIE

Fiecare nou început vine de la finele unui alt început[1]. De peste un an am versul ăsta scris pe o bucată de hârtie, deasupra biroului și de-abia azi îl înțeleg cu adevărat. Mi-am petrecut după-amiaza întreagă cutreierând străzile și gândindu-mă, iar acum am câteva lucruri clare.

Mai întâi de toate, trebuie să plec din Italia. În septembrie anul trecut am întâlnit o americancă, o tipă obligată să rămână într-un mariaj îngrozitor, fiindcă în Italia legea zice că fiecare copil rămâne cu tatăl. Mă îndoiesc că

[1] Vers din melodia *Closing Time* a trupei Semisonic.

Matteo va dori vreodată să aibă de a face cu copilul nostru, dar nu-mi pot asuma asemenea riscuri. Și-n al doilea rând, nu-i pot spune lui Howard ce simt pentru el. El crede deja că am ales pe altcineva și trebuie să creadă asta în continuare. Altminteri o să lase în urmă viața pe care a muncit să și-o facă, doar pentru șansa de a începe alături de mine. Îmi doresc asta atât de mult, dar nu îndeajuns cât să-l las să-și abandoneze visul de a trăi și de a munci în mijlocul unei frumuseți atât de cuprinzătoare. Este ceea ce merită.

Și iată cum stau lucrurile. Îl iubesc pe Howard și de aceea trebuie să-l părăsesc. Și ca să-mi protejez copilul trebuie să o duc cât mai departe de tatăl ei. (Da, cred că e o fetiță.)

Dacă m-aș putea întoarce în timp măcar o clipă — una singură — m-aș întoarce la turn, la clipa când aveam înainte o lume întreagă de posibilități. Și chiar dacă mă doare sufletul mai mult decât mi-aș fi imaginat vreodată, nu aș renunța niciodată la răsăritul acela, și nici la copilul acesta, pentru nimic în lume. Începe un capitol nou. Viața mea. Și-am de gând să alerg spre ea cu brațele deschise. Orice altceva ar fi o pierdere.

Sfârșit. Restul jurnalului era gol. Am întors încet spre coperta din față și am mai citit o dată acea primă propoziție.

Am făcut o alegere greșită.

Sonia se înșelase. Mama nu trimisese jurnalul la cimitir pentru mine — îl trimisese pentru Howard. Voise ca el să știe ce se petrecuse cu adevărat și să-i spună că-l iubise în tot timpul ăsta. După care, chiar dacă nu mai putea da timpul înapoi și nici schimba povestea, a făcut următorul lucru pe care-l putea face.

M-a trimis pe mine.

Capitolul 25

APROAPE CĂ AM PRINS ARIPI PE DRUMUL ÎNAPOI către cimitir. Mă simțeam incredibil de emoționată, dar și ușurată totodată. Indiferent de reacția lui Howard, știam că totul avea să fie în regulă. Iar el merita să-i citească povestea. În clipa asta.

Lumina zilei schimbase complet cimitirul, care trecuse de la nuanțe decolorate, la culori puternice, vibrante. Am luat-o la fugă pe diagonală, razant printre pietrele de mormânt, ignorând junghiul pe care-l simțeam în coastă. Trebuia să-l prind pe Howard înainte să înceapă munca.

Stătea pe verandă cu o ceașcă de cafea în mână și când m-a văzut s-a ridicat alarmat:

— Nu te urmărește nimeni de data asta, nu?

Am clătinat din cap și m-am oprit, încercând să-mi recapăt răsuflarea.

— Ei, bine atunci, a spus și s-a așezat la loc. Întotdeauna sprintezi așa, pe final? Credeam că ești o alergătoare de cursă lungă.

Am mai dat o dată din cap și am tras adânc aer în piept:

— Howard, trebuie să te întreb ceva.

— Ce anume?

— Tu știi că nu ești tatăl meu?

Câteva secunde lungi cuvintele mele au plutit în spațiul dintre noi, ca niște baloane de săpun tremurătoare. Apoi mi-a zâmbit.

— Definește „tată”.

Am simțit cum mi se înmoaie genunchii și m-am împleticit până pe verandă.

— Hei, hei, ești în regulă? a spus întinzând mâna să mă sprijine.

— Lasă-mă să stau jos, am spus și m-am prăbușit pe un scaun de lângă el. Și știi prea bine ce vreau să spun prin „tată”. Mă refer la bărbatul care mi-a dat viață și jumătate din ADN-ul meu.

Și-a întins picioarele lungi:

— Ei bine, în cazul ăsta, nu. Nu sunt tatăl tău. Dar dacă vii cu altă definiție, ca de exemplu, „un om care vrea să facă parte din viața ta și să te ajute să crești”, atunci, da. Sunt.

Am gemut:

— Howard, ești foarte drăguț, dar încearcă să-mi dai și niște explicații. Fiindcă mi-am petrecut ultimele douăzeci și patru de ore extrem de confuză și îngrijorată ca nu cumva să te rănesc, iar tu ai știut asta dintotdeauna?

— Îmi cer scuze. Nu știam că habar nu ai, a spus privindu-mă și a oftat. Bine, bine. Vrei să asculți o poveste?

— Da.

S-a așezat mai bine ca și cum s-ar fi pregătit să spună o poveste pe care o spusese de un milion de ori și a început:

— Când aveam douăzeci și cinci de ani am cunoscut o femeie care mi-a schimbat viața. Strălucea, vibra și de fiecare dată când eram cu ea simțeam că aș putea face orice.

— Te referi la mama, nu?

— Lasă-mă să termin. Prin urmare, am cunoscut femeia asta și m-am îndrăgostit nebunește de ea. Nu simțisem niciodată așa ceva, pentru nimeni — era ca și cum mi-ar fi fost scrisă pe suflet. Și am știut că trebuia să fac tot ceea ce-mi stătea în putere s-o fac să simtă la fel. Așa că am început să-i fiu amic. M-am înscris la un curs de italiană de care nu aveam nevoie ca să pot petrece mai mult timp cu ea...

— La cursul de începători?

— Șșșt. Lina, ascultă povestea. Am mers împreună la italiană, am rămas și la restul cursurilor ei și chiar am reușit să pătrund în cercul ei de prieteni. Dar de fiecare dată când încercam să-mi fac curaj să-i spun ce simțeam, mă transformam într-un jeleu.

— Un jeleu? am întrebat neîncrezătoare.

— Da, știi la ce mă refer, la o bomboană gelatinoa...

— Știu ce-i ăla jeleu.

Se părea că „tip de treabă" nu era sinonim cu „tip care se pricepe la povestit".

— Ce vreau să spun e că o plăceam așa de mult încât mi se lega limba și nu mai puteam vorbi. După care, am aflat că am întârziat prea mult. Cât timp mișunasem eu pe lângă ea, ducându-i cărțile și pretinzând că-mi plăcea să ies la dans, mi-o fermecase alt bărbat și mi-o luase cu totul.

— Matteo Rossi.

A tresărit:

— De unde-i știi numele?

— Îți spun mai târziu.

A ezitat:

— În fine. Mi-am spus că dacă tipul ăsta era cineva bun, cineva care o iubea și o făcea fericită, atunci aveam s-o las în pace. Dar îl cunoșteam pe Matteo și știam ce fel de viață avea.

Din nefericire, mama ta a fost mult timp orbită de el și a sfârșit prin a-l alege. Așa ai apărut tu în viața mea — prin relația ei cu Matteo. Dar atunci când s-a îmbolnăvit, pe mine m-a sunat și m-a rugat să intervin. Ceea ce am și făcut. Fiindcă am iubit-o, a spus și m-a înghiontit. Și încep să te cam plac și pe tine.

Am mai gemut o dată:

— Bun, e-o poveste frumoasă. Dar ai niște lucruri pe care nu le știi cum trebuie și pe urmă, de ce mi-ați spus și tu și bunică-mea că ești tata, dacă nu ăsta e adevărul?

— Acum îmi dau seama că am greșit și îmi cer scuze. Nu am avut de gând, inițial. Am început să vorbesc cu bunica ta după ce s-a dus Hadley și după câteva săptămâni mi-am dat seama că bunica ta credea că eu sunt tatăl tău. Știam că nu e adevărat, dar m-am gândit că dacă i-aș fi spus adevărul s-ar fi răzgândit și nu te-ar mai fi lăsat să vii aici. Iar maică-ta mă făcuse să-i promit că am să te aduc aici. Și eu am crezut că-ți va fi mai bine. Mi-am zis că dacă ai să crezi că sunt tatăl tău ai să accepți mai ușor să vii aici și să-mi dai o șansă.

— Doar că m-am purtat ca o neobrăzată.

— Nu. Date fiind circumstanțele actuale, ai fost chiar minunată.

— Mincinosule.

A zâmbit:

— Cred că nu am știut, pur și simplu, ce altceva să fac. Bunicul tău deja se chinuia și nu știam care era situația cu familia lui Addie. Mi-a fost teamă că nu vei mai avea unde să mergi. Așa că atunci când m-a întrebat bunica dacă poate să-ți spună că sunt tatăl tău, i-am răspuns că da.

A dat din cap:

— Voiam să-ți spun mai devreme, nu mai târziu, dar după seara petrecută la pizzerie mi-am spus că mai bine te las întâi să te liniștești și să te acomodezi. Dar nu pari genul căreia să-i placă să se liniștească. Ar fi trebuit să-mi dau seama că ai să descoperi totul.

— Ești de două ori mai înalt ca mine. Și ai părul blond. Nu semănăm deloc unul cu altul.

— Adevărat, a spus făcând o pauză. Acum e rândul meu. De cât timp știi?

— De aproape o zi.

— Cum ai descoperit?

Am ridicat jurnalul de pe trepte și i l-am înmânat:

— De aici.

— Din jurnalul tău?

— Nu, e al mamei. E jurnalul pe care l-a ținut când a locuit aici.

— Ăsta e jurnalul *ei*? Mi s-a părut mie că arată la fel, dar m-am gândit că e doar o coincidență, a spus și l-a luat în mâini.

— A scris tot ceea ce s-a petrecut între ea și Matteo. Numai că, la început, i-a spus X, așa că am crezut inițial că citeam despre tine. Doar că nu știai nimic de nicio brutărie secretă.

— Ia stai puțin. Brutărie secretă? Locul ăla despre care m-a întrebat Ren?

— Mda. Încerca să-mi facă o surpriză și să-și dea seama unde anume era.

— Deci, și Ren știe despre chestiile astea?

— Da. De fapt, el m-a ajutat să dau de Matteo, am spus privind în altă parte. L-am... hm... l-am întâlnit.

A levitat cam zece centimetri:

— L-ai *întâlnit*?

Mi-am ținut privirile fixate în pământ:

— Aha.

— Unde?

— La Roma.

Mă privea de parcă i-aș fi spus că sunt pe jumătate struț.

— Când ai fost tu la Roma?

— Ieri.

— *Ieri*?

— Da, am luat rapidul. Mai întâi m-a luat Ren, pe urmă ne-am dus la AAFF și am sunat-o pe Francesca.

— Pe Francesca Bernardi? De unde știi tu de ea?

— Din jurnal. Mi-a spus numele de familie al lui Matteo, l-am găsit online, am fost la galeria lui de artă și a fost… ei bine, un dezastru total.

Gura îi stătea realmente întredeschisă:

— Spune-mi, te rog, că glumești.

Am clătinat din cap:

— Îmi pare rău, dar nu pot.

Și-a frecat bărbia cu mâna:

— Bun. Și deci, ați dat de Matteo. Pe urmă? Știa cine ești?

— A inventat o întreagă poveste cum că mama a fost nebună și și-a falsificat propriul ei jurnal. Complet ridicol. Vreau să zic, arătăm identic și el îmi spunea că nu avusese niciodată nicio relație cu ea. La final, ne-a flituit de acolo.

Howard a răsuflat cu zgomot:

— Mama ta m-ar fi omorât. Eu am crezut că tu și cu Ren nu faceți altceva decât să mâncați gelato și să mergeți la dans, iar voi îl căutați în alt oraș pe taică-tău?

— Da, dar nu am s-o mai fac niciodată, am spus grăbită. S-a întâmplat doar acum. Doar dacă nu mai ascunzi și alte lucruri de mine…

— Nu, nu. Vei ști totul.

— Bine, atunci.

— Dar de unde ai luat jurnalul? L-ai găsit după ce a murit?

— Nu. Mi l-a dat Sonia.

— *Acea* Sonia? Sonia mea?

— Da. Mama l-a trimis în decembrie anul trecut și când a fost livrat la cimitir, Soniei i-a fost teamă să nu te amărască, așa că l-a ținut ea câteva zile. După care i-ai povestit despre planul de a mă aduce aici și a crezut că mama îl trimisese pentru mine. Doar că nu era pentru mine. Era pentru *tine*.

Howard a ridicat volumul cu grijă, ca și cum ar fi ținut o pasăre pe care nu voia s-o scape.

— Ar trebui să-l citești.

— Te superi dacă încep chiar acum?

— Chiar te rog.

A deschis cu grijă coperta și s-a oprit la cea dintâi propoziție:

— Ah.

— Da. Am să te las singur.

Capitolul 26

HOWARD A VENIT LA UȘA CAMEREI MELE, DOUĂ ore mai târziu, cu jurnalul în mână:

— L-am terminat.

— Ai fost rapid.

— Nu vrei să mai mergem să stăm pe verandă?

— Sigur că da.

L-am urmat jos și ne-am așezat amândoi pe balansoar. Avea ochii cam roșii.

— Mi-a fost foarte greu să citesc toate astea. Cum să-ți spun, mi-a mai zis frânturi pe ici-acolo, dar nu am știut toată povestea. Au fost atâtea neclarități. Legături lipsă, a continuat privind către cimitir. Nici ea nu a înțeles totul cum trebuie. Mai întâi de toate, nu am avut nimic, nicio aventură cu Adrienne.

— Nu?

— Nu eu. Matteo, da.

L-am privit siderată.

— Mama ta nu era singura studentă cu care se încurcase Matteo.

— Ahaaa, se mai așezase o piesă în puzzle-ul meu. Deci de asta i-ai spus povestea despre taur și brutar? Încercai să-i spui să privească mai aproape, fiindcă Matteo o înșela?

A făcut o grimasă:

— Da, dar se vede cum că nu am avut destul de mult succes. Nu a înțeles nimic din ce am vrut să spun cu povestea aia.

— Mda, ai fost destul de criptic, să știi. Ai inventat toată istoria aia?

— Nu, e adevărată. Nu prea cred să fie reală, dar este una din legendele care străbat orașul ăsta de câteva secole bune. Îmi plac chestiile astea, a spus, clătinând din cap. În fine, știam că mama ta avea o aventură cu Matteo. Ea o ținea secretă de teamă ca nu cumva el să aibă probleme la școală, *el*, însă, o ținea secretă fiindcă era un nemernic. Știam că are cel puțin câteva relații cu studentele și din câte îl vedeam eu, aduceau numai probleme. Cu toate suspiciunile pe care le aveam, într-o bună zi, am dat de el și de Adrienne în camera obscură. În seara în care mama ta ne-a văzut în afara clubului exact asta făceam, o confruntam pe Adrienne cu toată povestea. Am insistat să-i spună mamei tale.

— Tu de ce nu i-ai spus?

A dat din cap:

— Toată lumea știa că o iubesc, mai puțin Hadley însăși, și știam că ar fi arătat ca și cum voiam să agit lucrurile. Mai ales că eram convins că Matteo urma să nege totul și atunci aș fi pierdut încrederea mamei tale. Odată despărțiți, nu vedeam niciun motiv pentru care să nu-i fi spus. Și mai eram și puțin laș. Despărțirea lor s-a petrecut din vina mea.

— De ce?

— Mama ta devenise din ce în ce mai retrasă și începuse să se critice, și pe ea, și pe părinții ei. Așa că într-o zi când Matteo era plecat din oraș, la o conferință l-am sunat și i-am spus că dacă nu stă departe de ea, am să-l raportez la școală.

— Și atunci s-a despărțit de ea?

— Da. După care am continuat oricum și am anunțat școala, iar ei l-au concediat. Hadley a fost pur și simplu distrusă. Săptămâni întregi m-am întrebat dacă am făcut ce trebuia.

S-a împins și balansoarul a pornit să se legene:

— Dar pe urmă a părut să se simtă mai bine. Am convins-o să petreacă vara aici, cu mine și am stat împreună o vreme. După care am pierdut-o din nou.

— Din cauza mea.

A clătinat din cap, cu mâna întinsă spre cimitir:

— Ar fi trebuit să-mi spună. Aș fi plecat de aici într-o fracțiune de secundă.

— Exact de asta nici nu ți-a spus.

— Știu, a oftat. Îmi doresc să mă fi lăsat pe mine să decid asta. O zi cu Hadley merita cât o viață întreagă petrecută în Italia.

— Mie-mi spui..., am zis și l-am studiat un moment.

O iubea. O iubea cu adevărat. Și-i fusese dor de ea de mai mult timp decât îmi era mie. Îmi venea să-mi azvârl brațele în jurul lui.

Mi-am mutat privirea în altă parte, clipind des să-mi înfrâng lacrimile. Speram să mi se usuce într-una din zilele astea și ochii. Altfel, urma să mi se ofere o slujbă ca purtător de cuvânt la Kleenex[1] sau mai știu eu unde.

— Ai încercat vreodată să o recâștigi?

— Nu. În mintea mea îl alesese pe Matteo. Dacă aș fi știut motivul, atunci povestea ar fi fost complet alta. La mulți ani după asta am descoperit că nu sunt împreună și doar de curând am aflat despre tine. Mi-am făcut multe griji din pricina

[1] Marcă americană înregistrată de Kimberly-Clark Worldwide Inc, companie producătoare de produse din hârtie, precum șervețele și hârtie igienică.

ei, dar de fiecare dată când m-am gândit s-o caut simțeam că mă oprește ceva. Poate că mândria.

— Sau poate că nu mai doreai să suferi din nou. Practic ți-a făcut inima bucăți.

A lăsat să-i scape un chicotit:

— Chiar așa, bucăți. După care, normal, am fost din nou în stare să îmi continui viața. Dar de când ești aici, ei bine... simt că retrăiesc totul.

Am rămas un minut tăcuți. Soarele era acum plin și înfocat, iar părul aproape că-mi sfârâia. Și-a scuturat capul:

— Nu așa mi-am imaginat că vom avea conversația asta, dar mă bucur că lucrurile s-au petrecut astfel. Și acum nu mai avem de ce să ne facem griji din pricina lui Matteo. Mama ta a avut mare grijă să te țină departe de el, așa că în privința asta a avut mare succes. A vrut dintotdeauna să te aducă în Italia, dar i-a fost mult prea frică, până acum. Bănuiesc că din moment ce te apropii de optsprezece ani i s-a făcut mai puțin teamă de Matteo.

— Probabil că nu i-a trecut prin cap că eu voi fi cea care va porni să-l caute.

— Niciodată. Cred că te-a subestimat, a spus cu un chicotit. Cred că și eu la fel. Nu-mi vine să cred că ai fost la Roma.

— A fost o prostie.

— Păi, asta se înțelege de la sine. Dar a fost și un act de curaj.

— Ren a venit cu mine. M-a ajutat foarte mult, am spus după care mi-am schimbat expresia.

Ren.

— Ce este?

— Ren... nu mai vorbește cu mine. L-am supărat.

Howard și-a încrețit fruntea:

— V-ați certat?

— Cam așa ceva.

— Sunt convins că orice s-ar fi întâmplat, veți reuși să treceți peste asta. Ține foarte mult la tine. Ți-o spun eu.

— Poate.

Am stat acolo un timp legănându-ne înainte și înapoi, când mi-a venit o idee:

— Howard, ai încercat cumva să-mi spui ceva anume atunci când mi-ai spus povestea aia ciudată cu femeia care a dat naștere unui pui de mistreț?

L-a umflat râsul:

— Cu *porcellino*. Mai bine mă las de astea. Mi se pare că nu funcționează deloc.

— Nu.

— Bine atunci, da. Am încercat să-ți spun ceva. Când am fost să vedem statuia, mi-am dat seama că era simbolul perfect. Chiar dacă ne-am reunit în circumstanțe stranii și nu prea ne potrivim unul cu altul, eu chiar vreau să fac parte din viața ta. Poate că n-o să fim o familie normală, dar dacă vrei să mă păstrezi, vom fi totuși o familie.

Mi-am ridicat ochii spre el și am simțit cum cresc în mine mii de sentimente până când am ajuns la fel de umflată și încordată ca un balon. Mama avusese perfectă dreptate. Nimeni nu avea s-o poată înlocui vreodată, dar dacă aș fi vrut să aleg pe cineva, acela ar fi fost Howard. Ea fusese tot timpul cu câțiva pași înaintea mea.

— Și deci, ce spui, Carolina?

Am ezitat. Nu voiam să mă avânt în nimic, dar știam că azi era o zi așa cum trebuia. Și asta ar fi trebuit să îmi ajungă.

— Bine, am încuviințat. Mă bag, dacă te bagi și tu.

Mi-a răspuns cu un zâmbet de-al lui, strâmb, apoi s-a lăsat la loc, pe spate, în balansoar.

— Bun. Și-acum, că am terminat cu asta, care-i treaba cu Ren?

Capitolul 27

HOWARD A INSISTAT CĂ NU PUTEAM RENUNȚA. Dacă voiam să înțeleg ce se petrecea, trebuia să mă asigur că nu fusese vorba despre o gravă eroare de comunicare între mine și Ren.

Exact așa a denumit-o. O gravă eroare de comunicare.

Mi-am împins ultimele urme de demnitate în fundul dulapului, după care l-am sunat pe Ren pe mobil. De două ori. Ambele apeluri au ajuns direct la mesageria vocală și m-am străduit să-mi scot din cap imaginea cu el apăsând pe butonul de APEL RESPINS.

În cele din urmă, Howard m-a ajutat să dau de numărul reședinței Ferrara, și am sunat acasă la ei.

— Ciao, Lina, mi-a cântat Odette în ureche.

În mod evident, nu fusese pusă la punct cu desfășurarea evenimentelor.

— Bună, Odette. Ren e acasă?

— Da, doar o clipă.

A lăsat receptorul jos și s-au auzit niște zgomote înfundate. Într-un târziu, l-a ridicat din nou.

— Lina?

— Da?

— Ren nu poate vorbi în clipa asta.

Am făcut o grimasă:

— Poți să-l întrebi ceva, te rog?

— Ce anume?

— E în regulă dacă vin până acolo? Vreau să-i vorbesc neapărat.

A urmat o pauză.

— Ren? De ce tremu...

După care cred că a pus mâna pe receptor, pentru că nu am mai înțeles nimic altceva.

Era incredibil de umilitor. Ultimele urme de demnitate îmi luaseră foc. Părea complet confuză când a revenit la telefon:

— Scuze, Lina. Zice că e prea ocupat. Se pregătește să meargă la petrecerea Valentinei.

M-am înviorat pe neașteptate:

— Merge sigur? E petrecerea pentru fata care a terminat anul școlar trecut, nu?

— Da, cred că își sărbătorește majoratul.

Măcar așa îl puteam vedea față în față. Am tras adânc aer în piept. Tot era mai bine decât nimic.

— Mersi, Odette.

— Pentru puțin.

Am închis telefonul și i-am trimis un mesaj scurt lui Thomas. Pe urmă, am luat-o la picior până la Centrul pentru Vizitatori. Aveam nevoie de ajutor.

Am dat buzna înăuntru, iar Howard și Sonia s-au ridicat speriați. Verificau un teanc de documente, iar Howard avea pe nas niște ochelari de citit din ăia micuți, de bătrânei, care-l făceau să arate ca un tăietor de lemne miop. M-a pufnit râsul.

Și-a dus mâna la piept:

— Lina! Într-una din zilele astea o să-mi dai un atac de cord.

— Ai niște ochelari așa de…

— Și ce? a întrebat și s-a ridicat la înălțimea lui normală, drept care m-a mai umflat o dată râsul.

— Nimic, nimic, nu-mi da importanță. Uite ce e, am mare nevoie de ajutor. Diseară merg la o petrecere și trebuie să arăt trăsnet. Cred că e singura mea șansă să-l recâștig pe Ren. Trebuie să găsesc Rochia.

Și-a dat jos ochelarii:

— Cea care îți garantează că toți se vor îndrăgosti de tine?

— Da! Exact așa! Așa cum a avut și mama. Doar că sper să ajung să o și port și să-și facă treaba.

— Rochia? a întrebat Sonia uitându-se când la unul, când la altul. Îmi cer scuze, dar nu reușesc să vă înțeleg.

Howard s-a întors spre ea:

— Sonia, azi o să închidem cimitirul mai devreme. Probabil că e destul de ușor să găsești o rochie, dar Rochia aceea? O să dureze ceva timp, a continuat și mi-a făcut cu ochiul. Și, apropo, îmi amintesc că am surprins-o pe mama ta în versiunea ei de Rochie. Cred că am intrat apoi în zid.

Sonia a clătinat din cap:

— Tot mi-e puțin neclar despre ce anume vorbim noi aici, dar știi că nu putem închide cimitirul. E complet împotriva regulamentului.

— Bine, nu-l vom închide. Îl vom abandona câteva ore, cât timp vom face o excursie de urgență, la cumpărături, în Florența.

Am țopăit de bucurie:

— Mulțumesc! O să fie grozav!

Sonia tot nu părea convinsă:

— Howard, eu am să rămân aici, în caz că vine vreun vizitator.

El a dat din cap:

— Nu, o să avem nevoie de tine. Știi că sunt complet neputincios când e vorba de cumpărături, nu? Dulapul meu e pentru haine care sunt pe moarte. Avem nevoie de părerea unei femei.

Sonia s-a cutremurat:

— E drept, ai gusturi destul de proaste. Mai ții minte când te-am făcut să-ți arunci pereche aia oribilă de pantaloni reiați? Ieșeau fire de ață din ei…

Mi-am încleștat mâinile în dreptul pieptului:

— Te rog, Sonia. Nici măcar nu știu pe unde sunt magazinele de rochii și voi avea nevoie de tot ajutorul din lume. Trebuie să arăt incredibil în noaptea asta. Mă ajuți, te rog?

A privit din nou, înainte și înapoi, de la Howard la mine, după care și-a scuturat capul:

— Cred că voi doi v-ați pierdut mințile. Dar e în regulă. Luați-mă de acasă.

— Da!

Howard și cu mine am bătut palma, iar eu am ieșit așteptându-l să închidă Centrul, după care am fugit împreună până acasă.

Pe drumul spre Florența, Howard și cu mine am pus-o la punct pe Sonia cu statusul nostru de non-rude, dar totuși rude.

A părut șocată:

— Vreți să spuneți că, de fapt, nu sunteți tată și fiică?

— Nu în detaliu, i-am răspuns.

— Iar tu, Howard, tu ai știut dintotdeauna?

— Da.

A dat din cap și a început apoi să-și facă vânt cu portofelul:

— Numai în Italia.

Howard a privit-o:

— Și Sonia, pe viitor, te rog să nu-mi mai redirecționezi către altcineva nicio livrare. Deși, în cazul ăsta, cred că lucrurile au ieșit cum trebuie.

— Jur pe roșu. N-am să mai fac niciodată una ca asta, s-a întors ea cu fața spre mine. La ce oră vine Ren să te ia?

— La nouă. Dar nu merg cu Ren. Merg cu Thomas.

— Ah. Dar credeam că tu și cu Ren..., și a lăsat propoziția neterminată.

— Ai crezut că eu și cu Ren, ce anume?

Howard a privit-o, apoi mi-a întâlnit privirea în oglinda retrovizoare:

— Știi cum spunem noi în engleză că oamenii își poartă inimile pe mâneci? În italiană se spune „*avere il cuore in mano*". Adică, îți ții inima în mâini. De fiecare data când te privește Ren, asta e expresia care îmi vine în minte. Te iubește la nebunie.

— Nu, nu este...

Sonia s-a băgat în vorbă din nou:

— Ba sigur că este. Și nu-l poți învinui. Uită-te la tine. Bietul de el nu are cum să se abțină.

— Are o iubită.

— Are? s-a mirat Howard.

Am încuviințat.

— Bun, și tu ce simți pentru el?

M-au privit amândoi și am izbutit să rămân tăcută vreo trei secunde, apoi am izbucnit ca un vulcan:

— Ah, bine, îl iubesc. Îl iubesc la nebunie. În afară de Addie, e singura persoană care mi-a fost alături și m-a făcut să mă simt normală, și e extrem de haios și de ciudat, și are strungăreață care-mi place la nebunie. Dar nimic din toate astea nu contează pentru că are o iubită, și ieri cred că am avut o pierdere de sănătate mintală momentană pentru că l-am sărutat și l-am speriat de moarte. Plus că iubita aia a lui arată de parcă ar fi scoasă dintr-o revistă de modă, iar pe mine când mă vede Ren, ori sunt plină de transpirație, ori plâng în hohote. Așa că vreau să mă gătesc și să merg la petrecere fiindcă sper să-i atrag atenția îndeajuns de mult cât să-mi vorbească măcar, să-i spun ce simt și să încerc măcar să salvez prietenia noastră. Poftim, așa stau lucrurile. Asta simt eu pentru Ren.

Howard și Sonia păreau stupefiați.

M-am lăsat să cad pe spatele banchetei:

— De asta am nevoie de rochia perfectă.

A urmat o clipă de liniște, după care Sonia s-a întors spre Howard:

— Banii sunt o problemă?

— Nu.

— Atunci, fă la stânga. Știu unde trebuie să mergem.

Howard ne-a dus la un magazin de rochii de lângă centrul orașului, unde am parcat și ne-am dat jos tustrei și am alergat trei străzi mai departe. Am intrat în goană în magazin și doamna de după tejghea ne-a privit speriată.

— *Cos'e successo*?

— *Stiamo cercando il vestito piu bello nel mondo*,[1] a răspuns Howard și s-a întors către mine. Are nevoie de acea Rochie.

Femeia ne-a studiat puțin, după care a pocnit din palme:

— Adalina! Sara! *Venite qui*!

[1] — Ce s-a întâmplat?
— Căutăm rochia cea mai frumoasă din lume, în italiană în original.

Două femei au venit dintr-o cameră din spate și după ce a avut loc același schimb de priviri cu Howard, și-au scos centimetrele și au început să-mi măsoare talia, și fundul, și bustul și... mda. Destul de jenant.

În cele din urmă, s-au apucat să strângă rochii de prin tot magazinul, după care s-au grăbit să mă bage într-o cabină de probă, cu tot cu rochii. M-am strecurat din hainele de alergat și am tras-o pe prima peste cap. Era de-un roz ca vata de zahăr și mi-a amintit de ziua în care am vărsat într-o roată în parcul de distracții. Cea de a doua era galbenă și cu pene și semăna suspicios de bine cu costumul personajului din *Sesame Street*, Big Bird. Cea de a treia nu era chiar îngrozitoare, dar bretelele erau așa de lungi, că îmi stăteau la doi centimetri deasupra umerilor, iar petrecerea era azi, nu mai aveam timp s-o duc la rectificat. M-am inspectat sever în oglindă. Nu te panica. Părul meu o făcuse, oricum. Sau poate că așa arătase dintotdeauna.

— Cum merge? m-a întrebat Sonia aflată de cealaltă parte a cabinei.

— Încă nimic.

— Încearc-o pe asta, a spus și mi-a aruncat alta peste ușă și m-am schimbat repede.

Albă și pufoasă. Arătam exact ca o bezea. În ziua nunții.

— Ah, nu, m-am lamentat. Niciuna nu este potrivită. Dacă n-am să o pot găsi?

— Te-am adus aici dintr-un motiv anume. Stai să văd dacă e pe aici fata mai mare a patronului. E foarte pricepută. Mă întorc imediat.

M-am apropiat de oglindă și m-am mai privit o dată. Nu numai că nu arătam de neuitat, dar eram chiar ridicolă. Nu aveam cum să-l câștig pe Ren înapoi dacă arătam ca și cum m-aș fi prăjit la un foc de tabără.

— Lina?

Sonia a bătut la ușă, apoi a intrat însoțită de o altă femeie. Doamna avea vreo treizeci și ceva de ani și-și prinsese părul într-un coc, cu un creion. Arăta ca și cum ar fi știut ce făcea. Mi-a făcut semn cu mâna să mă întorc.

— Nu. *Tutto sbagliatto*[1].

— *D'accordo*, a zis și Sonia. Zice că asta e complet greșită.

— Poți s-o rogi să-mi găsească una care să fie bună?

— Nu-ți face griji. La asta se pricepe. Las-o să-și facă treaba.

Femeia a făcut un pas în față și mi-a cuprins bărbia în mână. După ce mi-a mișcat fața dintr-o parte în alta, studiindu-mi trăsăturile, s-a tras înapoi și mi-a mai făcut un semn să mă învârt o dată. În cele din urmă, a dat din cap și și-a ridicat mâna:

— *Ho il vestito perfetto*. Așteaptă.

S-a reîntors cu o rochie de culoare roz-nud, cu broderie în toată partea de sus și cu o fustă scurtă și care cădea în valuri. Am luat-o de la ea și am ținut-o în față.

— Asta? am întrebat-o.

— Da. Asta, a zis ea ferm.

A ieșit din cabină și a închis ușa în urma ei.

Am scos rochia de bezea și mi-am tras-o pe cea nouă peste cap. Materialul era fin și se simțea la fel ca mătasea, drept care mi-a alunecat cu ușurință peste piept și șolduri, oprindu-se exact unde trebuia.

Nici n-a mai fost nevoie să mă văd în oglindă să știu că aceea era cea aleasă.

---

[1] E greșit totul.

Până când a ajuns Thomas cu mașina tatălui lui — un BMW argintiu decapotabil — am reușit să mă transform complet. Sonia mă ajutase să-mi aranjez părul care-mi cădea în bucle ne-meduziene și-mi împrumutase o pereche de pantofi cu toc și niște cercei mici, cu diamant. Mă machiasem și mă parfumasem și-mi repetasem de nenumărate ori ce voiam să-i spun lui Ren. *Ren, vreau să-ți spun ceva.* M-am privit în oglindă și-am aruncat și o a doua privire, cu surprindere. Nu-mi venea să cred cât de tare semănam cu o italiancă.

— Este aici, mi-a strigat Howard de jos.

— Vin!

Am tras adânc aer în piept să-mi liniștesc emoțiile, după care am coborât scările balansându-mă. Pantofii Soniei erau absolut minunați, dar înspăimântător de înalți. Am ajuns în mod miraculos jos fără să fac nicio mișcare involuntară de gimnastică și când mi-am ridicat privirea l-am surprins pe Howard cu ochii încețoșați.

— Ești foarte frumoasă. Nu mă interesează cum arată iubita lui Ren. Nu are nicio șansă.

— Ar fi drăguț să fie așa. Dar m-aș bucura și numai dacă ar vrea să mai vorbească cu mine.

— Pariez că se va întâmpla prima variantă.

S-a auzit un ciocănit la ușă, iar Howard a traversat camera și a deschis:

— Salut, tu ești Thomas?

— Da, mă bucur să vă cunosc.

M-am clătinat până la ușă.

— Wow! Lina, arăți...

Lui Thomas i-a picat literalmente falca. După care l-a observat pe Howard care-l privea ca pe o căprioară în timpul sezonului de vânat și și-a dres vocea:

— Scuze. Frumoasă rochie. Arăți foarte bine.

— Și tu arăți bine.

La costum gri cambrat. Părul ciufulit în mod intenționat. Aproape că o puteam auzi pe Addie de aici cum se auto-aprindea.

— Ești gata de plecare? m-a întrebat.

— Gata.

Am mers și l-am îmbrățișat pe Howard:

— Cât timp am voie să stau?

— Cât vrei. Mă rog, în limite rezonabile, a spus și mi-a făcut cu ochiul. O să se rezolve totul.

— Mersi.

L-am urmat pe Thomas la mașină și mi-a deschis portiera:

— Chiar ești superbă.

— Mersi.

— Ce-a vrut tatăl tău să spună cu „o să se rezolve totul"?

— Hm, nu știu sigur, i-am răspuns privindu-mi telefonul pentru a nu știu câta oară.

Sperasem toată după-amiaza că mă va suna Ren. Și toată după-masa *nu* mă sunase.

Thomas trecu pe locul șoferului și băgă cheile în contact:

— Frumoasă mașină, nu?

— Chiar frumoasă.

— Tata mai are și un Lamborghini. Mi-a spus că dacă reușesc să nu iau nicio amendă timp de un an, atunci o să mi-o dea din când în când.

— Păcat că nu în seara asta.

— Știu, așa-i?

A dat cu spatele cu grijă până a ieșit de pe alee și a pornit-o pe drumul principal.

— Știai că în Italia trebuie să ai optsprezece ani ca să ai voie să conduci? Cred că sunt singurul din școală care are carnet.

— Ren o să și-l ia la anul.

— Dar e în anul trei de liceu.

— Face optsprezece ani în martie.

— Ah.

A ieșit pe șosea și a accelerat, dând volumul la muzică mult prea tare să mai putem vorbi.

Sunt convinsă că ar fi trebuit să fie o experiență complet magică, tot acest drum prin zonele rurale ale Italiei, într-o decapotabilă luxoasă, alături de agentul 007, dar pe mine m-a lăsat rece. Eram mult prea ocupată să repet în minte ce voiam să-i spun lui Ren. Și străduindu-mă să-i țin mâinile agentului 007 departe de mine.

— Tatăl Valentinei lucrează în același loc cu tata, numai că e mai sus ca poziție. Am fost la multe petreceri la ei acasă și e mereu nebunie. Într-un an au făcut o cină în stil japonez și-au avut niște femei așezate pe mese. Trebuia să mănânci sushi direct de pe ele.

— Bleah. Pe bune?

— Da, a fost super tare!

Și-a lăsat mâna să alunece pe genunchiul meu gol — din nou — și-am făcut niște mișcări exagerate să-mi rearanjez picioarele în așa fel încât să-l fac să-și miște mâna de acolo. Din nou. L-am privit și am oftat. Oricare altă fată ar fi dat toată înghețata din Florența pentru șansa de a fi în locul meu. Dar eu nu eram ca ele. Iar ele nu-l cunoșteau pe Ren.

Am ajuns în cele din urmă și am fost șocată. Nu fiindcă ar fi arătat casa precum castelul lui Dracula — normal că așa era — dar din cauza numărului de oameni care era acolo. Mașini și taxiuri se strângeau ciorchine pe aleea din față și pâlcuri de petrecăreți extaziați își croiau drum spre ușa de la intrare. Ne-a luat zece minute bune și trei rearanjări de picioare doar ca să ajungem în dreptul valetului de la parcare.

Am ajuns în față și Thomas a aruncat cheile valetului și a făcut un spectacol întreg când m-a ajutat să ies din mașină. Un covor roșu era așezat pe treptele care urcau spre ușa de la intrare și mii de oameni își făceau loc să intre. Îmi făcusem griji ca nu cumva să mă fi îmbrăcat prea elegant, dar toată lumea arăta de parcă erau pe cale să asiste la o premieră de covor roșu. Asta era cu adevărat o ocazie perfectă de purtat Rochia.

— E mult mai mare decât am crezut eu, am spus și l-am apucat pe Thomas de braț înainte să-mi pierd echilibrul pe trepte.

— Ți-am spus eu. O să fie trăsnet.

— Toți prietenii tăi locuiesc în case din astea?

— Numai cei care dau petreceri.

În holul de la intrare era o scară înaltă, în spirală și un candelabru extravagant făcut din sticlă colorată. Am fost opriți de un om cu un teanc de hârtii în brațe:

— Numele, vă rog.

Avea accentul la fel de pronunțat ca bicepșii.

— Thomas Heath, a spus Thomas întorcându-se și rânjind spre mine. Cu prietena, a adăugat.

Bărbatul a căutat prin hârtii și a însemnat numele lui Thomas:

— *Benvenuti.*

— Vă supărați dacă verific și eu lista repede? l-am întrebat. Mă întrebam dacă a ajuns un prieten de-al meu.

— Nu, a spus și a acoperit lista cu mâna. Este *privato.*

Nu era vorba că veniserăm la Pentagon, sau mai știu eu unde, așa că am insistat:

— Nu am nevoie să mă uit decât o secu…

— Haide, m-a prins Thomas de mână și m-a smucit de la listă, până am intrat în casă.

Toți stăteau ca sardinele într-o încăpere mare și înzorzonată, cu tavan înalt și alte cinci candelabre, și-a fost nevoie să ne împingem printre alții, împiedicându-ne de rochiile elegante și trecând de tipii care asudau în hainele de la costum. Toată mobila fusese împinsă la marginea camerei și într-un colț improvizaseră o scenă. Deocamdată acolo nu era nimic altceva decât o grămadă de instrumente, dar muzica din cameră răsuna din boxe la un nivel de sunet care ar fi putut ucide cu ușurință o pasăre de mărime mică. Era *atât* de aglomerat! Cum aveam să dau eu de Ren?

— Lina! Thomas!

Elena a apărut deodată din mulțime și m-a strâns de braț. Purta o rochie gri, scurtă și avea părul prins în coadă.

— Wow! Lina, ești *bella*! Asta e culoarea ta!

— Mersi, Elena. L-ai văzut cumva pe Ren?

— Pe Ren? Nu. Nici măcar nu știu dacă vine. Probabil că Mimi o să-l omoare.

— De ce?

Thomas a pufnit în râs:

— Fetele, uitați-o pe Selma, a spus și ne-a arătat o femeie între două vârste care se urcase pe scenă și bâjbâia la instrumente.

Purta o tiara și o rochie mini de culoare roz aprins, care mai avea zece secunde și crăpa pe ea, riscând să nu-i mai poată ține sânii ascunși.

— Bleah, a remarcat Elena dând din cap. Asta e mama Valentinei. A fost top model prin anii nouăzeci și are prin toată casa etalate poze sexy cu ea. Cred că aș prefera să mor decât să văd încontinuu decolteul maică-mii.

— Decolteul bionic al mamei, a continuat Thomas. Ar trebui să încercăm să prindem un loc mai bun, lângă trupă. Valentina mi-a zis că încep să cânte la zece.

Elena a clătinat din cap:

— Eu îl aștept pe Marco.

— Pe Marco, hm?

Elena i-a aruncat o privire urâtă:

— *Dai.* Așa i-am spus, că îl aștept. Nu înseamnă nimic altceva.

— A-ha, bine.

— Elena, dacă îl vezi pe Ren îi spui, te rog, că trebuie neapărat să vorbesc cu el? am rugat-o eu.

— Sigur, nicio problemă.

L-a privit pe Thomas, după care s-a plecat spre mine:

— Wow. Thomas arată *incredibil*, a spus și a pronunțat cuvântul ca o italiancă. Bună alegere. Este *troppo* sexy. Sunt sigură că fiecare fată pe care a cunoscut-o a încercat să se dea la el. Cred că tu ești norocoasă. E complet aiurea că Ren s-a despărțit de Mimi pentru tine, dar înțeleg perfect de ce te afli aici cu Thomas.

În cap s-au declanșat instantaneu opt sute de semne de exclamare.

— Ren s-a despărțit de Mimi? Când? Azi?

S-a încruntat:

— Nu știu. Poate că ieri? Mimi a spus totuși că e bucuroasă așa. Nu vreau să te superi, dar Ren e uneori foarte ciudat. Spune de fiecare dată tot ce-i trece prin cap.

— Da, dar tocmai asta e minunat la el.

Și-a strecurat privirile spre Thomas:

— Mda, probabil că da. Ne vedem mai târziu. Mă duc la intrare.

— Pa. Îi spui tu lui Ren unde sunt dacă îl vezi, da?

— Ești bine? m-a întrebat Thomas după ce a plecat Elena.

— Da, sigur.

Poate chiar mai bine decât doar bine. Ren se despărțise de Mimi pentru *mine*? Și-atunci ce fusese toată chestia aia în Roma? Misiunea mea de Găsire a lui Ren atinsese deja cote maxime.

— Hai să ne luăm ceva de băut și pe urmă mergem la scenă, a propus Thomas.

— Sigur.

Următoarele două ore au trecut incredibil de greu. Trupa era spaniolă și după fiecare două-trei melodii toboșarul se pierdea cu firea și-și arunca bețele în mulțime, de unde trebuiau pescuite iar și iar pentru a putea începe următorul cântec.

Thomas a dispărut din ce în ce mai des după băuturi, iar Ren continua să nu apară. Unde era? Dacă nu venea? Oare toată Rochia asta era, de fapt, un blestem? Dacă așa era, mai bine veneam în hainele de alergat.

Într-un târziu, am inventat o scuză:

— Thomas, mă duc la baie. Mă întorc imediat.

A ridicat degetul mare, fără prea mare precizie, iar eu am început să mă împing prin mulțime și să scanez scurt petrecerea. Din câte îmi dădeam seama, Ren nu se afla în camera principală. Și nici pe treptele de la intrare. Unde era? M-am decis într-un final să mă duc la baie, dar era o coadă lungă și mi-am lungit gâtul tot uitându-mă după Ren.

Când mi-a venit rândul, am încuiat ușa în urma mea, m-am uitat în oglindă și am oftat. Rochia mea tot impecabil arăta, dar eu transpirasem și îmi dădeam seama că părul meu se pregătea de o revoltă. L-am prins la spate într-o coadă, după care mi-am verificat din nou telefonul. Nimic. Unde era?

Thomas mă aștepta la ușă.

— Aici erai. Trebuie să ne grăbim. Toată lumea trebuie să iasă afară. Urmează o mare surpriză.

Mi-am abandonat pantofii, i-am scos pur și simplu și i-am cărat în mână cât timp ne-am mișcat luați de valul de oameni, spre ușile din spate. După ce am ieșit în cele din urmă afară, am rămas fără respirație. Curtea era de mărimea unui teren de fotbal și pe jos fuseseră așezate zeci de pături albe în carouri, cu marginile marcate de niște lumânărele de ceai. Era atât de romantic că-ți făcea rău. Jumătate din oamenii de acolo urma să fie luați de val și să-și declare dragoste nețărmurită unul față de altul.

— Thomas, nu l-ai văzut pe Ren cât am fost eu la baie, nu?

— Nu, nu, nu.

S-a oprit la baza treptelor și mi-a pus ambele mâini pe umeri:

— Haide să facem un pact. Nu mai vorbim despre Ren. Vreau doar să vorbesc despre tine, a spus și mi-a zâmbit larg. Și despre mine. Acum, haide, vino.

M-a tras înainte și m-am împiedicat puțin când am intrat pe iarbă.

— Unde mergem?

— Ți-am spus, e o surpriză.

Ne-am îndreptat spre o pătură goală de la marginea curții, iar Thomas a luat loc, și-a lărgit cravata și și-a dat jos haina. Avea și cămașa la fel de șifonată ca părul și mi-am dorit pentru a mia oară să fi fost Addie acolo să-i admire frumusețea. Pe care și-o irosea complet cu mine.

— Și acum, așază-te, mi-a spus.

— Poftim?

— Stai jos, a spus și a atins ușor pătura.

— Thomas...

— Relaxează-te. Nu am de gând să fac nimic. Stai jos o secundă. Îți promit că nu am să mă mișc de aici.

L-am privit o clipă, după care m-am așezat pe pătură și mi-am aranjat rochia de jur împrejur:

— Și acum?

— Închide ochii. Îți spun eu când să-i deschizi.

L-am privit, am răsuflat și mi-am închis ochii pe jumătate. Trebuia să arate oare așa de bine? Chiar îmi complica viața. A început să numere încet, înapoi:

— Douăzeci... nouăsprezece... optsprezece...

A ajuns la „unu", după ce stătusem vreo jumătate de secol acolo, și mi-am deschis ochii la auzul unor aclamații colective, venite de pe pajiște. Pretutindeni în jur se ridicau în aer lampioane albe cu lumânări aprinse înăuntru. Cu *sutele*. Thomas a zâmbit la vederea stupefacției de pe fața mea:

— Valentina mi-a spus că vor face asta. Tare, nu?

— Foarte tare.

Am privit tăcuți câteva momente până când lampioanele s-au ridicat spre stele precum niște meduze grațioase. Era o noapte frumoasă, cu un aer magic, iar eu — ah, mă simțeam așa de nefericită că-mi venea să plâng. Eram în Italia, martoră la o scenă desprinsă din paginile unui basm, dar nu mă puteam gândi decât la Ren? Aveam oare să ajung la fel ca Howard? Rănită din iubire pe viață? Avea să fie nevoie să-mi cumpăr propriul meu blat de gătit și să mă apuc de făcut brioșe cu afine la miezul nopții?

— Ți-am spus eu c-o să-ți placă. Mai târziu au și artificii, a spus Thomas sprijinit într-un cot și coborându-și fața spre a mea.

Câteva luminițe i se reflectau în ochi și pentru o fracțiune de secundă am uitat de ce nu-l plăceam. După care mi-am amintit:

— Thomas, trebuie să-ți spun ceva.

— Șșt. Poți să-mi spui mai târziu.

Și înainte să pot reacționa s-a rostogolit deasupra mea, și-a lipit buzele de ale mele și m-a lipit cu tot corpul de pământ. O secundă a fost ca și cum s-ar fi amestecat laolaltă Crăciunul, cu ziua mea și cu vacanța de vară, iar pe urmă totul a fost nepotrivit. M-am răsucit de sub el și m-am ridicat în șezut:

— Thomas, nu pot să fac asta.

— De ce?

S-a ridicat și el, cu un aer confuz pe față. Probabil că era prima dată când era refuzat. Sărman nenorocit!

Am dat din cap:

— Ești minunat. Și arăți așa de bine. Dar pur și simplu nu pot.

— Din cauza lui Ren?

— Mda.

— De ce ai mai venit cu mine, dacă îți place de Ren?

— Îmi pare rău, a fost complet nepotrivit. Ar fi trebuit să-ți spun mai devreme.

S-a ridicat de tot, și-a luat jacheta și și-a scuturat iarba de pe pantaloni:

— Din fericire pentru tine, iubitul tău e chiar acolo.

— Ce spui? am zis și m-am întors imediat.

Ren stătea la câțiva metri depărtare, cu spatele la mine. M-am adunat de pe jos.

— Ne mai vedem, a zis Thomas.

— Thomas, chiar îmi pare rău, am strigat eu în urma lui, dar era deja în drum spre casă.

Am tras adânc aer în piept, mi-am adunat pantofii și aproape că am alergat către Ren. Se îmbrăcase cu un costum bleumarin și arăta ca și cum l-ar fi ținut cineva și l-ar fi tuns. L-am atins pe spate:

— Ren?

S-a întors și-am simțit cum cioburile inimii mele sfărâmate se prefăceau în praf. Arăta așa de bine. *Așa* de bine.

— Bună, a spus fără nicio urmă de surpriză în glas.

— Am sperat să fii aici. Putem sta puțin de vorbă?

Dintr-odată, Mimi s-a materializat dintr-un grup de fete din apropiere. Avea o rochie neagră mulată, cu niște dungi decupate pe laterale, de-a lungul cutiei toracice, iar ochii subliniați cu un creion dermatograf negru. Ca o tigresă. N-am văzut niciodată ceva mai terifiant.

Și-a unit brațul de al lui Ren.

— Bună, Lina. Ce mai face Thomas?

— E bine, i-am răspuns în surdină.

— Ren, hai să intrăm înapoi. Cred că trupa se pregătește să înceapă din nou.

— Ren, pot să-ți vorbesc un minut? l-am întrebat.

Mă privea undeva pe lângă urechea mea dreaptă.

— Sunt cam ocupat acum.

— Te rog. Nu durează mai mult de un minut. Trebuie neapărat să-ți spun ceva.

— E ocupat acum, a spus Mimi strângându-l și mai tare de braț.

El i-a privit mâna, și apoi s-a uitat la mine:

— Bine, un singur minut.

— Ren, pe bune? a mormăit Mimi.

— N-o să dureze mult. Mă întorc imediat.

S-a întors și a plecat cu o smucitură. Fata asta știa cum să se smucească.

— Ce s-a întâmplat? m-a întrebat Ren încet.

— Mergi puțin cu mine?

Până am ajuns la marginea grădinii, din lampioane nu se mai vedeau decât niște puncte strălucitoare pe cer, iar eu eram convinsă sută la sută că Ren nu trecuse de cele întâmplate la Roma. Se târa după mine, ca un robot bine îmbrăcat, iar eu am simțit cum mă scufund din ce în ce mai mult. Avea să funcționeze toată schema asta?

Grădina era terasată și am coborât câteva trepte, depășind un cuplu care se săruta lângă un copac și un grup de tipi care călăreau ciocanele de crochet prefăcându-se că sunt jochei. O chestie de care am fi râs amândoi. Asta dacă am fi vorbit unul cu altul. Într-un târziu, am ajuns la o bancă albă, de piatră și Ren s-a așezat. M-am așezat alături.

— Extraordinară petrecere, am zis.

A ridicat din umeri. Bun. Nu avea să-mi ușureze munca.

— Cred că am să trec direct la subiect, am spus cu glas tremurat. Nu am mai întâlnit niciodată pe cineva ca tine. Ești deștept și haios și mă simt foarte bine cu tine, și ești practic singura persoană pe care am cunoscut-o de când a murit mama cu care nu simt că ar trebui să mă prefac în niciun fel. Și îmi pare foarte, foarte rău pentru ce s-a petrecut în Roma. N-a fost deloc corect să te sărut fiindcă ai o prietenă, sau, mă rog... aveai o prietenă...

L-am privit sperând să clarifice acest aspect, dar nu a spus nimic.

— În fine. Nu am știut până în clipa aia ce sentimente am față de tine, dar ar fi trebuit să-ți spun, în loc să sar pe tine. Ce încerc eu să zic e că te plac foarte mult. Mult. Dar dacă nu simți la fel pentru mine, să știi că e în regulă. Fiindcă ești foarte important pentru mine și sper să mai putem fi prieteni.

Deodată s-a auzit o a doua rundă de aclamații de pe pajiște, după care a ajuns la noi un sâsâit, urmat de pocniturile unor artificii roșii care explodau pe cer. Ar fi fost momentul perfect pentru ca Ren să mă ia în brațe și să-mi jure iubire veșnică. Doar că nu a făcut-o.

M-am mișcat stânjenită. Au mai explodat câteva artificii, dar Ren nici măcar nu și-a ridicat privirea.

— Ar fi super dacă ai spune și tu ceva.

A dat din cap:

— Nu știu ce vrei să-ți spun. De ce nu mi-ai spus mai devreme? Și când am fost în Roma de ce mi-ai spus că nu te-ai gândit la mine decât ca la un prieten?

La naiba! Nu ar fi trebuit să spun asta.

— Cred că încercam să-mi salvez mândria. Era clar că nu ai vrut să mă săruți și mi-a fost foarte rușine. Am încercat să repar situația.

Și-a ridicat privirea:

— Ei bine, ai greșit. Și eu am vrut să te sărut, dar m-am oprit pentru că mi-a fost teamă că nu asta voiai. Toată întâlnirea cu Matteo fusese destul de dificilă și nu am vrut ca lucrurile astea să se întâmple numai fiindcă erai într-un montagne russe emoțional. După care mi-ai spus că nu asta ți-a fost intenția.

— Dar mi-a fost. Asta încer...

M-a întrerupt:

— Am plăcut-o mult timp pe Mimi. Vreun an. M-am gândit mereu la ea și pe urmă, când chiar au început să meargă treburile am zis că sunt cel mai norocos tip din lume. După care te-am cunoscut pe tine și deodată am început să-i evit telefoanele și să găsesc moduri prin care să-mi petrec timpul cu tine. Așa că în seara în care am fost la Space am sunat-o și i-am spus că vreau să ne despărțim. Nu știam dacă aveau să meargă lucrurile între mine și tine, dar eram dornic să dau o șansă relației ăsteia.

A clătinat din cap:

— Pe urmă am mers la Roma. Și s-au petrecut toate astea. Iar în seara asta... a spus și s-a ridicat. De ce ai oare impresia că poți sta lipită toată de Thomas și pe urmă să vii să-mi spui că mă placi?

În spatele ochilor mei a explodat un cu totul alt tip de artificii:

— Tu de ce crezi că poți să stai lipit tot de Mimi și pe urmă să vii să-mi spui că m-ai plăcut de la bun început? Tu ești cel care a avut o iubită în tot timpul ăsta.

— Ai dreptate. Am avut o iubită. De care m-am despărțit. Și nu sunt eu cel care tocmai se rostogolea pe iarbă cu altcineva. Ce sunt eu pentru tine? Tipul de rezervă?

Am țâșnit în picioare:

— Dacă te-ai fi uitat cu adevărat, ai fi văzut că l-am împins pe Thomas de pe mine și i-am spus că pe tine te plac, nu pe el. Dar nu contează. Nu-mi mai pasă.

— Nici mie. Mă întorc la petrecere. Iar tu ai face bine să te întorci înapoi la cel cu care ai venit.

S-a întors și a plecat.

— *Stronzo*! am strigat în urma lui.

Deasupra capului i s-au aprins niște artificii în formă de inimă.

Capitolul 28

I-A LUAT LUI HOWARD APROAPE O ORĂ SĂ GĂsească casa Valentinei. În primul rând, nu știam cine era Valentina și-n al doilea, nu găsisem pe nimeni care să știe adresa. Selma cu decolteul ei bionic era de negăsit și n-am dat nici de Elena, nici de Marco, de nimeni altcineva. Într-un târziu, l-am găsit pe tipul de la intrare și l-am rugat să-mi spună unde ne aflăm, dar nu prea vorbea englezește și-și păzea fișele de mine ca și cum aș fi încercat să-l păcălesc să-mi dea liber acces. În cele din urmă, l-am forțat să vorbească la telefonul meu și așa i-a dat indicații lui Howard.

Până a ajuns Howard să intre pe alee mi se scursese deja toată furia și eram la fel de mândră ca o spaghetă fiartă. Mă simțeam mototolită. Ba nu, mânjită. Am urcat în mașină și Howard nici măcar nu m-a întrebat cum a mers. Își dădea seama după fața mea.

Am ajuns acasă și am aruncat rochia pe jos, mi-am pus un tricou și o pereche de pantaloni de pijama și m-am dus jos. Eram pe punctul de a izbucni în lacrimi, dar nu suportam gândul că voi plânge singură în cameră. Din nou. Ajunsesem din nou la pragul meu de patetism.

— Avem *gelato* și ceai, m-a anunțat Howard când m-a văzut intrând în bucătărie. Ce sună mai bine?

— *Gelato.*

— Excelentă alegere. De ce nu mergi în living să stai jos? Îți aduc imediat un bol.

— Mersi.

Am mers și m-am așezat pe canapea cu picioarele încrucișate și cu capul sprijinit de perete. Îmi petrecusem toată noaptea căutându-l pe Ren, iar el m-a văzut exact în momentul în care Thomas a sărit pe mine. Care erau șansele să se întâmple una ca asta? Oare ne era potrivnică soarta? Și chiar l-am numit *stronzo*? Nici măcar nu știam ce însemna cuvântul ăla.

Howard a intrat cu două boluri:

— Am de două feluri, *fragola e coco*. Căpșuni și nucă de cocos. Îmi pare rău că nu avem *stracciatella*. Îmi dau seama că e o noapte numai bună de *stracciatella*.

— E bine și așa, am spus și i-am luat un bol pe care l-am așezat în echilibru pe genunchi.

— A fost o noapte grea?

— Nu cred că se mai poate rezolva ceva între mine și Ren, am zis și mi-au dat lacrimile. Nici măcar ca amici.

— N-a mers bine discursul tău?

— Nu. De fapt, ne-am trezit prinși într-un concurs de țipat unul la altul și i-am strigat un cuvânt urât din italiană. Sau așa cred, că e un cuvânt urât.

— Care era?

— *Stronzo.*

S-a așezat pe scaunul din fața mea, încuviințând cu un aer grav.

— Ne revenim din *stronzo*. Dar ține minte, nu se termină până nu e gata de tot. Ani de zile am crezut că lucrurile între mine și mama ta erau terminate, dar am început să vorbim din nou înainte să fie diagnosticată.

— Chiar?

— Da. Mi-a trimis un e-mail și am corespondat aproape un an. Era ca și cum am fi luat-o de la capăt exact de unde o lăsaserăm. Nu am vorbit nimic despre chestiile complicate, doar un schimb de replici amuzante.

— V-ați mai văzut unul cu altul?

— Nu. Probabil că știa că dacă o mai vedeam o dată, o luam cu totul. Fără întrebări.

— Ca pe sabine, am spus încercând să iau un pic de înghețată. Mi-a alunecat de pe limbă și-am lăsat lingurița să zdrăngăne în castron.

— Voi doi aveți cea mai tristă poveste pe care am auzit-o.

— N-aș spune asta. Au fost și destule momente bune.

Am suspinat:

— Și deci, cum trec peste Ren?

— Sunt cea mai nepotrivită persoană pe care poți s-o alegi să întrebi asta. M-am îndrăgostit o singură dată și așa am rămas. Dar dacă mă întrebi pe mine, merită. „O viață fără dragoste e ca un an fără vară."

— Profund. Dar mă aștept ca vara să se termine dintr-o clipă în alta.

Mi-a zâmbit:

— Mai așteaptă puțin. O să se rezolve.

Am stat până târziu de tot cu Howard în noaptea aia. Când am verificat telefonul, am descoperit un mesaj de la Addie, format din trei cuvinte (AU SPUS DA!!), după care am mai discutat o oră cu Howard despre avantajele și dezavantajele statului sau plecatului din Florența. A scos chiar și un caiet liniat și a făcut două coloane cu MOTIVE DE STAT și MOTIVE DE PLECAT. Nu l-am adăugat pe Ren la listă pentru că nu m-am putut decide de care categorie ținea. Să fiu cu inima sfâșiată, dar să-l văd zi de zi? Sau să fiu cu inima sfâșiată și să nu-l mai văd niciodată? Oricare din variante mi se părea incredibil de dureroasă. În cele din urmă, m-am dus la culcare și mi-am petrecut noaptea întorcându-mă de pe o parte pe alta. Se pare că exista un motiv real pentru care se folosește expresia „a cădea cuiva drag", probabil pentru că exact așa te simți, cum cazi. Nu se mai pune problema de încercări și exemple, îți dai drumul și speri să fie cineva acolo care să te prindă. Altfel o să te trezești cu niște răni serioase. Credeți-mi, știu ce spun.

Probabil că am adormit într-un târziu, fiindcă pe la patru m-am trezit cu o stare de spaimă. Mă lovise ceva? M-am ridicat în picioare, cu inima bătându-mi să-mi iasă din piept. Aveam fereastra la fel de larg deschisă ca de obicei și o pudră de stele sclipea de prin vârfurile copacilor. Totul era nemișcat și liniștit ca un lac. Nicio undă.

— Am visat, mi-am spus cu o voce mult prea calmă și în control deplin.

Era realmente singura parte din mine care n-o luase razna la gândul că fusesem sau nu trezită de un obiect rece și tare care m-a lovit cu putere în picior.

Nu că ar fi avut vreun sens.

Am clătinat din cap și mi-am tras așternuturile la loc, să mă bag înapoi în pat, ca o ființă rațională, după care am schelălăit și-am sărit vreo zece centimetri în sus, fiindcă erau monede pretutindeni. *Peste tot.*

Erau împrăștiate pe pat și pe covor și unele aterizaseră chiar și pe Rochia care stătea trântită pe covor, în cel mai trist morman posibil. Am orbecăit după veioză și m-am aplecat să le văd mai bine, atentă să nu le ating. Majoritatea erau de cupru, de unu și de doi cenți, dar unele din ele erau chiar și de douăzeci sau cincizeci de eurocenți. Ba chiar era și una de doi euro. În dormitorul meu ploua cu bani.

— Ce se petrece aici? am întrebat cu glas tare.

Clipă în care o altă monedă s-a arcuit prin geamul deschis și m-a izbit direct în față, făcându-mă să fac o mișcare de ascunde-te și acoperă-te pe care o învățasem în școala primară, la exercițiile de protecție împotriva cutremurelor. Dar când am ajuns la podea nu mi-a mai fost frică. Știam deja ce se petrecea.

Cineva îmi arunca bani pe geam. Ceea ce însemna ori că un reprezentant al guvernului era aici să mă informeze că tocmai câștigasem la loteria din Italia, ori că Ren încerca să mă trezească. Oricare ar fi fost, deja aveam o noapte mai bună ca până atunci.

Am sărit și m-am repezit la fereastră. Ren stătea la vreo doi metri de casă, cu brațul pregătit să mai arunce o monedă.

— Fii atent, și m-am mai trântit o dată la podea.

— Iartă-mă.

M-am ridicat din nou, cu grijă. Jacheta și cravata lui Ren erau întinse pe iarbă și ținea o pungă albă de hârtie în mâna cu care nu arunca monede. Eram așa de bucuroasă să-l văd, că-mi venea să-i trag un pumn direct în față.

Știu. Semnale contradictorii.

— Bună, mi-a spus.

— Bună.

Ne-am uitat unul la altul o bucată de timp. O parte din mine voia să-i azvârle Rochia în față, iar cealaltă voia să-mi las părul de Meduza în jos, ca să poată urca pe el până la mine în cameră. Cred că totul depindea de motivul pentru care se afla acolo.

Mi se părea că și Ren avea o luptă interioară. A ezitat o secundă:

— Te superi dacă te rog să cobori puțin?

Am așteptat nouă zecimi de secundă, după care am trecut un picior peste prag și am coborât cu grijă. Unele cărămizi erau inegale și le-am folosit ca puncte de sprijin să cobor pe zidul casei.

— Ai grijă, mi-a șoptit Ren cu brațele întinse, ca să mă prindă.

A fost nevoie să sar pe ultimii centimetri și m-am ciocnit direct de Ren, care a executat o mișcare ciudată de acoperire ce ne-a făcut pe amândoi să ne împletim unul de altul. Am țâșnit amândoi în picioare, iar Ren s-a dat înapoi și m-a privit cu o expresie pe care nu am reușit să o descifrez.

— Puteai folosi scările, mi-a spus.

— Scările sunt pentru *stronzo*.

A zâmbit:

— Ai plecat de la petrecere mai devreme.

— Mda.

Deodată, în dormitorul lui Howard s-a ivit o lumină.

— Howard, a șuierat Ren.

Arăta ca și cum tocmai l-ar fi văzut pe Omul Zăpezilor liber. Nu reușea deloc să treacă peste prima lor conversație.

— Vino, i-am spus și l-am luat de mână și am alergat la gardul din spate, încercând și nereușind să nu ne împiedicăm de fiecare bordură de care dădeam.

Speram să nu fim nevoiți să recurgem la o viață criminală fiindcă sunt sigură că am fi fost cei mai jalnici fugari din lumea întreagă.

— E imposibil să nu ne fi auzit, vorbi Ren cu răsuflarea întretăiată când am ajuns la zidul din spate.

— E în regulă. Uite. S-a stins din nou lumina la dormitor.

Cel mai probabil, Howard își dăduse seama ce se petrecea și se hotărâse să-mi treacă cu vederea mica escapadă din mijlocul nopții. Chiar era unul dintre cei mai buni oameni. M-am întors să-l privesc pe Ren, dar eram așa de emoționată că-mi alunecau ochii de pe chipul lui. Părea că și el avea aceeași problemă.

— Și despre ce ai vrut să-mi vorbești?

A lovit iarba cu piciorul:

— Eu nu… hm… nu ți-am spus mai devreme, dar în seara asta ai arătat senzațional. A fost versiunea ta pentru Rochie, nu?

— Da, am spus și-am privit și eu în jos. Dar nu prea cred că a funcționat.

— Ba da. Crede-mă. Și deci, acolo, la petrecere… a spus răsuflând puternic, am fost destul de supărat când te-am văzut cu Thomas.

Am încuviințat străduindu-mă să ignor raza de speranță din piept. Și…

— Trebuie să îmi cer scuze. Am fost foarte supărat la Roma, atunci când mi-ai spus că niciodată, niciodată, niciodată nu te-ai gândit la mine ca la altceva decât ca la un prieten.

— Nu am spus „niciodată" decât de două ori, am protestat.

— Bine. Nicicând, niciodată, niciodată. A fost ca și cum mi-ai fi dat palme peste față. Și pe urmă, când vine vorba de Thomas, eu arăt ca un idiot. El e ca o stea a muzicii pop britanice. Cum să concurezi cu așa ceva?

Am mormăit:

— Stea a muzicii britanice?

— Da. Cu accent fals. De fapt, a crescut pe undeva pe lângă Boston și când se îmbată ca lumea uită de accentul britanic și seamănă cu unul din tipii ăia pe care-i vezi la meciurile lui Red Sox, cu litere scrise pe burțile umflate de bere.

— Asta chiar e oribil, am spus și am tras adânc aer în piept. Îmi pare rău că ți-am spus că nicicând, niciodată, niciodată...

— Niciodată, a adăugat el.

— Niciodată n-am să te consider nimic mai mult decât un prieten. Nu e adevărat, am spus și mi-am dres vocea. Niciodată. Și în plus nu ești *stronzo*.

Ren avea un zâmbet slab, dar plin de speranță, întipărit pe chip și mi s-a transferat și mie, în mod automat:

— Dar de unde ai învățat tu cuvântul ăsta?

— De la Mimi.

A dat din cap:

— Și a fost adevărat ce mi-ai spus acolo? Că nu ești cu Thomas?

Am dat din cap:

— Și tu sigur nu mai ești cu Mimi?

— Nu. Sunt sută la sută disponibil.

— Hm, am zis și zâmbetul mi s-a mai lărgit cu zece grade.

Ne-am uitat unul la altul un minut, după care sunt sigură că toate cele patru mii de pietre de mormânt s-au aplecat spre noi să audă ce urma să se petreacă. Așadar... aveam de gând să stăm să ne uităm unul la altul? Ce se petrecuse cu toată pasiunea italienească pe care se presupunea că o aveam amândoi în sânge?

A făcut un pas timid în față.

— Ai terminat jurnalul?

— Da.

— Și?

Am răsuflat:

— Cred că au fost perfecți. Dar le-au stat multe în cale. Howard a știut dintotdeauna că nu e tatăl meu, a vrut doar să facă parte din viața mea.

— Deștept din partea lui Howard cel înspăimântător, a conchis și mi-a înmânat punga albă de hârtie pe care o purtase tot timpul cu el.

— Ce e asta?

— Scuzele mele oficiale. După ce am plecat de la petrecere, am trecut prin Florența și-am început să întreb în stânga și-n dreapta unde pot să găsesc o brutărie secretă. Am dat într-un târziu de niște femei care se întorceau de la o petrecere și mi-au spus unde să merg. Pentru alte ocazii, e bine de știut că e pe Via del Canto Rivolto. Și e foarte mișto.

Am deschis punga și m-a ajuns o adiere de miros paradiziac, de ceva cald și cu unt. O chestie în formă de semilună din foitaj era învelită într-un șervețel de hârtie.

— Ce este?

— *Cornetta con Nutella.* Am luat două din astea, dar l-am mâncat pe celălalt pe drum spre tine. Și m-am folosit de rest ca să te trezesc.

Am deschis punga cu emoție și am luat o gură de *cornetta.* Era cald și se topea în gură și avea gustul unei chestii perfecte care ți s-ar fi putut întâmpla. Ca o vară în Italia. Ca prima dragoste. Ciocolata. Am mai mușcat o dată.

— Ren?

— Da?

— Data viitoare, te rog să nu mi-o mai mănânci pe cealaltă.

A râs:

— Nu am fost sigur că ai să vrei să mai vorbești cu mine, dar am știut că pe mâncare puteam paria oricând. Data viitoare când te mai las singură în întuneric, ca un nemernic, am să-ți cumpăr douăzeci.

— Cel puțin, am spus și am tras adânc aer în piept.

Acum, că îmi curgea Nutella prin vene, mă simțeam invincibilă:

— Și să știi că nu am mințit cu nimic în ce ți-am spus la Valentina. Tu ești cel pe care-l plac. Poate chiar îl iubesc.

— Poate chiar îl iubești, hm?

Fața i-a fost străbătută de un zâmbet uriaș:

— Păi, astea-s vești excelente. Pentru că poate că și eu te iubesc pe tine.

O senzație caldă și condimentată mi s-a prelins direct în vene și am știut că și Ren simțea la fel, fiindcă deodată stăteam atât de aproape încât îi vedeam fiecare geană. *Sărută-mă, sărută-mă, sărută-mă*, striga fiecare celulă din corpul meu.

A mijit ochii:

— Cred că ai Nutella pe față.

Am mormăit:

— Ren, nu vrei să mă săruți oda...

Nu am apucat să termin fiindcă s-a aplecat asupra mea și ne-am sărutat. Ne-am sărutat cu adevărat. Și s-a dovedit că așteptasem toată viața să fiu sărutată de Lorenzo Ferrara într-un cimitir american din mijlocul Italiei.

Va trebui să mă credeți pe cuvânt în privința asta.

Ne-am despărțit la un moment dat. Nu știu cum aterizaserăm pe iarbă și ne-am rostogolit pe spate și-am rămas cu ochii la stele și cu niște zâmbete imense pe fețe, ca în dimineața de Crăciun, care ar fi trebuit să fie patetice, dar erau minunate.

— Putem să-l considerăm pe ăsta drept primul nostru sărut oficial, te rog?

— Primul din multele care vor urma, a continuat el. Dar dacă nu te superi, nu aș vrea să-l uit nici pe cel din Roma. Înainte să-l întrerup atât de grosolan, sărutul acela a fost cel mai bun lucru care mi s-a întâmplat.

— Și mie, am zis.

S-a rostogolit pe o parte, proptindu-se într-un cot.

— Știi, e ceva ce am tot vrut să te întreb.

— Ce?

Și-a dat părul din ochi:

— Te-ai gândit vreodată cum ar fi să stai aici, în Italia. De tot. Acum, că ai un iubit...

Un iubit. Stele au clipit în extaz. M-am ridicat și eu într-un cot:

— Chiar am discutat mai devreme despre asta. Addie mi-a trimis un mesaj și mi-a spus că pot să stau cu familia ei la anu', și am stat mult de vorbă cu Howard pe tema asta.

— Și?

Am tras adânc aer în piept:

— Și rămân, Lorenzo.

A gâfâit:

— Ai rârâit cumva? Jur că te-am auzit cum ai pronunțat „R"-ul. Mai spune o dată.

I-am zâmbit:

— Lo-ren-zo. Doar sunt pe jumătate italiancă, nu? Ar trebui să fiu în stare să pronunț „R"-urile. Și acum, pe bune. Eu îți spun că rămân în Florența și tu te bucuri fiindcă îți pot pronunța numele?

— N-am fost niciodată mai bucuros.

Ne-am zâmbit, apoi m-am aplecat și l-am sărutat din nou. Fiindcă era o chestie complet nouă pe care o făceam.

— Deci îmi spui că nu numai că mă placi, poate chiar mă iubești, și ai de gând să stai aici pe o perioadă nedeterminată?

— Exact asta am spus.

— Asta e, în mod oficial, *la notte piu bella della mia vita.*

— Sunt sigură că aș fi de acord dacă aș avea vreo idee ce ai vrut să spui.

— Ai să înveți imediat să vorbești în italiană, a spus și și-a încleștat degetele cu ale mele. Și acum, că nu-i mai fugărim pe foștii iubiți ai mamei tale, ce o să mai facem?

Am ridicat din umeri:

— O să ne îndrăgostim?

— Ți-am luat-o cu mult înainte, a spus și și-a întins degetul arătător și l-a lipit de al meu construind din amândouă un turn. Știi ce, tocmai mi-a venit o idee.

— Care?

— Când suntem împreună, formăm un italian întreg.

Am surâs privind degetele și simțind cum inima îmi creștea atât de repede și atât de mare că trebuia să-mi închid ochii să nu-mi iasă.

Deodată, s-a tras înspre mine:

— Hei, ce s-a întâmplat? Plângi?

Am dat din cap și am deschis încet ochii, zâmbindu-i:

— Nu, nu e nimic.

Dar nu era adevărat. Știam că nu voi putea să fiu în stare să-i descriu, dar era ca și cum aveam o perspectivă din afară a momentului nostru și nicicând, niciodată, niciodată nu îmi doream să se termine. Aveam Nutella pe față, prima mea dragoste adevărată stătea lungit alături de mine și dintr-o clipă în alta stelele aveau să se scufunde la loc în ceruri pregătind o nouă zi, și era pentru prima oară când așteptam cu nerăbdare să văd ce urma să-mi aducă ziua.

Și asta chiar era ceva!

Sfârșit

În colecția EpicWave au mai apărut:

Născută din fum și os
de Laini Taylor

Și am privit cu toții spre cer...
de Tommy Wallach

În colecția EpicLove,
adresată tinerilor peste șaptesprezece ani, au apărut:

Te aștept
de J. Lynn / Jennifer L.Armentrout

Te doresc
de J. Lynn / Jennifer L.Armentrout

Rămâi cu mine
de J. Lynn / Jennifer L.Armentrout

Mă pierd în tine...
de Jasinda Wilder

Mă regăsesc în noi...
de Jasinda Wilder

Intimidare
de Penelope Douglas

Răniți
de Jasinda Wilder

Rivali
de Penelope Douglas

Ugly love — Despre fața urâtă a iubirii
de Colleen Hoover

Pentru comenzi și informaţii vă rugăm contactaţi:
Editura EPICA
Str. Vasile Lucaciu, nr. 115, sector 3
București, cod poștal 030693
Tel./Fax: 021.327.64.69
E-mail: vanzari@edituraepica.ro
office@edituraepica.ro
Magazinul virtual și blog:
www.edituraepica.ro

ISBN: 978-606-8754-15-4

Format: 16/54x84
Coli tipo: 22

Tipar: ARTPRINT
E-mail: office@artprint.ro
Tel.: 021 336 36 33